裏仕掛け
御庭番の二代目
JN067518
氷月 葵
時代小説
二見時代小説文庫

目次

第一章　手下の対決　7
第二章　揺れる思惑　60
第三章　中抜きの仕組み　119
第四章　裏仕掛け　178
第五章　江戸炎上　234

裏仕掛け——御庭番の二代目14

江戸城概略図

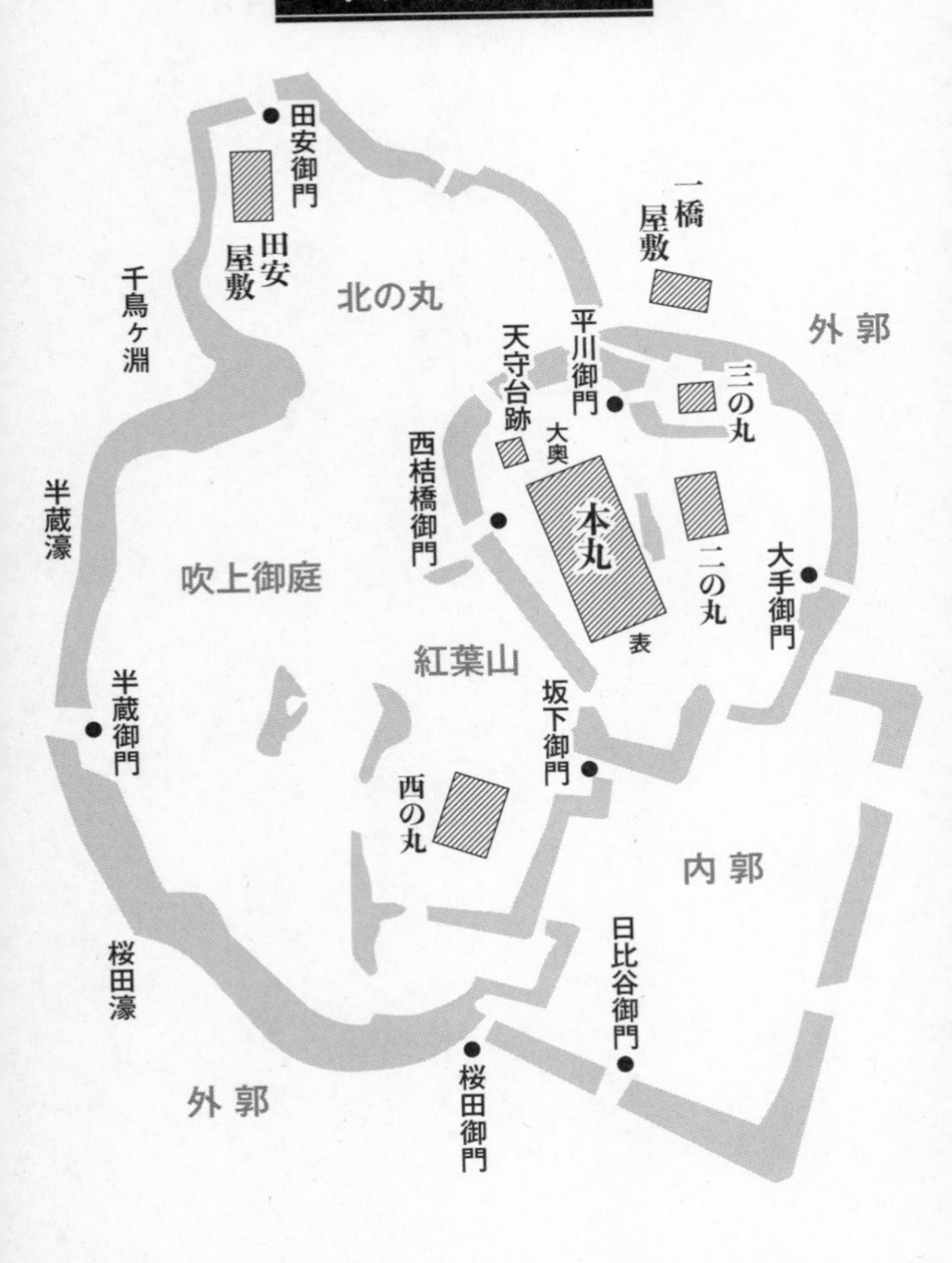
田安御門
田安屋敷
一橋屋敷
千鳥ヶ淵
北の丸
外郭
平川御門
天守台跡
三の丸
大奥
西桔橋御門
半蔵濠
本丸
二の丸
大手御門
吹上御庭
表
紅葉山
半蔵御門
坂下御門
西の丸
内郭
日比谷御門
桜田濠
桜田御門
外郭

第一章　手下の対決

一

江戸城中奥の庭を歩く宮地加門は、ふと立ち止まった。小走りにやって来る息子の姿に気づいたからだ。

「父上」

息子の草太郎は、二年前から御庭番見習いとして、出仕している。

目の前に来た草太郎は、冷たい風の中、白い息を吐いて父と向き合った。顔の高さは、父を少し超えている。

「父上、今日は未の刻（午後二時）で下城してもよいでしょうか。医学所に行きたいので」

城に上がるようになっても、以前から通っている医学所への通いは続いている。御庭番の見習いには、さほどの仕事はなく、非番を多くとっても支障は出ない。

「うむ、かまわんぞ。あちらは忙しいのか」

「はい、それに、昨日、けが人が運び込まれ、そのまま留め置いたのです。刀傷なので、大事をとったほうがよいということで」

「刀傷、遊び人か」

「いえ」草太郎は小さく首をかしげた。

「蔵宿師だと言っていました」

「ほう」

加門はなるほど、と師走の木枯らしに目を細める。十二月ともなれば、蔵宿師は忙しくなるな……。

「父上、蔵宿師とはなんなのですか」

かしげた顔で問う息子に、加門は顎を撫でた。

「ううむ……札差に関わることだ。それは、いずれ説明しよう」

はい、と頷いた草太郎は、はっと、目を加門の背後にずらした。

「父上」

目顔につられて振り向くと、こちらに近づいて来る一人の姿が目に入った。

田沼主殿頭意次だ。

「草太郎、久しぶりだな」意次は笑顔になる。

「たまには屋敷に来るがよい。意知も喜ぶぞ」

田沼家の長男意知とは、父同士のつきあいから幼なじみだ。

「はい」草太郎も微笑む。

「ありがとうございます。そのうちに是非」

そう言って、恭しく頭を下げると、

「では、失礼いたします」

うしろに下がって踵を返した。

「なんだ、堅苦しいな」

意次はそう言って笑う。

「城中だ、その辺は弁えるように言ってある」

加門は目を細めて、息子のうしろ姿を見た。

この明和六年（一七六九）、意次は老中格という役目に任じられた。老中は表の御政道を司る最高位であり、老中格はそれに継ぐ地位だ。

すでに二年前、御側御用人としての地位も得ている。十代将軍家治に仕える近習であり、奥での最高位だ。家治は、老中格となってもそのまま御側御用人を兼務せよ、と命じ、意次は奥と表の両方で高い位を維持することとなった。

意次は西を指して歩き出す。

「西の丸に行くのだ、いっしょに行こう」

加門は頷き、半歩下がって続いた。

「もう修復はすんだのだろう」

ささやく加門に、意次は頷く。

「うむ、今は調度を整えているのだ。命じたとおりになっているか、確かめに行く」

西の丸は、将軍のあとを継ぐ世子の住む御殿だ。家治の嫡男家基は、本丸大奥で暮らしていたが、来年は九歳になる。それを機に、西の丸に居を移すことになり、意次がしばらく主のいなかった西の丸の修復を命じられていた。

城表の坂道を下りて行く。と、皆が意次に気づき、下がって低頭した。加門はそっと、うしろに下がり、離れる。御庭番は目立つわけにはいかない。

坂を下りきり、西の丸への道を進む。人の通りは少ないが、やはり意次に気づいた武士らは慌てて道を空けた。将軍の信頼が厚い重臣に、気易く声をかけるような者はいない。

　西の丸に着くと、意次は庭へとまわった。

　池があり、手入れの行き届いた小道のある庭は、世子のためのものであり、人気はない。加門はやっと、横に並んだ。

　意次は御殿を見渡して、目元を弛ませた。

「どうだ、立派になっただろう」

「うむ、ずいぶんと手を入れたのだな」

「ああ、家基様が次の将軍となられるまでは、ずいぶんと間があるからな。長く保つよう、しっかりと修復したのだ」

　目を細める意次に、加門が頷く。

「家基様はお健やかでなによりだ」

「ああ、病もなく、お元気でお育ちになっている」

　家基は家治の側室が産んだ唯一の男子だ。少し遅れて、もう一人の側室も男子を産んだが、三月ほどのはかない命だった。

　家治は正室の五十宮倫子と仲睦まじく、あいだには二人の姫が生まれていた。が、跡継ぎがいないことを案じた意次らが側室を置き、念願どおりに生まれたのが家基だった。

側室には関心を示さなかった家治も、跡継ぎの誕生は大層喜び、徳川の始祖である家康公と同じ竹千代という幼名をつけたほどだった。そこから元服を待たずに、次期将軍であることを知らしめる家基という名に変わっていた。

御殿を眺めていた加門は、はっと目を横に向けた。

人の足音が近づいて来る。

「やあ、主殿頭殿ではないか」

やって来たのは一橋家の当主徳川治済だった。

一橋家は御三卿の一家だ。

御三卿は八代将軍吉宗が創設したものだ。

昔、徳川の血筋を残すため、家康は御三家を置いた。江戸の本家に跡継ぎがいなかった場合、尾張、紀伊、水戸の徳川家から養子をとるためだ。

それを踏まえ、吉宗は己の血筋を残すために、御三卿を置いた。将軍のあとを継いだのは嫡男の家重だったが、次男の宗武、三男の宗尹、そして、家重の弟重好を当主として、三家を立てたのだ。

宗武の屋敷は田安御門の内であることから田安家、宗尹の屋敷は一橋御門の内でることから清水御門の内であることから清水家と呼ばれている。


「おお、これは治済様でしたか」

意次が礼をする。

初代当主であった宗尹は、五年前の明和元年に世を去り、当時十四歳だった治済が、当主を継いでいた。

近づいて来る治済に低頭して、加門はそっと下がった。目障りにならないよう、木立の陰に身を置いた。

治済はにこやかに意次の横に立った。

「紅葉山文庫に書物をとりに参ったのだ。ついでに、きれいになったという西の丸御殿を見ていこうと思い、寄ったのだ」

「そうでしたか、修復はすでにすみ、今は調度を揃えているところです」

意次もにこやかに答える。

「そうか、ではまもなくだな」治済は御殿を見る。

「家基様もここで、次期将軍としてのお暮らしがはじまるわけか」

耳を澄ませていた加門は、首を伸ばして治済を覗いた。

にこやかな面持ちのまま、治済は意次を見る。

「主殿頭殿は上様のお覚えめでたいゆえ、ますます忙しくなることだろうな」

「いえ、わたしなど、できることは限られております」

意次は笑みを保ったまま、首を振る。

なんだろう、と加門は治済を盗み見た。なにかが、しっくりとしない。顔を見るが、その面持ちは落ち着いていて、気にかかるものではなかった。なんだ……。

「家基様はいつ、こちらに移られるのか、決まっておろうか」

「はい、今月の二十八日にお移りいただく手はずです。正月を新しい御殿でお迎えいただこうと、決まりました」

「さようであるか」治済は頷く。

「では、祝いの品を用意せねば」

治済はくるりと踵(きびす)を返した。

礼をする意次に、

「邪魔をいたした、だが、久しぶりに主殿頭殿と話せてよかった」

と、頷き、歩き出した。

そのうしろ姿が遠ざかってから、加門は木陰から出た。

供を従え、堂々と歩いて行く姿は、父の宗尹よりも大きく見える。ずっと以前、まだ少年だった治済を上野の山で見たことがあるが、その頃とは面立ちも違っている。

「立派になったものだ」

加門はつぶやいた。なにが引っかかるのか、結局、わからなかった。

　意次は「うむ」と頷く。

「家臣の教育にも熱心で、人柄を見て役目を変えたりもしているそうだ。屋敷の勘定も随時、調べておられるし、政にも関心を示されていると言っていた」

　意次の弟意誠は、一橋家の家老を務めている。

「ほう、そうなのか。御三卿はことあらば将軍を出す家、という御自覚がおありなのだろうな」

「そうであろう、しっかりなされている。一橋家は安泰、というものだ」

　そう頷いて、意次ははた、と面持ちを変えた。

「そうだ、そなた、近頃、町に出ているか」

「いや、あまり行っていない。町の巡視はほかの者がやっているのでな」

　首を振る加門に、

「そうか」と意次は身を寄せた。

「では、町を見てきてほしいのだ。年末はなにかと札差と武家との諍いが起きるであろう。それに、そもそも札差についても知りたいのだ。羽振りのよい話ばかりが伝わってくるが、なぜ、そこまで儲けを大きくできるのか、気にかかっていてな」

「うむ」加門は草太郎に聞いた話を思い出していた。

「息子からも蔵宿師のことを聞いたばかりだ。では、探索してみよう。いや、承知いたしました」

加門は姿勢を正す。

御庭番に命令を下すことができるのは将軍のみ、というのが役目のはじまりであったが、時とともに変わってきている。御側御用人や老中も、探索を命じるようになっていた。将軍の意を汲んだ重臣であるゆえ、障りなしとされているのだ。

意次は笑顔で加門の腕を叩く。

「うむ、頼む」

はっ、と加門は礼をする。が、上げた顔で互いの目が合い、二人は目元を弛めて頷き合った。

二

夕餉の膳に着いた加門は、空いたままの箱膳を見つめた。草太郎の膳だ。

「どうしたのでしょう、こんなに遅いとは」

妻の千秋が戸口へと顔を向ける。と、その戸が開く音がした。

「ただいま戻りました」

皆がほっとする。長女の鈴は取ろうとしていた箸を置き直し、並んだ次女の千江も真似をした。

「すみません」

入ってきた草太郎は、皆に頭を下げる。

「まあまあ、心配しましたよ、どこに行っていたのです」

祖母の光代が皺を深める。

「さ、膳に着きなさい」加門はそう手で示すと、小声で問うた。

「けが人はどうであった」

はい、と草太郎は座りながら、父を見る。

「夕べは熱が出たそうです。が、ずいぶんと下がったので、帰って来ました」

「そうか、刀傷に油断は大敵だ。傷口が膿んで、下手をすればその毒が臓腑にまでまわる（敗血症）こともある。まあしかし、寒い時期なれば、夏よりはましだ。熱が下がったのであれば、大丈夫だろう」

「はい」

「うむ、では、あとは医学所にまかせておけばよい。明日はわたしに付いて参れ、お城にも行かなくてよい」

「はあ、どこに行くのですか」

「蔵前だ。札差の店に行く。着物は普段着でよいぞ」

「わかりました」

頷き合う二人を見て、千秋が「普段着ですね」とつぶやく。

「父上」鈴が見上げた。

「札差とはなんですか、時折、聞く言葉ですが、わかりません」

「これ」と千秋が手で制す。

「お役目の話に口を挟んではなりません」

「いや、よい」加門は笑みを浮かべて娘を見る。

「世のことを知るのも大事だ。札差とはな、米を金に換える仕事をする人だ。そら、武士は御公儀からお米を禄として頂戴するであろう。こうして食う分は米のままでよいが、あとは金に換えねばならん。それを武士に代わってやってくれるのだ。わかるか」

「はい」鈴は頷く。

「お米が禄で、それがお金に換わるのですね。それでいろいろなことがわかりました。禄というものが、少し不思議だったのです」

「そうか、わかったか」加門は思わず目を細める。

「鈴は賢いな」

「千江も」千江が腰を浮かせる。

「千江もわかりました」

ははは、と加門は頷いた。

「そうか、千江も賢いぞ」

加門は笑いながら、大根の煮物をつまむ。小鉢には大根ばかりが、山盛りになっている。いつもなら見つかる生揚げを探し、加門は大根の山を崩した。

千秋はすまなそうに肩をすくめた。

「すみません、今日は、大根だけの煮物なのです」

「お、そうか」加門は顔を上げた。

「それはそうか、年末だからな、いや、よい、大根はうまいぞ」

笑顔を作る加門に、光代が頷き、その顔を孫達に向けた。

「禄は二月と五月、そして十月に出されるのです。それをちょうだいしたあとは、次までただ減ってゆくのみ。十二月はさまざまな払いがありますから、どこの家も厳しくなるのです。なれど、御庭番の家は、けっして借金をしてはなりません。御庭番は、人からつけ込まれるような隙をつくってはならぬのです。たとえお膳の菜が減ろうとも、です。わかりましたね」

「はい」

孫三人はちらりと目を交わし合い、大きく頷いた。

揃った声に、

「よろしい」

光代が頷く。

「さ、ではいただきましょう」

千秋の声に、皆、飯碗(めしわん)の湯漬けを啜(すす)った。そこに、梅干(うめぼ)しを載せて、鈴がにこりと笑う。

「おいしゅうございます」

皆も、つられて笑顔になった。

朝の道を、父と息子が歩く。

浅草の大川端に、公儀の御米蔵がずらりと並んでいる。浅草御蔵と呼ばれる一画だ。公方々に散らばる公儀の直領から運ばれた米がここに納められ、幕臣に下される。公儀にとって、金蔵に匹敵するものだ。

その周辺にはいくつもの町がある。が、浅草御蔵があるために広く蔵前とも呼ばれている一帯だ。この地には、多くの札差の店がある。

町へと続く道で、草太郎は父を横目で見た。

「蔵宿というのは、札差のことですよね」

「ああ、武士が米を預ける相手ゆえ、そう呼ぶようになったらしい。札差のほうは我らのことを札旦那と呼んでいるがな」

「では、蔵宿師とは、なんなのですか」

「ふむ、蔵宿に乗り込ませるために、武家が雇う手下のようなった者だ。浪人が多いと聞いている」

「乗り込ませるとは、なんのためにですか」

草太郎の問いに、加門は顔を歪める。

「夕べ、お婆様が言うていただろう、借金のことを。武家では、札差から金を借りることが多いのだ。禄の分だけではやりくりができずにな。次の禄を形に借りて、また次、と続いて行く。だが、いつまでも返さないと、札差のほうも貸すのを渋ってくる。その仕組みはわかるか」

「はい、わかります」

「うむ、しかし、武士は誇り高いゆえに、札差に頭を下げることをよしとしない者も多い。頭を下げたとしても、札差が応じないこともまた多いという。そうなると、代わりの者を遣わして、借金を申し込むのだ。それが蔵宿師、というわけだ」

「なるほど、そういうことですか。けがをした蔵宿師はどこか荒っぽさがありましたが、その態度で、札差を威圧しようというわけですね」

「そうだろうな」加門は息子に頷く。

「だが、札差も黙ってはいない。そうした蔵宿師に札差が対応すれば、負けてしまう。ゆえに、蔵宿師に対する対談方を雇うのだ」

「対談方……手下同士で話し合いをするのですか」

「うむ。そもそも蔵宿師として雇うのは、弁が立って押し出しの強い者だ。ゆえに、それに抗するために、札差のほうもやはり口の達者な者を雇う。その双方が貸せ、貸さない、とやり合うらしい」

「へえ、うまく話が折り合うのでしょうか」

「いや」加門は苦笑した。

「わたしも聞いただけだが、なかなか話はつかないようだ。下手をすれば、腕ずくの諍いになるらしい。ゆえに蔵宿師も口だけでなく腕の立つ者が雇われ、札差のほうも、その上を行こうとする。荒っぽさは蔵宿師よりも上手らしい。腕っ節の強いならず者を、高値で雇っているということだ」

「高値」草太郎の声が裏返る。

「どれくらい払うのでしょうね」

「さあてな」

「だが、これでわかりました。札差に雇われた対談方が、乗り込んで来た蔵宿師を打ちのめす、ということですね。医学所にやって来た蔵宿師は、そうしたなりゆきでけがを負ったのでしょう」

「そうだな」加門は木枯らしに目を細めた。「まあ、今は年末ゆえ、その対立も多いだろう。町のことを知るのも御庭番にとっては仕事のうち、よく見ておけ」

「はい」

草太郎は胸を張った。

右の行く手に御蔵が現れた。塀で囲われているため全容は窺えないが、大きな蔵の屋根が連なっているのは見える。

「立派なものですね」

「うむ、御公儀にとって大事な財だからな、蔵の造りもひときわだ」

ゆっくりと歩きながら、御蔵を眺める。

「ここで米を受け取るのですか」

息子の問いに、加門は頷いた。

「そうだ。役所で手形の札を受け取ったら、ここに持って来て米を受け取る。それを米問屋に運んで、換金するのだ。昔はそれぞれの武家でやっていたのを、札差が手数料をとって、代わりに行うようになった、というわけだ。もっとも今でも、自身で行っている武家もあるがな。そうすれば、手数料を払わないですむ」

「なるほど」

草太郎は御蔵の屋根を見上げる。

加門は反対側の町へと目を向けた。

辺りには札差の店が何軒も並んでいる。

「さて、札差の店をひと巡りするか」

親子は歩き出した。


「腹が減ったな、蕎麦でも手繰ろう」

町を巡った加門が、息子を蕎麦の屋台へと誘う。

湯気を顔に受けながら、加門は蕎麦屋を見た。

「この辺りは札差が多いから景気がよいであろう」

いやあ、と蕎麦屋が肩をすくめる。

「札差といっても、お大尽の主はこんなとこに来やしない。来るのは手代や小僧ばっかりだから、ほかの町と変わりゃしませんや」

「なるほど。お大尽は蕎麦など食わない、ということか。しかし、札差の主はそれほどのお大尽なのか」

「へい、そりゃあ」蕎麦屋は首を伸ばして、声をひそめた。

「大名にも勝ると言われてまさ」

「大名にも」

草太郎が驚きの声を上げると、蕎麦屋はしたり顔で頷く。

「そうさね、江戸で名の知られた通人は札差が多いってなあ、よく知られた話さね。粋だの贅だの遊びだのなんざ、金がなけりゃできやしねえってこった」

「通人か」

加門はつぶやきながら、空になった丼鉢の横に銭を置いた。

「馳走になった」

屋台を背に、また歩き出す。

「通人とはなんですか」

草太郎の問いに、加門は苦笑する。

「わたしも聞いたことはあるが、くわしくはわからん。それも調べねばならんな。まあ、金がものを言うことどもなのだろう」

息子はさらに小声で問う。

「札差の手数料というのは、いかほどなのですか」

加門もささやくように返す。

「手数料は米百俵を受け取るのに一分（四分の一両）、金に換えるのに二分だ。だが、それだけでは、このような大店にはなれん。金貸しの利鞘によるものだろう」

そう苦笑を浮かべた加門が、前を見た。

向かいからやって来るのは、肩を怒らせた浪人だ。眉の上がった顔つきは、いかにも力んで見える。

「蔵宿師だな」

息子にささやき、男を注視した。

男はすぐ先にある、上総屋という看板の上げられた札差の店に入って行く。

二人は近づくと、手前で足を止めた。

中から大きな声が聞こえてくる。

「懲りないやつめ、貸せんと言ったら貸せんのだ」

「主と話したい」

「なんだあ、おれぁ、主から言いつかってんだよ。おれの声が主の声だ」

怒鳴るようなもの言いは、対談方に違いない。

「そなたでは話にならん」

「ざけんな」

なにかがぶつかる音がした。

加門はそっと間口によって、覗く。その背後から草太郎も首を伸ばした。

土間に桶が転がっている。対談方が、投げつけたらしい。

対談方の男は、いかにもならず者ふうで、頬に斜めの傷がある。男は隅に立てかけてあった棒を取り、それを振り上げた。

「外でやれ」

店の隅から声が上がった。番頭らしい男が、手で払っている。

棒を振りまわされ、蔵宿師が下がり、外へと出て来た。

「とりゃあっ」

対談方が棒を頭上に掲げ、踏み出す。

蔵宿師は刀を鞘ごと抜いた。と、振り下ろされた棒をそれで受け止める。双方がぶつかる鈍い音が鳴った。

宙で棒と鞘がせめぎ合いながら、二人の男が睨み合う。

「とっとと、帰りやがれっ」

対談方が唾を飛ばし、棒を引く。と、それを大きくまわした。

蔵宿師は飛び退くが、その脇腹に、棒が入った。

「ぐっ」身をよじった蔵宿師は、その顔をきっと上げた。

「このっ」

鞘を捨て、刀を抜く。

「ああ、なんだ、やんのか」

対談方は棒を両手でつかんだ。と、すっと引いた。中から白刃が現れる。

蔵宿師の目が吊り上がった。

刀を正眼に構える。息を整えているのが見てとれた。

が、その隙を狙うように、対談方が踏み出した。

「へっ、構えてんじゃねえよ」

そう吐き出しながら、仕込み刀を振り上げる。

その刃が、蔵宿師の肩を狙った。

蔵宿師が身を躱そうとする。が、仕込みの刃が腕を掠った。

「危ない」

叫んだのは草太郎だった。

落ちていた鞘を拾うと、二人のあいだに飛び込む。

鞘で対談方の腕を打つと、続いて鳩尾（みぞおち）を突いた。
身を折る対談方の手から、仕込み刀が落ちそうになる。
蔵宿師は刀を構え直した。
「やめろっ」
腕を伸ばしたのは加門だ。
蔵宿師の前に立ち塞（ふさ）がると、目顔で店を示した。番頭が出て来ている。
この辺りではよくあることらしく、道行く人は、横目で見ながら通り過ぎてゆく。
が、なかには立ち止まって、にやにやと眺めている者もあった。
加門は男に顔を寄せた。
「これ以上やれば、役人を呼ばれる。ここいらで引いたほうがいい」
その低い声に、蔵宿師は面持ちを変えた。
加門は草太郎を振り返り、
「戻るぞ」
と、声をかける。
頷いた草太郎は、鞘を蔵宿師に差し出した。
さっ、と加門が早足で歩き出すと、草太郎も慌てて付いて来る。

振り返ると、蔵宿師は刀を腰に戻して、歩き出そうとしていた。

早足で辻を曲がると、加門は息子を睨んだ。

「馬鹿者、あのような介入をするでない」

「はい」草太郎はうなだれる。

「すみません、蔵宿師はまともに剣を使おうとしたのに、対談方は作法もなく斬りつけたので、つい……」

「ならず者に剣術の作法などあるはずがない。そこが強みなのだ。札差もその強みを買って大金を払っているのだぞ」

はあ、と草太郎の頭がさらに下がる。

次の辻を曲がって、加門はやっと、足を緩めた。

しかしまあ、と加門はちらりと息子を見た。あのままであれば、どちらかがけがを負うことになっただろう……。

「医術を学ぶと人が傷つくことを見逃しにできなくなる。だが、そなたは医者ではない、御庭番の跡継ぎであることを忘れるな」

「はい」

草太郎は神妙に頷く。

加門は口を曲げて前を見た。自らも殺すことをためらったり、手加減してしまったのを思い出す。御庭番の役目ではない、よけいな手当てをしたことも数知れない。だが、これは言わずにおこう……。加門は胸中で独りごちて、弛（ゆる）みそうになる口元に、ぐっと力を込めた。

三

数日後。

加門は一人、また蔵前にやって来た。

宮地家の蔵米をまかせている札差、増田屋（ますだや）に入って行く。

「やや、これは宮地様」

主の佐平（さへい）が、出て来た。が、怪訝（けげん）そうな顔で見上げる。

「はて、今日はなんの御用で……」

増田屋もほかの札差同様金を貸してはいるが、加門は一度も借りたことはない。

「いや、ちと聞きたいことがあるのだ」

「ああ、そうでしたか」佐平は頬を弛めて、手で奥を示す。

「まさか、と驚きました。お話でしたら、ささ、奥へどうぞ」

佐平の案内で、加門は奥の部屋へと通された。

明るい庭に面した客間だ。加門は中を見まわしながら、以前、城で聞いた役人の愚痴を思い出した。

〈札差に行ったら、暗い物置のような部屋でさんざん待たされたあげく、主は出かけてます、と言いおったのだ。その晩は口惜しゅうて眠れんかったわ〉

金を借りる武家を、ぞんざいに扱う札差は珍しくない。

「ささ、お茶をどうぞ」

佐平は手代が運んできた茶を勧める。

おそらくは、と加門は人のよさそうな佐平の顔を見た。この男は、借金を申し込む武家にも、それほどの無礼はしないだろう……。

店はほかに比べれば、小さい。凝った調度も見当たらなかった。信用がおける、ということで、御庭番には代々、この増田屋を使う家が多かった。

「邪魔をしてすまないな」加門は茶を啜りながら主を見る。

「実は札差について、知りたいのだ」

「はあ、さようで」

佐平の眉が歪んだ。増田屋は御庭番が探索役であることを知っている。

「どういう……ことでしょうか」

困ったような顔に、加門はそれはそうだろうな、と思う。

八代将軍吉宗の頃、札差は札差株を認めてほしい、と願い出て認められた。株制度にすれば、株を持つ者以外、参入できない。願い出たのは百九人の札差であったため、そこで数が定められ、公儀の許しを得た御免株とも呼ばれるようになった。以降、株の売買は行われているが、無闇に部外者が入ってこないように、株仲間では管理を厳しくしている。札差は結束が強く、仲間の益を損なうようなことはしない。

「うむ、札差には通人が多いと聞いたのだ。通人という言葉は知っているが、どのようなものであるのかが、よくわからない。主なら知っていよう、と思ってな」

ああ、と佐平はほっと、面持ちを弛めた。

「そういうことですか、あたしは通には遠い野暮ですが、はい、札差には確かに通人、多ございますよ。まあ、通にはいろいろありまして、俳諧や書画骨董、歌舞音曲、着物道楽、ああ、建物道楽に庭道楽というのもありますな。それに芝居通、そうそう、贔屓の役者のうしろ盾になるお人なども多ござんすね。通人となれば、そういうもの全部に通じていないと認められません。さらに大事なのは、遊び上手ということですな。吉原や深川でお大尽と呼ばれるようになれば、立派な通人です」

「ほほう、ずいぶんと幅が広いのだな」

「はい、ああ、それと、味もわからなけりゃいけません。通人なら、江戸中で名の知れた料理茶屋はすべて行っていますな。そうした料理茶屋から、弁当を取り寄せるのも当たり前でして」

「弁当……花見や花火見物でか」

「ええ、それはもちろん。ですが、普段もです。札差は蔵前の詰所に、数人で当番で詰めることになっておりますが、そこでも弁当を取り寄せるのです。あたしもお相伴に与ったことがございますが、通人の取り寄せる弁当は、それはもう、贅を尽くしたものです」

ほう、と声にならない唸り声を洩らす加門に、佐平は頷く。

「そうそう、十八大通と言われているお人らがおりますんですが、確かに、札差が多ございますね」

「十八大通……それはどのようなものだ」

「世に通人は多ございますが、なかでも有名なお人が大通、と呼ばれるようになりまして、そこからさらに十八大通が生まれたんでございますよ。まあ、十八人ということではございません。実際はもう少し多いんですがね、通人のなかの通人、ということです」

「ほう」加門は苦笑して息を吐く。

「そうなのか、しかし、札差というのは、景気がよいのだな」

佐平の頬が堅くなる。問いが金のことに及ぶのは困る、とその顔が言っている。

「そうだ」佐平が手を合わせた。

「そういう話をお聞きになりたいのなら、よいお人がおりますよ。十八大通の筆頭と言われた御仁で、やはり札差の大口屋（おおぐちや）の主であった治兵衛（じへえ）さん。暁雨（ぎょうう）という号を名乗っていたので、暁翁（ぎょうおう）と呼ばれているお人なんですがね、今は隠居暮らしをしております」

「隠居とは、店を息子に継がせたのか」

「いえ、株を売ったんですよ、二年前に。ですから今、大口屋は別のお人がやってます。暁翁はもう札差とは縁が切れましたから、いろいろと話ができましょう。なにしろ吉原では、大盤振（おおばんぶ）る舞（ま）いで福の神と呼ばれてましたし、芝居通で二代目市川團十郎（いちかわだんじゅうろう）を贔屓（ひいき）にして、衣装やらなんやら、金に糸目はつけなかったそうですよ」

「なるほど」

加門は頷いた。あとはそちらで聞いてくれ、と佐平の目顔は言っている。

「では、折を見て訪ねてみることにしよう。その暁翁とやら、どこに住んでいるか、知っていようか」

「はい、御厩河岸(おんまやがし)と聞いてます。あの辺りでお尋ねになれば、すぐにわかりましょう」

にこにこと笑顔になった佐平に、加門は腰を上げた。

「いろいろと聞けて助かった、邪魔をしたな」

「いいえぇ」

手を揉みながら、佐平も見送りに立ち上がった。

店を出た加門は、御厩河岸のほうを見やった。大川の上流に位置し、ここからは近い。が、そちらに背を向けて歩き出す。

暁翁とやらが、どのような人物か、行くのはそれを調べてからだな……。

蔵前を離れ、加門は大伝馬町(おおでんまちょう)へと向かった。かつて自分が学び、今は草太郎が通っている医学所のある町だ。

昨夜、蔵宿師のけがの具合はどうだ、と尋ねると、草太郎は言った。

〈熱はすっかり下がり、もう帰っていいと言われたのですが、まだいるのです。もう少し、置いてくれと言って〉

せっかくだ、と加門は腹の中でつぶやく。蔵宿師の仕事などを聞いてみよう……。

医学所の戸を開け、加門は勝手に上がる。馴れた廊下を進むと、治療部屋から海応が出て来た。この医学所を統べる医者だ。歳をとったものの、今もかくしゃくとして仕事をしている。

「おう、加門か、久しぶりだな」

「はい、草太郎がお世話になっています。けがをした浪人がいると聞いて、話を聞きに来たのですが、よいですか」

「おう、かまわんぞ。ちょうど草太郎と薬部屋にいるはずだ。金がなさそうだから、仕事を手伝わせるとるんじゃ」

「そうですか、では、行ってみます」

会釈をして薬部屋に行くと、草太郎や幾人かの見習いがいた。それぞれに生薬を砕く薬研車を動かしたり、薬草の選別をしている。

「あ、父上」

顔を上げた草太郎に近づき、加門は小声で問う。

「台所です。竈の火の番をしています」

そうか、と加門は台所へと向かった。広めの土間に、竈が並んでいる。上には薬を煎じる土瓶が置かれ。湯気を立てていた。その前に立ち、火のようすを見ている男は、首筋に白い晒が覗いていた。右肩を斬られたらしい。

下駄を突っかけて、加門はその隣に立った。

怪訝そうに顔を向ける男に、加門は笑みを作った。

「わたしは宮地草太郎の父だ。この医学所で学んだ者でな、近くに来たので寄ったのだ。熱が出たと聞いたが、もう大事はないか」

ああ、と男が頭を下げる。

「草太郎殿には世話になり申した。おかげでよくなりました」

「そうか、なればよかった」

加門は相手のこけた頬を見る。三十そこそこくらいか、長年の浪人暮らしが陰となって染みついたような面立ちだ。

「蔵宿師と聞いたが、雇い主の屋敷に戻らずともよいのか」

ああ、と男は顔を火に戻す。

「金を借りることができなかったので、おめおめと戻るわけにも……」

「なるほど。名を聞いてもよろしいか」

は、と男は加門に向き直った。

「林田正蔵と申す」

「ふむ、して、林田殿は蔵宿師を長くされてきたのか」

「はあ」林田は竈に向きを戻した。

「六、七年前に、口利きがありまして、ある武家に雇われたのです。といっても、用人として召し抱えられたわけではなく、札差に借金をするときだけ、呼び出されるのです。年末は必ず仕事がありますが」

「なるほど、では、屋敷にいるわけではないのだな」

「住まいは長屋でした」林田はふっと鼻で笑う。

「だが、それは引き払ってしまった。この仕事がすんだら、国に戻るつもりでおりましたので」

「国……どちらから来られたのか」

「遠州です。父が浪人となったため、わたしは江戸に出て来たのです」

「そうか」

加門は口を閉じた。浪人となったというからには、なにか事情があるのだろう。が、名誉なことであるはずがない。黙り込んだ加門に、林田はふっと苦笑を向けた。

「国には海があるので、漁師でもやろうかと考えたのです」

「漁師か」加門は笑みを作る。

「よいではないか。では、こたびの蔵宿師を最後にするはずだったのだな」

林田は頷く。

「去年、一昨年は上手くいったのです。対談方が出て来たのですが、ねじ伏せて上がり込み、札差の主と談判できたのです。だが、今年は違う男が出て来て……」

歪めた顔を上げた林田に、加門は頷いた。

「そうか、札差がより強い者を雇い入れたのだな。なんという店だ」

「上総屋という店で」

林田の答えに、え、と加門は声を呑んだ。蔵前で諍いを見た店だ。

林田はぐっと唇を噛む。

「匕首を抜いて、背後から来おった……卑劣なやつめ……」

加門も、荒っぽかった対談方の振る舞いを思い出した。確かに、あの男ならば容赦がなさそうだ……。そう考えつつ、小声になる。

「借金がかなわなければ、仕事はどうなるのだ」

「前金は少し受け取っていますが、報酬はなし、です。こんなざまでは、言い訳をしに行くだけでも見苦しい。戻らなかったことで、あちらは事の顛末はわかっているでしょう。今頃は別の蔵宿師を探しているはず……」

「その雇い主とは、どなたか、聞いてもよいか。いや、知っている家であれば、取りなしもできよう」

「はあ……御家人の丹野良之助というお人で」

「御家人……御役はなにか、お聞きか」

「確か、郡代屋敷組附、と言っていたような……」

ふうむ、と加門は首をひねった。

「知らぬお人だな、すまぬ」

詫びる加門に首を振って、林田は目を火に戻す。

「よいのです、もう仕事を受けることもないでしょう」

が、言葉とは裏腹に、左の拳をぐっと握った。火を見つめたまま、独りごちる。

「だが、あやつめは、許せぬ」

その手が震えた。対談方の男を思い出しているらしい。

加門はそっと左肩に手を置き、低い声をかけた。

「刀傷はあとで膿むこともある。ここは追い出すようなことはしないから、しっかりと養生なさるがよい」

林田の顔が加門に向いた。眉は歪んだままだったが、ゆっくりと頷いた。

四

師走のにぎわう道を、加門は芝居町へと向かった。

先日、札差の佐平に聞いた話を、確かめたいとの考えがあった。

道はさらに人の多い町へと入った。

中村座は堺町だったな……。

葺屋町、堺町に芝居小屋が集まっているため、この辺りは芝居町とも呼ばれている。でかいな……。加門は見えて来た中村座の屋根を仰ぐ。

芝居小屋のまわりには、数多くの芝居茶屋もある。立派な造りの大茶屋と簡素な小茶屋が、数十軒ひしめいている。

芝居は朝から夕刻まで行われるため、途中の休みや中食を茶屋で摂るのだ。茶屋では席の手配もするし、大茶屋では贔屓の役者も呼んでくれる。

さて、と加門は茶屋を見渡した。

大盤振る舞いをしたという大口屋なのだから、行きつけは当然、大茶屋であったに違いない。しかし、客商売であれば、上客であった者のあれこれを軽くしゃべったりはしないだろう……。

加門は考えを巡らせながら、芝居茶屋を見て歩く。

どこか小茶屋に入ってみよう……。

小さな造りの茶屋を見ながら、歩く。と、前で手を振る人影があった。

「宮地様」

こちらに走ってくる。平賀源内(ひらがげんない)だった。

「おお、これは源内殿」

加門も思わず手を上げる。

数年前には金脈探しに熱中し、秩父(ちちぶ)に籠もった源内だったが、それに見切りをつけたあとは、江戸にいる。

目の前で立ち止まった源内は、にこやかに加門を見た。

「宮地様が芝居町においでとは、なんともお珍しい、いや、それとも実は芝居好きでおられたとか、それならそれで話ができて喜ばしいことですが」

　いや、と加門も笑顔になる。

「無粋者なので芝居はわからん、今日はちと、用事が……」

　言いながら加門は、はたと、手を打った。

「そうか、源内殿がいたではないか、今日は瀬川菊之丞殿の所に参られたのか」

　首をかしげる加門に、源内が「はい」と頷く。

「菊之丞が中村座に出ておりますんで、ちと差し入れに」

　源内はふくらんだ懐を叩く。

「それは好都合」加門は半歩、間合いを詰めた。

「わたしも会わせてもらうわけにはいくまいか。芝居の贔屓のことで、話を聞きたいのだが」

「おや、さいで」源内は手を上げて歩き出す。

「では、いっしょに楽屋に参りましょう、菊之丞、朝の出番のあとは昼過ぎまで出番がないので、話しもできますよ」

　すたすたと進む源内に、加門も並んだ。

　路地を入り、中村座の裏手にまわった源内は、堂々と楽屋口から入って行く。

「あ、源内先生、こんにちは」

芝居小屋の男らが頭を下げる。

「はいな、邪魔しますよ」

源内は愛想よく、楽屋へと上がり込む。

源内は戯作や浄瑠璃の本も書いており、歌舞伎になった作品もある。芝居町では、知らぬ者がいない。

そうか、と加門は改めて源内を見た。立派な先生なのだな……。

「菊之丞、いるかい」

奥の楽屋の暖簾を、源内はかき上げた。加門も続いて入って行く。

「あら」

美しく化粧をした女形の菊之丞が、二人を見上げて手をついた。

「ようこそ」

艶やかに笑む菊之丞に、源内は加門を手で示す。

「前に町でお会いしたことがあったろう、あの田沼様の幼なじみ、宮地加門様だ」

「はい、覚えておりますとも」

菊之丞はにっこりと頷く。

「いや、邪魔をしてすまぬ」加門は間合いを取って向かいに座る。「ちと、知りたいことがあって芝居町に来たところ、ちょうど源内殿と会ったのだ」

「おや、そうでしたか、邪魔なんぞではありゃしません。あたしも三十路を控えて、すっかり暇な役が多くなりましたんでね、時はたっぷりとあります、どうぞ、お尋ねくださいましな」

加門は改めて菊之丞の白い顔を見る。当世きっての女形、と謳われただけあって、華と色香はまだ充分にある。菊之丞が作った鷺娘という舞踊は江戸中の評判となり、加門の耳にまで入っていた。

源内は懐から包みを取り出し、隅に置く。

「そら、おまえの好きな焼き菓子だ。あとでお食べ」

「まあ、ありがとうござんす」

二人が恋仲であることを、知らぬ者はいない。源内は衆道であることを誇りにさえして、堂々としている。

で、と菊之丞の目顔が加門に向いた。

うむ、と口を開く。

「札差の大口屋治兵衛を知っていようか、暁翁とも呼ばれておる通人なのだが」

「はい、それはもちろん。十八大通の筆頭ですもの、芝居町で知らぬお人はありゃしません。二代目市川團十郎の大贔屓で、最後の〈助六〉はそりゃあ、すごかったんですよ」

「ああ、あれは評判になったな」源内が身を乗り出す。

「なにしろ、大口屋は下の桟敷席の西半分を買い占めた、ときた。招いた客には、とびきりの弁当を配ったそうですよ。海老やら鯛やら鮑やらが入っていた、とかいう話で」

　ほう、と加門は二人を見る。

「桟敷席の買い占めとは、豪儀なことだ」

「ええ」菊之丞が頷く。

「東半分は十八大通の一人、魚問屋の旦那が買い占めたもんで、お客は大騒ぎ、さすが、大通はやることがでかいってね」

「なるほど、大口屋の大盤振る舞いは聞いていたが、大した散財だな」

「はいな、振る舞いも振る舞い、市川團十郎には着物を贈ったり道具を揃えたりと、気前よく遣ってましたねえ。大口屋さん、自分でも同じ助六の衣装に、鮫鞘の脇差しを差して、歩いてましたよ。黒羽二重の小袖に紅絹の裏地、鉢巻は江戸紫の縮緬、足袋は黄色、助六の鉢巻は大口屋さんを真似て紫になったんですよ」

「ほう、羽二重に紅絹、おまけに鮫鞘とは、武家にはできぬ贅沢だな」

「ええ、まさしく。わたしの刀も鮫皮使いにできたのは近年のこと」

源内は己の刀を見た。

鮫の皮は、滑り止めとして柄に使われる。が、鮫は日本近海では捕れないため、交易によって買い入れる貴重品だ。安価な刀には、鮫皮は使われない。逆に、高価な刀では、それをより長い鞘に用いる拵えもある。鮫皮を研磨し、漆をかけるという贅沢な作りだ。

「聞いた話ですけど」菊之丞が言う。

「暁翁はその姿で吉原にも行っていたそうですよ。助六のまんま、背中に尺八を差して、蛇の目傘まで持って」

「ほう、それは人目を惹いたであろうな」

感心する加門に、菊之丞が小さく笑う。

「ええ、喝采を浴びたそうですよ、気持ちようござんしょうね」

ふうむ、と加門は腕を組む。考えていた以上の贅沢ぶりだ。札差というのはそこまで儲かるものなのか……。

源内が煙草に火をつけて、ふうと煙を吐き出した。

「あれは芝居町の語り草になるだろうねえ」

「ええ」菊之丞が頷く。

「團十郎さんにとっては、最後の花道になったでしょうね。それで気がすんだから、命を終えちまったのかもしれません。まあ、七十でしたから大往生ですけどね」

「そうか、暁翁ってえお人が隠居をしたのは、市川團十郎がいなくなって、気概を失ったせいもあるかもしれないな。人ってえのは、生きがいをなくすとあっという間にしぼんでしまうからな」

源内は言いながら、煙草の火をぽんと落とした。

「そうかもしれませんね。大口屋さんは、ずいぶんと荒っぽいお人だったようですから」

菊之丞の言葉に、加門は腕を解いた。

「荒っぽいとは……そうなのか」

「ええ、人を投げ飛ばしたとか、殺しかけたこともあるとか。まあ、それは吉原辺りでのことらしいので、よくは知りませんけど。けど、ずいぶんと気が荒くて、力の強いお人だそうですよ」

「ほう、そうであったか。いや、聞いておいてよかった」

加門は顎を撫でる。

源内はちらりとその横顔を見た。

「話はお役に立ちましたか」

「ああ、知りたいことがよくわかった。助かった」

「それは、ようございました」

訳知り顔でにっと笑う。加門の役目をどこまでわかっているのか不明だが、源内はいつでもよけいな詮索をしてこない。

「いや、すっかり邪魔をした、申し訳ない」

腰を上げる加門に、二人は姿勢を正して礼をした。

「田沼様によろしくお伝えください」

かしこまって顔を上げた源内に、加門は「うむ」と頷いた。

五

十二月二十八日。

江戸城西の丸の庭に、加門と草太郎は立った。木立の陰から、本丸からやって来た行列を見守る。

先頭を歩くのは家治の嫡男家基だ。次期将軍である家基は、この西の丸の主として、今日から暮らすことになる。うしろには西の丸の老中や家臣らが付き従い、最後には大奥の奥女中らも続く。西の丸御殿には、本丸御殿と同じように役人が詰める表、住居となる中奥(なかおく)、そして大奥がある。

家基らは玄関へと進み、奥女中らはそれを見送って、大奥の戸口へと入って行った。

草太郎は、行列を目で追って、息を吐いた。

「さすが、次期将軍様のご一行ですね」

「うむ」父が頷く。

「家基様は背もずいぶんと伸びられた。ご壮健なのはなによりだ」

「わたしは初めてお姿を拝見しました。真にお元気そうですね」

ああ、と加門は目を細める。吉宗の頃から、将軍の世継ぎを巡っては、いろいろとあったことが思い出された。

おや、と加門は目を先ほど行列がやって来た方向へ向けた。少人数ではあるが、また行列が現れた。

「おう、重好様だ」

　父の言葉に、草太郎が首を伸ばす。

「あのお方が……」

　徳川重好は将軍家治の弟だ。御三卿の一家清水家の当主である。家治とは兄弟仲がよく、親しくつきあいをしている。

「重好様にとって、家基様は甥御に当たられるわけだからな、かわゆくもお思いなのだろう」

　重好に付き従う臣下は、大きな荷物を抱えている。

「そうか、お祝いをお持ちになられたのですね」

　重好はゆっくりと玄関へと向かって行く。

「どう見る」

　父の問いに、「は」と草太郎は首をひねる。加門は目顔で重好を示した。

「医学所で学んだであろう、人は姿や歩き方、動作や声などで、心身のようすを知ることができる、と」

「あ、はい」

　草太郎は重好を目で追う。

「顎は下がり気味、肩にも力は入っていません。足の運びはゆっくりで、足の上げ方は大きくなく……気が充実していないように見受けられます」

「ふむ、そうだな」

「重好様はおいくつなのですか」

「確か、二十五におなりだ。七年前に、宮家の貞子女王を正室の御簾中様として迎えられたのだが、未だ御子はない。お身体がお弱そうなのが、少し気にかかる」

「そうでしたか」

二人は、御殿に入って行く一行を見送った。

加門は小声で言う。

「御庭番は御三卿のことなども知っておかねばならぬ。そなたも、もしお見かけするようなことがあったら、ただ礼をするのではなく、そのごようすなどを気をつけて窺うのだぞ」

「はい」

頷いた草太郎は、あっと声を洩らした。

また、新たな一行がやって来たのだ。先頭に続く家臣は、やはり包みを抱えている。

「あのお方は」

「ああ、一橋家の治済様だ。初代の当主であった宗尹様が亡くられて、あとを継がれたのだ」

「治済様には兄上がいらした、と聞いたことがありますが」

「うむ、二人、おられた。だが、ご長男が福井の松平家に養子に入られ、その後、亡くなられたために、さらに御次男がそのあとの養子になられたのだ」

「なるほど、ゆえに、治済様があとを継がれたのですね。しかし、嫡男なのに養子に出す、などということがあるのですね」

「む、まあな。御三卿といってもお役目があるわけではなく、言ってみれば部屋住みと同じようなもの。さほどに重くは見られていなかったのだろう。だが、松平家としては、徳川家から養子を迎えれば家格が上がるゆえ、是非にと望んだのだろう。その申し入れを、家重様もお許しになったのだ」

本当はそこに裏があるのだが……。加門は、どう話そうか迷う。まあ、いずれ、だ……。

その顔を、息子が見た。

「宗尹様というのは、どのようなお方だったのですか。大層、鷹狩りがお好きであったと聞いたことがありますが」

「ああ、そうだな、お好きだった。鷹狩りは年に何回、と決められていたのだが、それでは足りずに、兄上の分を分けてもらっていたほどだ」

「へえ、そこまでとは」

「うむ、御三卿には務めがあるわけではないからな、時はたっぷりとある。宗尹様はほかにもいろいろと楽しみをお持ちで、菓子作りにも熱中しておられたのだ。皆様にも配られたりしていた」

「へえ、それでは家重様も召し上がったのですか」

「いや」加門は首を振る。

「決して、召し上がらなかった」

「え、なぜ……」

言いかけて、草太郎は口をつぐんだ。

毒殺を懸念(けねん)して、だ……。加門は目顔でそう告げる。

草太郎は半分、わかったように黙って頷いた。

「さて、治済様はどう判じる」

父の問いに、息子は改めて目を凝らす。

「顎を上げて、堂々としておられる。足の運びも早く力強い。ここからだとお顔はわかりませんが、目力も強そうですね」

「うむ、強い。話し方は穏やかだが、声も張りがある」

言いながら、加門は、はっと思い出した。以前、意次と話す治済に、どこか引っかかるものを感じたことだ。そうか、声の出し方、話し方だ……わたしが探索の際、嘘を話すときの感じに似ているのだ……なにがどう、と説明はできないが……。

考え込む加門を、草太郎が覗き込む。

「治済様は気が充実しておられるのだと思います。合っていますか」

「あ、ああ、合っている」加門は頷いた。

「治済様は御三卿のなかで、一番堂々としておられる。自信がおありなのだろう。しかし、それを表だっては出されない。確か、来年、二十歳になられる若さだが、如才のなさがすでに身についておられる。宗尹様もそういうところがおありだったが、お父上よりもずっと上のようだ」

「へえ、そうなのですか」

草太郎は御殿の玄関に向かう治済を目で追った。

お、と加門は顔を巡らせた。

また行列が現れたのだ。

「田安家の治察様だ」

「田安家の……」草太郎も首を伸ばす。

「まだお父上はご健在ですよね」

「ああ、宗武様はご当主のままだ。が、もう五十も過ぎておられるし、病がちだとも聞いている。まあそれに、跡継ぎの治察様を次期将軍に覚えていただくよい機だと思われたのだろう」

なるほど、と草太郎は頷く。その目で、治察の歩みを見つめる。

身体は細く、足取りも緩やかだ。顔は上げているが、胸の張りが小さく、振る腕にも力がない。

草太郎は父を見上げた。

「お身体がお弱いのではないでしょうか。顎はしっかりと上げられていて、気力はおありになりそうですが……なんというのでしょう……お身体と気持ちの折り合いがとれていない、というか……」

「ふむ」加門もじっと目で追う。

「そうかもしれんな。お父上は気の強いお方ゆえ、御子らを厳しく育てられている、と聞いたことがある。親の期待に応えようとすれば、人によっては、それが無理になることもある。己の分限を超えると、身体も気持ちも平らかでなくなり、それが病を生むこともあるのだ」

「そうなのですか」草太郎は治察のうしろ姿を見て、その目をちらりと父に向けた。

「わたしは宮地家の生まれで幸いです」

ふっと、吹き出しそうになる笑いを、加門は呑み込んだ。

「そうであろう。わたしも亡き父には感謝をしている」

「はい、御爺様は朗らかな方でしたよね、わたしも好きでした」

うむ、と加門は息子の肩に手を置いた。

「さ、戻るとしよう」

二人は西の丸をあとにした。

第二章　揺れる思惑

一

明けて明和七年（一七七〇）。

正月の飾りも町から消えた下旬、加門は蔵前の町を抜けた。普段とは違う、よれた着物にほころびの出た袴姿だ。浪人らしく、鬢もだらしなく結っていた。

足を止めたのは厩河岸だ。

すでに数日前、家の場所は確かめていた。

二間の間口の小さな家の前に立つと、加門は、

「ごめんくだされ」

と、声を上げた。

少しの間で戸が開き、下働きらしい男が顔を上げた。

「どなた様で」

「こちらは大口屋治兵衛殿の家と聞いたのだが」

はあ、と男が振り向くと、中から足音が近づいて来た。

「もう大口屋ではありません。ただの暁翁ですが」

白い鬢の男が上がり框に立った。

これが大口屋か……。加門は土間に足を入れながら、老人を見る。髪は白く、顔には皺が刻まれているが、高い背は曲がってもおらず、立つ姿はしゃんとしている。

加門は向かい合うと、にこやかに口を開いた。

「いや、いきなりで申し訳ない。わたしは宮内草庵と申す」

考えてきた名を述べると、暁翁は「はて」と首をひねった。

「草庵様……どこぞの句会でお会いしましたかな」

「いえ、会うのは初めて、かねてよりお名を聞いていたので、押しかけてきたのだ。実は、十八大通のことを書きたいと思うているのだ」

「書く……お武家様がでございますか」

「いや、わたしは浪人でな、暇がある。で、書き物などをしていたのだが、道楽が高じて読本を書きたくなったのだ。平賀源内殿がいろいろと本を出しているのを見て、わたしもやってみたくなってな」

「ははあ」暁翁は手を上げた。

「道楽者とは気が合いますな、では、お上がりなさいまし」

「かたじけない、邪魔をする」

加門は上がり込む。

奥の座敷で向き合うと、加門はひと巡り、部屋を見渡した。飾りはなく、よけいな置物もない。

「ほう、これは意外……侘びの境地と見ゆる」

加門の言葉に、暁翁はふっと笑った。

「札差の株を売り、家も売ったさいに、家財もすべて手放しました。日々の暮らしに入り用なものしか、ここにはありません」

加門は耳を澄ませる。台所で茶の用意をしているらしい音以外、人の立てる物音は聞こえてこない。

加門のもの問いたそうな顔に、暁翁は苦笑を深めた。

「家の者はおりませんでな、付いて来たのはあの太平だけ。女房子供らには、とうに愛想を尽かされておりましたんでしょう、株を売った金を渡したら、とっとと離れて行きました。物もなく家族もなく、まあ、せいせいとしたもんです」

　加門は返事に困って、苦笑を浮かべながら問うた。

「大通で鳴らしたと聞いたのだが、もう、未練はないと仰せられるか」

「ありませんな。やりたいと思ったことはすべてやりましたし、なんの未練も残っちゃおりません。して、なにがお知りになりたいのですかな」

「うむ、市川團十郎のことは人から聞いた、助六の装束のことも聞いた、あと、吉原では福の神と呼ばれていたという話だが、どのような遊びをされていたのか、知りたくてな。実は、わたしは吉原には上がったことがないのだ」

　ほう、と暁翁は加門のよれた着物を見て、いかにもという顔つきで頷いた。

「吉原……あたしらは里というんですがね、そこに行ったら、花魁（おいらん）のほかに、多くの女衆（おなごしゅ）を呼んでやるんです。新造（しんぞう）や禿（かむろ）、芸者なんぞをたくさんね。いや、女ばかりでなく、幇間（たいこもち）も呼ぶし、で、若い男衆にも小遣いを配る。それだけでも、喜ばれますわな」

「なるほど、そんなにいろいろの者がいるのか」

「ええ、そりゃ、多ござんすよ。それに上がったら、一番の料理を出させるんです。

むろん、酒も下り物の一級品です。席に出た者全員に振る舞うとなれば、これもまた喜ばれますな」

ほう、と目を瞠る加門に、暁翁も語るにつれて笑顔になってくる。

「吉原では、小判を撒くようなお人もいましたがね、ありゃ、野暮というものだ。金を拾うような真似をさせちゃあいけない。相手も気分よく受け取るようにしてあげるのが、通というものですよ」

「ふむふむ」加門は腕を組む。

「しかし、暁翁は腕っ節が強く、非礼の相手を殺そうとしたことがある、という話も耳にしたのだが」

「ああ、あれですか」暁翁は手を振る。

「米糠の水をかけられて腹を立て、相手を臼に頭から突っ込んだというやつでしょう。確かに、その若い男をこう、持ち上げて、臼に逆さに投げ飛ばしました。けど、殺そうなんぞしちゃいませんよ」

腕を持ち上げて、暁翁は笑う。歳のせいで細くはなっているが、腕はしっかりとしており、肩幅も広い。その腕を振った。

「なんでも、大げさに広まったんですよ。十八大通なんざ、人が面白がって話す種にされているだけのこと。あたしはいい種になりやすかったんでしょう。もっと、豪儀なお人もおりますよ」

　暁翁は含み笑いをする。

「ほう、たとえば」

「そうですね、たとえば、笠倉屋の平十郎さんなんぞ、小判に刻印をしていますよ。名の平の字を、押しているんです」

「小判に……なんのために……」

「自分の手を通った証にしたいんでしょ。手にしたお人が、これは笠倉屋を通ってきた小判だ、とひと目でわかるのが、気持ちいいらしいですよ。そういう小判が江戸中に流れれば、笠倉屋がいかに多くの金を流しているか、みんなが知ることになりますからね」

「なんと」加門は口を開く。

「いやしかし、小判に勝手に刻印をするなど、御法度のはずだが」

「はい、だからこそ、でしょう。御法度なんぞ怖れはしない、という強さを示すのも狙いのうちなんでしょうよ。実際、未だにお咎めを受けたという話は聞きません。まあ、笠倉屋さんはお旗本の札旦那も多くいますから、見て見ぬふりをしているんじゃございませんか」

晩翁が片頬だけで笑う。

「まあ、そこまでするのは平十郎さんだけですが、札差にはそういう豪儀の者が多くいますよ。そうそう、里では富田屋の安右衛門さんも、最近は派手に遊んでいるそうですよ。いや、里や深川で豪遊する札差は多ござんす。ま、だからといって、通とは限りませんがね。金を持つと、人はどうも野暮になりやすいもので」

ふっと笑って、自分は違うと言いたげに胸を張る。

「ふうむ」加門はしみじみと首を振った。

「札差というのは、それほど儲かる仕組みになっているのか」

晩翁は顔を逸らして咳を払う。

「さて、と、話はこの辺でよいですかな。このあと、按摩を頼んでありますんでね」

「お、そうであったか」加門は腰を上げた。

「いや、邪魔をした。また、来てもよろしいか」

晩翁は上目で見る。しばし閉ざした口を、やっと開いた。

「まあ、かまいませんが」

「そうか、かたじけない。面白い話なので、また続きを」

笑顔を作った加門に、暁翁は表情もなく頷いた。

厩河岸を離れた加門は、蔵前に戻った。

笠倉屋か……。並ぶ看板を見ながら歩く。

辻を二回曲がると、目指す看板があった。

広い間口に、立派な屋根が乗っている。

ほう、と屋根に着いた看板を見上げ、笠倉屋という漆塗りの文字を読む。小判に刻印するなど、よく考えついたものだ……小判か、家に帰ったら見てみるか。いや、小判などないな……。

加門は苦笑をかみ殺しながら、その前を行き過ぎた。その足で、次の通りに出る。

歩いて行くと、富田屋の看板が目に入った。

吉原で豪遊しているというのは、この札差か……。

ちょうど戸が開き、中から武士が出て来た。借金に来たのだろう、加門に気がつくと、決まり悪げに顔を逸らし、足早に去って行く。

内から引かれる戸の隙間から、奥を覗くが、広く、いかにも奥行きがありそうだ。

戸に手をかけた手代と目が合い、加門は歩き出した。

吉原にもそのうち行ってみるか……。

小さく振り返りながら、加門は蔵前をあとにした。

二

神田橋御門の内にある田沼意次の屋敷に、加門は入って行った。田沼家の家臣は皆、加門の顔を知っているため、案内もなく進んで行く。が、奥の部屋では、待たされることが多い。来客が多く、意次はその対応をするためだ。

だが、今日はすぐに「どうぞ」と通された。入ろうとした加門は、え、と足を止める。すでに客がいたためだ。

「おう」

と、意次が加門に手を上げると、客が振り向いた。

「あ、宮地殿」

客の笑顔に、

「おう、正利いや、岩本殿であったか」

加門も笑顔を返して入って行く。

「ちょうどよいところに来た」意次も笑顔になった。

「正利殿と久しぶりに話をしていたところだ」

　岩本正利は、加門や意次と同じく幼なじみだ。父親が、意次の父や加門の父と同じく、紀州から吉宗の家臣として付いた来た男だったためだ。同じ境遇として仲がよく、その二代目である子供同士も仲良く育った。

　正利は加門に笑顔を向ける。

「いや、田沼様にはなにかとお世話になっているのでな、挨拶に参ったのだ」

「田沼様はよせ」

　意次も笑う。

　昔は、それぞれ、名を呼び捨てにしていたが、家を継ぎ、旗本になればそうもいかない。まして、出世を重ね、今や老中格になった意次に対して、正利はかしこまる。加門も人がいるときには、田沼様と気を遣って呼んでいた。

「いや」正利が首を振った。「おかげで娘は大奥でよいお役をいただいて働いている。これも田沼様のおかげだ」

「おお、そういえば、娘御が大奥に上がったのだったな」

　加門の言葉に、うむ、と頷く。

「お富は負けず嫌いで、姉らと張り合う気持ちが強くてな、大奥で行儀見習いをしてよい家に嫁ぐのだ、と幼い頃から言っていたのだ」

「ほう、それは頼もしいではないか。よい家に縁づけば、岩本家の出世にもつながろうし」

岩本家は何度も御役が変わったが、大身になるほどの出世はしていない。

いや、と正利は頭を掻く。

「わたしはそんなことを望んでいるわけでないのだ。しかし、お富はいっこうに気持ちを変えようとしないのでな、それならと田沼様にお願いしたというわけだ」

なに、と意次が頷く。

「よい娘御は大奥でも望むところなのだ。お富は気が利くと、こちらも礼を言われたくらいだ」

意次は大奥と上手くつきあっている。そのつきあいは古い。

九代将軍の家重が、まだ世子として西の丸で暮らしていた頃、意次はその小姓として仕えていた。端整な顔立ちの意次が庭に出ると、西の丸大奥の奥女中らは競って眺め、節分の豆まきで大奥に入ると、娘らは大喜びすると、城中にも知れ渡っていた。

もともと、人を身分で区別しない意次は、女人に対しても侮った態度は取らない。

気さくで気が利く意次の人柄は奥女中らにも好かれ、御年寄などの重役からは頼りにもされている。

「よかったではないか」加門も頷く。

「大奥勤めをした娘には、よい縁談が来るものだ。お富殿にとっても、よい道筋となろう」

「うむ、そうなればよいのだが」

笑顔だった正利は、はっとして腰を浮かせた。

「いや、ではわたしはこれで」

正利は加門が御庭番であると知っている。折り入った話があるのだろう、と察した顔で立つ。

「また来てくれ」

意次の言葉に、正利は笑みを返す。

「うむ、また」

加門にもそれを向けると、そっと部屋を出て行った。

「邪魔をしてしまったな」

加門が言うと、なに、と意次は首を振った。

「かれこれ小半刻（三十分）は話したのだ、気にすることはない。それより、そなたの話も大事だ。なにか、わかったか」

うむ、と加門は見聞きしてきた札差のことを話す。

「ほう、大通というのは聞いたことがあるな。しかし、小判に刻印とは、よく思いつくものだ」

「ああ、わたしも呆れた、というか半分、感心した。子供じみてはいるがな。それは笠倉屋というのだ、捕まえるか」

「いや、目くじらを立てるほどでもあるまい。そなたの言うとおり、児戯に等しい。それに、これまで見過ごされてきたということは、勘定奉行や町奉行も、借金を抱えているのかもしれんな」

「わたしもそれは思った」

苦笑が交わされる。

だが、と意次が腕を組む。

「なにゆえに、そこまで儲けることができるのか、だ。札差が金を貸すさいの金利は一割五分から八分と定められている。大した利幅ではあるまい」

「うむ、そこはまだつかめておらん。なにか、からくりがあるのだろうとは思う。この先、それを調べてゆく」

「ふむ、そうさな。まあ、これは急ぐことでもない。時をかけて探索してくれ」

「承知」

かしこまって頷いた加門は、廊下へと顔を向けた。足音がやって来る。

「殿、お客様でございます」

障子の向こうから上がった家臣の声に、加門は立ち上がる。

「また来る」

頷く意次に告げて、加門は廊下へと出た。

廊下を歩いていた加門は、足を止めた。

やって来たのは、平賀源内だった。

「やや、宮地様」

小走りに寄った源内は、加門の腕をつかんだ。

「ちょうどよいところに。いっしょに話を聞いてくださいませんか」

そのやりとりに、障子が開いた。

「なんだ、源内殿か」意次が笑む。

「では、加門も戻れ」

うむ、と源内に引っ張られて戻る。

「いや、よかった」

源内は意次と加門を交互に見た。

意次は源内に対しても気易く接している。が、加門がいると、さらにくだけて話せるのを、源内はよく知っていた。

意次は身を乗り出した。

「源内殿の浄瑠璃は、評判だと聞いたぞ」

この年の一月、源内は福内鬼外という筆名で書いた浄瑠璃本『神霊矢口渡』が舞台にかけられ、人気を集めていた。「うむ、わたしも耳にした」加門も頷く。

「なんでも南北朝の頃の物語で、京から鎌倉までを舞台にした大きな仕掛けだそうだな。面白いと評判になっているそうではないか」

「いやぁ」源内は額を叩く。

「まあ、我ながら面白く書けたとは思っているんですが、お客の喜ぶところは、こちらの狙いとは外れているところもありまして、なんとも驚いたりがっかりしたりと、ああいや、それはそれで学びになるんでいいんです、次に生かせますから。あ、夏にも別の浄瑠璃を芝居にかけることになっているんです」

「ほう」意次は感心して目を開く。

「源内殿は、ほんに多才なことよ。頭の中を覗きたくなる」

源内は一昨年、南蛮渡来の寒暖計を手に入れ、それと同じような物を作り上げていた。

加門も源内の頭を見つめる。

「ああ、まったくだ。どうなっているのだろうな」

いやいや、と源内は手を振った。

「本を書くのはあくまでも道楽でして……」

と、急にかしこまると、その手を畳についた。

「いえ、実は田沼様にお願いしたきことがあるのです」

「ほう、なんであろう」

「はい」源内はきりりと顔を上げた。

「わたしはもっと洋学を学びたいと思うております。以前、長崎で学んだときのことを思い出すと、こう、じっとしておれない心持ちになるのです。阿蘭陀の書物をもっと読みたい、文物も見たい、話も聞きたい、と。いや、わたしも四十三歳にもなりましたもので、浮世の長さを思い、うかうかと過ごしてはおれない、と」

「ふむ、長崎か、それはよいこと。吉宗公も阿蘭陀の本は多く取り寄せられ、ご自身も天文や暦などの本を読まれていた。家重様も洋書を学ぶことは奨励されていたものだ。わたしも、これからは外国の言葉や学問を学ぶことが大切だと思うている。源内殿の頭であれば、さぞかし多くのことを学び取るであろうな」

　意次は首肯してから、上体を乗り出した。

「しかしそうか、長崎で学ぶとなると、物入りだな」

「はっ」源内も首肯する。

「秋に旅立てれば、と思うているのですが、なにしろ、路銀すらなく……」

　元は高松藩士であった源内は、藩主にたいそう気に入られていた。が、藩に縛られずに自由に生きたいと願った源内は、脱藩を願い出て、それを許された。が、藩主はしかたなく許したものの、怒りを捨てきれなかった。今後、仕官することおかまい、として、仕官を禁じたのだ。源内の才を買った意次は、家臣か幕臣にしたい、と思ったがそのせいでかなわなかった。

　源内は手をついたまま意次を見上げる。その意を呑み込んだ意次は、ふむ、と天井を見上げた。

「そうさな、召し抱えることはできなくとも、御用を命ずることはできよう」

「は、はい」

　輝いた源内の顔に、意次は笑みを向けた。

「まだ三月だから、秋ならずいぶん間がある。考えておこう」

「はっ」頭が畳につきそうになる。

「ありがたき幸せ」

　加門は笑顔を向けた。

「源内殿が長崎に行けば、収穫も大きかろう。国中の皆にとっても、よいことだ」

　うむ、と意次が笑う。

「遊学の資金を上まわる学びがあろう。まかせておけ」

　よし、と意次は手を打って声を放った。

「酒を持て」にこやかに笑う。

「前祝いだ」

「ややっ、これは恐悦至極」

　源内はもう一度、低頭した。

三

以前と同じよれた着物を来て、加門は夕刻の蔵前に行った。

前に歩いたときに、目星をつけていた居酒屋に入る。

小上がりで一人、ちびりちびりと酒を飲みながら、客のようすを見はじめた。

入って来る客は、この辺りの札差の奉公人が多い。

加門は酒を飲み、肴(さかな)を突つきながら、人々が交わす言葉に耳を傾けていた。

新たに二人が入って来た。

加門の座る小上がりに上がり込んでくる。

「らっしゃい」

馴染(なじ)みらしく、店の小僧が笑顔で寄って行く。

「今日は休みですかい」

「おうよ、だから谷中(やなか)に行って来たんだけどよ」

そばかす顔の男が言うと、連れの丸顔が続けた。

「噂どおりだったぜ、とんだ茶釜(ちゃがま)が薬罐(やかん)に化けた、ってな」

「ああ、笠森お仙」小僧が言う。

「ほんとにいなくなっちまったんですか」

「ああ、いなかった。薬罐のような親爺がいるだけで、お仙はどうしたって聞いても、やめましたって言うばっかりでな」

「ああ、どこに行ったんだいって尋ねても、わかりませんって首を振りやがる。まあ、実の親でもないっていうからな、いいかげんなもんだ」

へえ、と小僧は口を開く。

「ちくしょう、おれは一回もお仙を見てないんだ。そのうち行こうと思ってたのになぁ」

「ああ、そういうやつらも来てたぜ。いないとわかって地団駄を踏んでやがった。おれは三回、見たからな、気はすんでるけどよ」

丸顔が言うと、そばかす顔も頷いた。

「おう、行っといてよかったよな。そのうち、なんて言ってると、なんもしねえうちに命が終わっちまうぜ」

ああ、と小僧が天井を仰ぐ。

「次があったら、とっとと行くがいいぜ」丸顔は笑いながら手を上げる。

「酒、頼まあ、あと、肴はみつくろってくれ」

へい、と小僧は奥へ消えていった。

二人は運ばれてきた酒を酌み交わしながら、しゃべりを続けている。

「そういや、笠倉屋の対談方、やめたらしいな」

「ああ、どっかの蔵宿師に負けて、旦那さんに愛想を尽かされたらしいぜ」

加門は耳を立てた。札差の奉公人だ……。

二人はやめていった男のことなどを言い合っている。

加門は、新たに酒を頼んだ。

運ばれてきた酒を手に、その二人の横へと行く。

「兄さん方、一杯どうだ」

え、と向けられた顔に、加門は笑みを作って見せた。

「いや、実は札差の店のお人が来るのを待っていたのだ。兄さん方の話が聞こえたのでな、ちょっと邪魔させてもらった」

「へえ、そいつは、なんでまた」

丸顔はぐい呑みを差し出しながら、上目で見る。

加門は酒を注ぐと、どっかと座った。と、二人の顔を交互に見る。

「わたしは見てのとおり浪人でな、仕事を求めておる。で、札差の対談方に雇ってもらえないかと考えたのだ」

「対談方に……」

「うむ、対談方というのは、高値で雇われていると聞いた。十両、二十両も珍しくないのだろう」

「ああ、そらな」丸顔が笑う。

「二十両どころか、腕っ節の強いやつは五十両で雇うこともあるし、百両、二百両払うことだってあるんだぜ」

「そんなにか」

　驚く加門に、そばかす顔も笑い出す。

「そうさ、この蔵前じゃ、そのくらいの金、驚く額じゃねえ。札差ってえのは、それくらい懐がでかいんだ」

「ほうぅ」

　目を丸くする加門を、そばかす顔がまじまじと見る。と、その顔を振った。

「けど、旦那なら蔵宿師のほうがいいと思うぜ。こう言っちゃなんだが、対談方は若いもんが多いんだ」

「おう」丸顔がそれを受ける。

「旦那みてえに歳のいったお人は、蔵宿師のほうが向いてるぜ。口のうまさと威厳で、押し切るんだ」

「そうさ、対談方のほうは、勢いと向こうっ気でそれに対抗するみてえなもんだ。まあ、最後、腕っ節の勝負になりゃあ、強いほうが勝つけどよ」

ほう、と加門は顎を撫でた。

「そういうものか」

「ああ、そういうもんでさ。最近は転宿(やどがえ)の話も増えて、揉めることも多いからな、店のほうは対談方を増やしてっけど、やっぱし若いもんを集めてんな」

「転宿……それはなんだ」

加門が酒を注ぎながら問うと、そばかすはそれを受けて、目を見開いた。

「ああ、そっか、浪人さんは札差には縁がないもんな。武家と札差は普通、長いつきあいなんだが、借金が重なるとこれ以上は貸せない、ってなるわけさ。そうすると、お武家さんのほうは、札差をとっ替えようと考えるわけだ。それが転宿ってこった」

「そうそう、ま、そいつはそう簡単にはいかねえから、揉めるわけだ」

丸顔は加門の手元から酒を取って、手酌をする。

「簡単にいかないとは」

　加門の問いに、そばかす顔は肩をすくめる。

「借金を全部、返さないことには、替えられないってことさ」

「なるほど、それは道理だな」

「そっさ」丸顔も片頬で笑う。

「だから揉めるんだ。ま、旦那が仕事をするんなら、蔵宿師のほうが向いてると思いますぜ」

「ああ、旦那は対談方をやるにはちっと品がよすぎらあ。お武家を当たったほうが、ぜってえにいい」

「そうか」加門は残っていた酒を二人に注ぐ。

「では、そちらで考えてみよう。いや、邪魔をしたな」

　そう言って腰を浮かせる加門に、二人は顔を上げて初めて笑顔を見せた。

「いや、ごちになりました」

　居酒屋を出て、加門は厩河岸へと向かった。

「ごめん、暁翁殿はおられようか」

　そう言いつつ、すでに手は戸を開けていた。

「おや」座敷の暁翁が手にした本から顔を上げた。

「草庵さん、でしたな」

「邪魔をしてもよろしいか」

　ずかずかと入って行く加門に、ふうむ、と顔を歪めつつも、

「まあ、いいでしょう」

と、招くように手を上げた。

　上がり込んだ加門は、陽気のことなどを話しながら、向かいに座り込んだ。

「いや、実は転宿のことを聞いたのだが、仕組みがよくわからないので、教えてもらえまいか、と思うて来たのだ。大まかのことはわかったのだが、転宿というのは、よく行われるのだろうか」

「ふむ、よく、というほどではありませんな。なにしろ、それまでの借金をきれいにしなければ、できないこと。ほかから金を借りるとかして、清算するお人もおりますがな」

「なるほど。何年くらい借金を貯め込むと、そうなるのだろう」

「それは、人それぞれですな。何年かに一度、返す札旦那もいるし、延々と借金を重

ねていく札旦那もおられる。特に御家人は、返さないまま積み重ねていくことが多い。ために、以前は直取り(じかど)なども行われていたほどで」

「直取りとは」

「あたしどもが札旦那の所に手形を預かりに行く前に、旦那がその手形を持って蔵前に来て、お米と替えてしまうんですよ」

ほう、と加門は口を曲げる。

「なるほど、考えたものだ」

暁翁はしかめ面を横に振る。

「こちらとしては、たまったものじゃない。すでに借金の形(かた)になってるんですから、勝手をされちゃ困る。ですが、それがあまりにも増えたので、お上(かみ)に訴えたんですよ。直取りを禁止してほしいと」

「そうであったのか」

「ええ、訴えは通って、昨年から、直取りは御法度となりました」

ううむ、と加門は腕を組む。

「確かに、直取りは契約違反、札差の訴えは道理……しかし、武家のほうは困ったであろうな」

「ええ、それはまあ……ですが、金を借りる仕組みはほかにもありましてね、奥印金（おくいんきん）などは、より多くの金を借りることもできますんで」

「奥印金とは、どのようなものだ」

首を伸ばす加門に、暁翁は苦笑する。

「札差が自腹の金を貸すのではなく、ほかからの金を貸し付けるんです。それを仲介して、保証の印を押すという仕組みです。印を押すので奥印金、と呼ぶんですよ」

「ほかとは、どこから持ってくるのだ」

「大店の商家もありますし、大名家もある、多いのはお寺ですがね」

「そうなのか」

驚く加門に、暁翁は苦笑のまま、首を振る。

「はい。小さな札差はもともと貸すほどの金を持っていないことが多ござんすからね、よそから引っ張ってくるんです。上方（かみがた）では、公家（くげ）から引っ張ることも多いと聞きますな」

ほうぅ、と加門は目を見開き、そうか、と腑（ふ）に落ちた。収入がなく困窮する公家にとって、利息はそれなりの糧（かて）となるのだろう。そして、それは寺も同じこと……。

「まあ、利息はちと高くつきますがな」

暁翁は煙草盆を引き寄せると、煙管に火をつけた。

吐き出される白い煙を見ながら、加門はいつも城で見かける、さまざまな武士の姿を思い出していた。たとえ、高い利息をかけられても、金を借りねば、まわしていけないのだろう……。

暁翁は煙草の火をぽんと落として、加門を見た。

「十八大通のことを知りたいとの仰せでしたが、札差の話に筋替えですかな」

「あ、いや。大通は札差が多いゆえ、仕事のことをよく知らねばと思うてな。しかし、知れば知るほど、札差というは景気がよいものだと、感心する」

顔を振る加門に、暁翁は小さく笑う。

「さいですな。詰所では、上等の弁当を取り寄せていましたし、あたしなんぞも、弁当代に月に百両払ってましたな」

「百両」声が裏返る。

「弁当にか……いや、その詰所というのはなんなのだ」

「蔵前にある中の口という札差の詰所ですよ。月番で数人が詰めるんです。相談事などにやって来る旦那方のお相手をするのが、役目でしてね」

「中の口、か。いやしかし……」加門は首を振る。

「百両……」

小さくつぶやいた。

暁翁は懐かしむように、顔を上げた。

「なに、実際の仕事は手代まかせ、あたしらは奥で取り寄せた料理を食ったりと、暇を潰しておりました。人には言えないようなことをしていたお人もありましたな」

「言えないこと、とは」

身を乗り出す加門に、暁翁は肩をすくめる。

「書かれちゃ困りますからな、言えませんわ」

そう言うと思い出したかのように、くくくっと笑った。

四

四月の温(ぬる)んだ水で顔を洗うと、加門は手拭いで水気を拭った。その耳に、庭からの笑い声が届く。

女の声がしゃべり、笑い合う声だ。

廊下に立って庭を見ると、声の主らがいた。一人は母の光代だ。その相手が、加門に気づき、あ、とお辞儀をした。

「おはようございます」

「はい、光代様にお花を分けていただいておりました」

花のような面立ちで、お仙が微笑む。突然消えた、と江戸中で騒がれている笠森稲荷のお仙だ。

この二月から、御庭番倉地政之助の妻となって、この地で暮らしている。

御庭番の組屋敷は城に近い外桜田の鍋島藩の囲い内にある。秘密保持のため、外の者は中に入れないことと決められており、中の女はほとんど外に出ることはない。消えた、と騒がれているのは、そのためだ。

加門はお仙に笑みを返す。

「母は季節ごとに花を咲かせますから、どうぞお持ちなされ」

「はい、ありがとうございます」

また、ぺこりと頭を下げる。

どのようないきさつで倉地が娶ることになったのはわからない。が、御庭番は基本、同じ十七家の内で婚姻を行うことが決められている。ために、御庭番馬場家の養女となって、嫁入りをしたのだ。

「まあまあ」光代が息子を睨む。「そのように見とれていると、千秋に叱られますよ」

いや、と加門は咳を払う。

「まさか、そんな。馴れぬ暮らしゆえ、案じたまでのこと。母上、花を分けて差し上げてください」

「言われるまでもない」光代が顎を上げる。「お仙さんも、お庭に植えたいと言うから、株ごとおわけすることにしました」

はい、とお仙は微笑む。

「や、それはよかった」

加門は咳を払って、踵を返す。と、そこに妻の千秋がやって来た。

「朝餉の支度ができましたよ」

うむ、と足音を立てる加門の背中に、千秋と母の笑い合う声が聞こえた。

朝餉の膳に向かいながら、千秋が言う。

「お仙さんは本当におきれいですこと。明和の三美人、という話は聞いてましたけど、評判というのは実のあるものだとしみじみと思いました」

谷中の感応寺境内にある笠森稲荷の水茶屋で、お仙は働いていた。その美貌が評判となり、江戸の三美人の一人に数えられ、お仙見たさに大勢の人が集まった。やがて、浮世絵師の鈴木春信も惚れ込み、錦絵に姿を描いたことで、ますます名は知れ渡った。

「なんて言ったかしら」光代が首をひねる。

「お仙さんがいなくなったことで、町ではなんとかって言っているそうよ」

「ああ」加門が頷く。

「とんだ茶釜が薬罐に化けた、というやつだ。とんだ茶釜はお仙殿のことで、薬罐は親爺殿のことらしい」

「そうそう、とんだ茶釜だなんて、よくわからない言葉だけど、まあ、確かに薬罐に比べれば茶釜は美しい物だわね」

光代が笑う。

草太郎がそっと顔を上げた。

「わたしは医学所で錦絵を見せてもらったことがあります。まさか、御庭番の家に嫁入りするとは思いませんでしたが、錦絵と似ているので驚きました」

「まあ、そうなのですか」鈴が目を見開く。

「わたしもその錦絵、見てみたい」

「千江も見てみたい」

なんでも真似る妹が、口を揃える。

「あらあら」千秋が微笑む。

「そうね、けれど、今は錦絵どころか、本当のお仙さんがいるのですもの、皆が知ったら、羨(うらや)ましがりますよ。あ、なれど、外で言ってはいけませんよ、草太郎」

「はい、承知しております」

光代がその孫に目を向けた。

「男(おのこ)は女(おなご)のことになると、すぐに自慢したがりますからね、くれぐれも自重するのですよ」

ぴしゃりとした祖母の言葉に、草太郎は父を見る。加門は咳を払うと、

「いや、草太郎は心配に及びません」

首を振った。な、と目を向けられ、草太郎は、

「はい」

と、胸を張る。

ふふ、と笑いながら、千秋は娘らを見た。

「けれどね、お仙さんは大勢の人から見られるのが、おいやだったんですって。だから、この御庭番のお屋敷で暮らせるようになって、とっても気持ちが安らいだって言っておられたわ」

「ほう、そうなのか。町人から旗本に嫁ぎ、窮屈な思いをしているのではないかと、ちと気にかかっておったのだが」

加門は目元を弛めた。

宮地家もそうだが、倉地家も馬場家もすでに御家人から旗本へと出世している。御庭番の多くが旗本になり、囲いの外に土地を下されて移った者もいる。が、土地は人に貸し、この囲い内で暮らしている者も多い。

千秋は横目で夫を見上げる。

「お仙さんは倉地様に大切にされているようですから、ご不自由もないのでしょう、笑顔でおられることが多ございますよ」

「ほう、そうか、まあ、あれだけの美人、粗末にしたら罰が当たるというものだ」

「まあ」千秋の口が尖る。

「美人でなければ、粗末にしてもよいということですか」

「や、そういうことではない」

身を反らす夫に、妻が首を伸ばす。

「真でしょうか」

「む、むろんだ」

そのやりとりに、草太郎が声を挟んだ。

「なれど、母上、母上も美人であったと聞いています。よいのではないですか」

「まあ」千秋が顔を向ける。

「己のことを言うているのではありません、世の女のために言うているのです。それに、なんです、美人であった……あった、あった、と言いましたか」

あ、と草太郎が肩をすくめた。

「いえ、今もお美しいです。外を歩かれれば、鈴木春信の目に留まって、錦絵に描かれてしまうかもしれません」

ははは、と加門は笑い声を放った。

「うむうむ、そうだ。いや、そなたも御庭番らしくなってきたな。口のうまさは人から話を聞き出すために、一番大事なことだ」

「まあ」千秋の顔が向きを変える。

「口のうまさ、とおっしゃいましたね。実がない、ということでしょうか」

「や、そうではない」加門は味噌汁を口に運ぶ。

「言葉の中身を言うているのではない、間を置かぬことがよかったのだ」

味噌汁が喉元でむせる。

「母上」鈴が身を乗り出す。

「兄上が男前なのは母上に似たからだ、と、馬場様のお刀自様がおおせになっておられました」

ま、と千秋の面持ちが変わる。

「ええ、そうよ」光代が頷いた。

「男は母に似るのです。加門もわたくしに似たから、男前に生まれたのですよ」

ほほほ、と笑うと、千秋もそれにつられて笑顔になる。

「そして、娘は父に似ると言います。だから、鈴も千江も美人になりますよ」

娘二人も笑顔になる。

加門と草太郎も、目顔で笑みを交わした。

加門と草太郎は、連れ立って屋敷を出た。今日はともに、登城することにしていたためだ。

歩きながら、加門は息子を見る。

「そういえば、医学所の林田殿、けがはどうなった」

「あ、はい、傷口はすっかり塞がりました。海応先生も、もう出て行ってよい、と仰せになったのですが……」

困ったように眉を寄せる息子に、父は向いた。

「む、どうした」

「もう少し置いてほしいと、まだ医学所にいるのです。もう一度蔵宿師をやる、と言い出していて、なまった腕を戻すと、素振りなどをしているのです」

「また蔵宿師をやるだと」

「はあ、元の雇い主にもう一度、頼んでみると言って……」

「むう、なんということを、せっかく傷が治ったというのに」

加門は呆れて首を振った。その脳裏で、対談方にしてやられ、口惜しそうにしていた林田の顔を思い出した。

いや、まてよ、と加門は考え込む。

「む、そうか」加門は息子を見た。

「それはよいかもしれん。そなた、付いて行くと言うのだ」

「は、どこにですか」

「雇い主の御家人の家にだ。けがのことを説明すると言えば、納得するであろう」

はあ、と父の意図を読めずに、草太郎は顔を歪める。

「そして、わたしも付いて行く」

父の言葉に、息子は目を丸くした。

「父上もですか」

「うむ、一度、金を借りる側の話も聞いてみたいと思うていたのだ。その後家人は、郡代屋敷に詰めていると聞いた。わたしの顔など知らぬはずだから、ちょうどいい」

はあ、と今度は頷く。

「わかりました、では、林田殿に話してみます」

「おう、頼んだぞ、怪しまれないように話を持っていくのだ」

ううむ、と草太郎は唸りつつも、「はい」と顔を上げた。

五

数日後。

加門は医学所の戸を開けた。

〈林田殿を説き伏せられません。助けなどいらぬ、と言われてしまいました〉

昨日、草太郎はそう言ってうなだれた。

なれば、わたしが話すしかあるまい……。

「林田殿、少しよろしいか」

そう言って向き合った加門に、林田は年長への礼を示してかしこまる。

「草太郎殿に話は聞きました。ですが、ご足労いただかずとも、けっこうです」

「いや、これは頼みなのだ」加門は頭の中で考えてきたことを口にする。

「実は、昔からの道場仲間に御公儀の役人がいてな、武家と札差の金の貸し借りがどうなっているのか、知りたいと言われたのだ。札差の側から話を聞いたのだが、武家の事情も聞いてみたい。ゆえに、わたしが蔵宿師に加勢する、ということで立ち会わせてもらえないだろうか」

「わたしに加勢するということですか……宮地様が」

「うむ、わたしはけっこう弁は立つほうだ。腕もこの歳だが衰えてはおらん。あ、いや、金はいらんのだ。雇い主の話が聞けて、なおかつ、札差との交渉に立ち会えれば、事情がよくわかる。それを伝えることができれば、わたしの面目が立つというわけだ、どうであろう」

　ふうむ、と林田は考え込む。

　草太郎は感心したように、父を見つめていた。

「面目」林田はつぶやく。

「わたしもそこに引っかかったのです。蔵宿師はこれで最後、と考えていたものの、失敗して終わりにしては面目丸潰れ……一矢を報いてからやめたいと思うようになったのです。されど……」

　林田は顔を伏せた。

　加門はじっと見つめる。と、伏せた顔が上げられた。

「しばし、考えさせていただきたい。確かに、蔵宿師は二人、三人が組になることもある。だが、わたしは人と組んだことがないゆえ……」

「ふむ」加門が頷く。

「いきなりの頼み、迷われるのは当然のこと。こちらは待つゆえ、決まったらこの草太郎に伝えてくだされ」

「わかり申した」

　林田が親子を交互に見る。

加門は「では」と、腰を上げた。

五月。

加門と草太郎、そして林田正蔵が連れ立って、医学所を出た。

ともに雇い主の御家人に会いたい、という加門の申し出を、林田が受け入れたためだ。加門は小声で隣の林田に語りかける。

「わたしは宮田加右衛門（みやたかえもん）と名乗ることにする。幼なじみの役人に頼まれた、ということは話すが、その者の素性が知れてはいかんからな」

「さようで」林田は頷く。

「では、加右衛門殿と呼ぶことにしましょうか。草太郎殿のことは、宮田草太郎と呼べばよろしいですね」

「うむ、それでよい、頼む」

「承知しました」

林田の先導で着いたのは、両国広小路（りょうごくひろこうじ）近くの一画だった。郡代屋敷にもほど近い。周囲には町が広がるが、それに囲まれるように、小さな作りの武家屋敷が建ち並んでいる。

そのうちの一軒に、林田は入って行った。

「ごめんくだされ」

出て来た中間が「ややっ」と驚き、すぐに屋敷へ駆け込んだ。と、替わりに主が姿を現した。

「なんと、林田、今頃になって何用か」

丹野良之助が戸口で仁王立ちになる。鬢は白髪混じりの灰色で、加門よりやや年上に見える。

「丹野様、申し訳ないことでした。実は、上総屋で斬りつけられ……」

「知っておるわ。あのあと、上総屋から使いが来て、成敗したと言いおった。どこぞで死んだものと思うていたぞ」

「あ、いえ」林田はうしろに立つ二人を振り返った。

「医学所で手当てを受けていたのです。このお二人は医者でして」

加門は進み出た。

「いや、まだ見習中の身。林田殿は傷が深かったので、養生させていたのです。わたしは宮田加右衛門と申す者、息子の草太郎がずっと手当てをしていました」

草太郎がうしろで頷く。

「はい、しばらくは動かぬほうがよいお身体でした」

丹野はみるみる顔を強ばらせた。

「まさか、わたしに薬礼を払えというのではあるまいな」

「ああ、いや」加門は首を振る。

「我が医学所は昔から、持たぬお人からは薬礼はもらわぬという方針、ご安心を」

「では、なんのために参ったのだ」

疑念を消さない丹野に、林田が一歩、進み出た。

「いま一度、蔵宿師を務めさせていただきたく」

「なんだと」丹野の顔が傾く。

「そなた、対談方にあっけなく追い返された身ではないか」

「はい、なので、その汚名を雪ぎたいのです。次はこの加右衛門殿も加勢をしてくださるそうです」

「加勢、とな」

ええ、と加門も進み出て、屋敷を目で示した。

「少し、話しをさせてもらえませんかな」

「む……よかろう、上がられよ」

背を向けた丹野に続いて、皆が屋敷に上がり込んだ。

座敷で向かい合うと、丹野は改めて、三人を順に見た。

「して、なにゆえに医者の見習いが蔵宿師の加勢をなさるのか」

「はい、わたしの道場仲間が役人でして……」

加門は林田にしたのと同じ話をする。

「そこにちょうど蔵宿師、この林田殿と会ったので、仕事を手伝わせてもほしいと頼んだわけです」

林田が加門を見る。

「この加右衛門殿は弁の立つお人、よい加勢になります」

ふうむ、と丹野は腕を組んだ。

「やってみてもよいが」

そうつぶやいて、顔を伏せた。と、その目を上目にした。

「今月は蔵米手形の出る月。それがすんだあと、実は考えていることがある。転宿したいと思うておるのだ」

「転宿」

加門と林田の声が揃った。

丹野は頷く。

「上総屋からの借金はもう限界を超え、貸そうとはせぬ。奥印金を借りてまわしているが、利息はかさむばかりでな、どこかでけりをつけたいのだ」

「奥印金」加門は低い声で返した。

「その利息はいかほどですか」

丹野は上目のままで見返す。

「加右衛門殿は借金をされたことがないと見ゆる。お仲間の役人も、借金事情を知らぬということは、よい禄を得ている旗本でござろう」

加門は小さく頷く。

「札差の利息は一割五分から八分と決められているはず、奥印金はそれ以上、というのは聞いているのですが」

丹野はふっと、失笑する。

「さよう。奥印金の利息は二割でも三割でも、三割五分でもつけてかまわんのだ」

「さような額を」

驚く加門に丹野は歪んだ笑いのまま首を振る。

「まったく、ご存じないのだな。さらに、借りるときには札差が証人となるため、手数料をとるのは知っておられようか」

「いや、それも初耳」

「金を受け取るときには、その分を差し引かれるのだ。なれば、これはご存じか。札差からの借金は期日までに返せねば、また証文を作り直すことになる。その折には、ひと月分の利息をよけいに乗せられるのだ」

「なんと、そのようなことが」

「うむ、すでに決まりのようになっているゆえ、どこの札差も同じだ」

顔を歪める丹野に、加門もむう、と口を曲げた。

丹野は顔を振って、大きな息を吐いた。

「旗本とて、少禄のお人は札差からの借金は当たり前。ましてや、より禄の少ない御家人は借金でまわさねば食うていけぬのだ。どこまでいっても、借金は返し終わらぬまま……いい加減、腹立たしくなってくる」

「それゆえに転宿を……しかし、そのためには、それまでの借金を、すべて払い終えねばならぬはず」

加門の言葉に丹野は立ち上がり、棚から箱を取り出した。

蓋を開けると、中には積まれた証文があった。

「半分は町の金貸しから借りて返す。あとの半分は、今、手当てを考えているところだ。実は上役から少々、貸してもらえそうなので、残りは親戚をまわろうと思っているのだ」

「ほう、なれば清算できそうなのですね」

箱を覗き込む加門に、丹野はそのうちの幾枚かの証文を取り出して見せた。

「だが、これは当てがない。奥印金だ」

音を立てて、畳に叩きつける。加門は身を乗り出した。

「見てもよろしいか」

「どうぞ」

丹野は証文を加門の前に押し出す。

手に取った加門は、書かれた文字を目で追った。

「貸主は浅草の寺、か」

「うむ、上総屋の主市三郎はあちこちの寺に出入りをしていてな、寺を貸主として仲介をしているのだ」

丹野は眉間を狭める。

「奥印金の額は三十五両と三分。それは返せる当てがない。どうであろう……」

丹野は身を乗り出して、林田と加門を見た。

「とりあえず、その奥印金のほうは待ってほしい、と交渉してもらえるだろうか。それができるのなら、頼みたいのだが」

二人は顔を見合わせた。互いの目顔で頷き合う。

「やりましょう」

林田の言葉に加門も続ける。

「札差のやりかたはどうにも無体。乗り込もうではないか」

「おお、さようか」

丹野の顔が初めて弛んだ。

「用意ができたら、教えてくだされ。わたしは長屋を引き払ったため、大伝馬町の医学所におります」

林田の言葉に、

「あいわかった」

丹野は薄い笑顔で頷くと、天井を仰いだ。

「うまくいってくれ」

誰にともなく、そうつぶやいた。

六

庭に立つ光代に、加門はそっと近づいた。向き合っている植木棚は、以前に加門が作った物だ。

しゃがむと立つのが難儀、という母のために思いついた物だった。それ以降、直植えよりも鉢植えが増え、光代は日々、世話をしている。

夏の陽射しが、さんさんと緑の上に降り注いでいる。

「母上」加門は横に並んだ。

「朝顔がずいぶん伸びましたね」

「ええ、去年の種なので、どれが何色かわからないの。咲くのが楽しみだこと」

笑顔の横顔を加門はそっと見る。

「母上、昔、父上が御家人であった頃は、やりくりが大変だったのではないですか。今、思い出してみると、母上はいつも同じ着物を着ていらした気がします」

あら、と光代は息子を見上げた。

「よく覚えていること。なれど、それは当然のこと。旦那様はお城に上がるのだから、よいお召し物でなければ恥をかきます。わたくしはこの囲い内から出ることもないのですから、何を着ていようと障りはありません。御庭番は皆、御家人でしたから、どこも同じでしたよ」

「そうでしたか」

「ええ、それに、そなたら子供の着物は、家同士でお古を融通し合いましたから、助かりました」

　そういえば、と加門は子供の頃のことを思い出す。他家の男子が着ていた着物を、いつの間にか自分が着るようになり、やがて、また他家の子供が着ていたものだった。

「なるほど。同じ身分ゆえ、見栄を張る必要もなく、むしろ助け合えたのですね」

「ええ、そう。まあ、なれど……」光代は、顔を朝顔に向けた。

「確かに、御家人の禄ではやりくりするのも大変なこと。ですからね……」

　母は小声になって、息子をちらりと見上げた。

「旦那様はこっそりと借金をなさってもいたのよ」

「え、そうなのですか」

　ええ、と頷く。

「師走だけですけどね。いろいろの払いがあるし、お正月の用意もあるしで、まわらなくなるのです。そういうときに、旦那様はこれを使え、と下さったの。札差から借りたものだと、察していましたよ」

「そうだったんですか」

加門は亡き父の顔を思い起こす。だじゃれを言っては笑っていた、朗らかな父の顔ばかりが浮かんでくる。陰ではそんな苦労もなさっていたのか……。

「世の中では」光代が朝顔の蔓(つる)に手を触れる。

「御家人の家では筆や傘を作ったり、植木を育てたりして売っていると聞いたことがあります。そこまでの苦労はせずにすんだのだから、この囲い内は本当によい所。お仙さんも、暮らしやすいと言うていましたよ」

「そうですか、誰もがそう思うのですね」

旗本に昇格して外に出て行ったものの、また戻って来た家もある。

光代は緑の葉に触れて微笑む。

「昔はこうして草花を植えることも叶(かな)いませんでしたからね、そなたの出世はありがたいことよ」

そうか、と加門は腑に落ちた。本当は昔から、植木いじりがしたかったのだろう、が、そういう余裕はなかった……。

光代は並んだ鉢を順に見る。と、その顔をはっと歪めて加門を見た。

「そなた、やりくりのことを言い出すなど、もしや、困っているのですか」

「は、いえ、そういうことでは……」

「正直におっしゃい」光代は向き合って見上げる。

「困っているのなら、この朝顔を売りなさい。鉢植えは全部、売ってもよい」

いや、と加門は苦笑し、堪えきれずに吹き出した。

「違います、今、御家人と札差の貸し借りについて調べているので、聞いてみただけです」

光代の顔が変わる。

「まあ、そう……ああ、びっくりした、おどかさないでちょうだい」

「はい、ご安心を」加門は笑顔を向けた。

「では、わたしはこれから、登城しますので」

「ええ、いってらっしゃい」

母は息子の背をぽんと叩いて押した。


夕刻。

城を出た加門は、神田橋御門の内へと向かった。そこにあるのは田沼家の屋敷だ。

屋敷の長い塀に沿って歩いていると、うしろから足音が追って来た。

「加門殿」小走りで追いついたのは意誠(おきのぶ)だ。

「兄上の所ですか、いっしょに参りましょう」

意次の弟である意誠は、一橋家の家老を務めている。

元服後、徳川家重の弟である宗尹の小姓として上がり、そのまま一橋家に出仕している。働きが認められて家老となり、宗尹亡きあと当主を継いだ治済に、今は仕えている。従五位下(じゅごいのげ)、能登守(のとのかみ)という官位を得てからは、田沼家中屋敷に移って当主として暮らしており、長男の意致(おきむね)も、すでに一橋家に出仕している。

加門は並んで歩きながら、意誠を見た。子供の頃は意次と三人で、道場に通ったりもしたし、遊んだこともあった。

「殿はただいま、来客中でして、少々お待ちくださいとのことです」

対応に出た家臣に、二人は奥の座敷にへと通された。

すぐに廊下を足音がやって来たが、若く軽やかな音だった。

おや、これは、と加門は障子を見る。思ったとおり、障子を開けたのは、意次の長男意知だった。

「叔父上と加門殿がお見えと聞いたので、参りました」

意知も、すでに城に出仕している。明和四年には、早くも従五位下大和守の官位を受け、父の手伝いをして中奥と表を行き来している。

「草太郎殿は元気ですか、たまには顔を見せるようにお伝えください」

意知は加門に笑顔を向ける。草太郎は少年の頃、意知に会うためにしょっちゅう田沼家を訪れていた。が、それぞれに出仕するようになってからは、遠のいている。

世間話などをしていると、やがて足音がやって来た。

「や、待たせたな」

意次が笑顔で入って来た。加門と意誠は顔を見合わせる。

「お役目の話であれば……」

意誠が腰を浮かせかけると、意次がそれを制して、意知にも顔を向けた。

「かまわん、そなたらも聞いておけ。世のことを知るよい機だ」

では、と意誠と意知が、改まった。

「札差の件、またなにかわかったのであろう」

意次の促しに、加門は口を開く。

この間、見聞きしたことを話すと、田沼家の三人は皆、真剣に耳を傾けた。

「ほう、そのようなことになっているのか」意次は眉を小さく寄せた。

「契約のたびに利息を上乗せするなど、対策を考えねばならんな」

意知も真剣な面持ちになる。

「借金をせねばまわらぬとは、仕組みそのものを検討するべきではないでしょうか」

「うむ、それはもとより考えている。いくつか、方策を練っているところだ。まあ、それはおいおい、だ」

意次は意誠に顔を向けた。

「そなたのほうは、どのような用事だ」

今度は加門が腰を浮かせた。

「では、わたしはこれにて」

「あ、いや」意誠が止める。

「この話も、聞いていただいたほうがよいかと」

「うむ」意次が頷く。

「どのようなことでも、いずれ加門に役目を頼むかもしれん、知っておいてもらったほうがよい。意知も聞いておけ」

はい、とかしこまる。

「実は」意誠も背筋を伸ばした。

「一橋家の治済様の命を受けたのです。大奥から側室をもらい受けたい、と仰せなのです」

「側室……」意次はううむ、と唸る。

「そうか、御簾中様とのあいだには、未だ御子がないのだったな」

徳川治済は、京極宮家の姫寿賀宮在子女王を御簾中に迎えていた。が、子は生まれていない。

「はい、御簾中様はお身体がお弱くあられ……」

言葉を濁す意誠を、加門はちらりと見た。仲も睦まじいというわけではなさそうだな……。

「なので、御側室を娶られては、と重臣らから声が上がっているのです。されど、御三卿の御側室ともなれば、身許の確かな娘であることは必定。その点、大奥勤めの女人であれば間違いはなく、我らも賛成しております」

「ふむ、それはいかにも」

「はい、で、治済様は、その人選を兄上にまかせたい、と仰せなのです」

「わたしに、か」

兄の問いに、意誠は頷く。

「兄上は大奥の皆様からのご信頼も篤く、太いつながりがあるゆえ、是非にと」

ふうむ、と意次は腕を組んだ。

「そうさな、それは難しいことではないが……」

「あの、できれば、兄上が直々に知る娘がよいとも」

「直々に、か……」

つぶやく意次の顔を見ながら、加門はあっと声を上げそうになって、それを呑み込んだ。

そうか、と腹の底で独りごちる。治済は、意次とのつながりを強めようとしているに違いない。今は老中格だが、この先、老中に格上げされるのは明らかだ。御側御用人でありながら老中を兼ねる、というのは、奥においても城表においても力を持つということであり、そのような者はこれまでいなかった。さらに、今、表で力を握っている老中首座、松平武元は高齢だ。家治は将軍になるにあたって〈政はそなたにまかせる〉と言い、実際、松平武元は御政道をになってきた。が、すでに老年となった武元はこの先が見えない。となれば、この先もっとも力を持つことになるのは、田沼意次……ゆえに……。

加門は腹が熱くなるのを感じていた。

ぬかりのないお方だ……。

「のう、加門」意次の目がいつの間にか、こちらに向いていた。

「正利の娘御、お富殿を覚えているか」

「あ、ああ、もうずいぶん前だが、会ったことがある。器量よしでしっかりした娘御であった」

「うむ、受け答えが早く、利発だ。お富殿がよいかもしれん」

あ、と意誠が膝を打った。

「岩本正利殿の娘御ですね。わたしも子供の頃に会ったことがあります。色白で人形のようでした」

へえ、と意知がそれぞれの顔を見る。

「そのお富殿、今は大奥に上がっているのですか」

「そうなのだ、当人の願いで、わたしが口利きをしてな」

意次は答えながら、自らに頷く。

「うむ、それがよいかもしれん、さっそく正利に話してみよう」

「はい」

意識もほっとしたように、顔を弛める。

笑みの交わされるなか、加門は一人、口元を引き締めた。治済の如才ない面持ちと、どこか引っかかる声音を思い出していた。

第三章　中抜きの仕組み

一

加門は吉原大門(よしわらおおもん)をくぐり、にぎわう色町を見まわした。

吉原は二十歳前後の頃に、二度ほど訪れたことがあった。父に〈世を見ておけ〉と連れて来られたのだ。が、上がったことはない。

草太郎も連れて来るべきだったか、と自問して、いや、と首を振った。ここはまだ先でいい……。漂ってくる脂粉(しふん)の匂いに、加門は小さく眉を寄せた。

格子の向こうから、遊女が声を投げかけてくる。

寄って行く男達は、皆、目も口も弛みきっている。

「旦那、どうです、入ったばかりの娘(こ)がいますぜ」

格子の前に立つ男が、手で招いた。

加門は寄って行くと、その男の横に立った。男は娘達を手で示す。

「どうです、丸いの細いの、とりどり選べますよ」

科を作ってこちらを見る娘もいれば、ぼんやりと外を眺めている娘もいる。

白粉で顔色は変わらないが、誰も健やかそうではないな……。加門は娘らを眺めながら、胸中でつぶやいていた。

「お好みは見つかりやしたか」

身を乗り出してくる男に、加門は首を振った。

「すまんな、今日は見物だ。吉原がどのような場所か知りたくてな」

「はあ、さいで。旦那、吉原は初めてで」

「ふむ、昔、歩いたことはある。最近では、大通とやらが派手な遊びをしていると聞いたので、来てみたのだ。大口屋とやらは、評判だったらしいな」

ああ、と男は身を反らして手を打った。

「大口屋さん、あー、懐かしい。そう、大口屋さんは吉原の福の神でね、来れば小判の花が咲くってもんで。一度なんか、この大門を締め切って、吉原を貸し切りにしたくらいでさ」

「貸し切り」

目を見開く加門に、男は空を仰ぐ。

「そう、もう、置屋もお茶屋もぜーんぶ、大口屋さんのもの……いや、あれは豪儀だった」

「ほう、それは、聞きしに勝る豪遊ぶりだな」

「はい、なにしろ、十八大通の筆頭と言われたお人、やることがでかいのなんの」

男は両手を広げ、顔を振る。

それほどだったのか、と加門は唾を呑み込みつつ、男を見た。

「ふうむ、しかし、隠居したのだろう」

「ああ、はい、さいで。あっしらにとっちゃあ、がっかりもがっかり、みんな、水をかけられた犬みてえに、しょぼくれたもんでさ」

「ほほう、それほどか……しかし、最近では富田屋という札差がやはり大通として名を上げ、豪遊しているそうではないか」

「あ、はい、富田屋の安右衛門さん、今日もお上がりいただいてますよ。大口屋さんなきあと、おっと、なきはいけねえや、まあ、そのあと富田屋さんが福の神におなりになすったんで。ありがたいこってす」

ほう、と加門は顔を巡らせた。

「その富田屋という大通は、どこの店に上がっているのだろう」

「はい、このずっと先の千亀屋でさ。けど、富田屋の旦那は茶屋丸ごと貸し切りになさいますんで、上がれませんぜ」

「そうか、いや、どのみち上がりはせん」

加門は苦笑を返し、歩き出した。

空に黄昏の茜色が広がりはじめ、店の軒先に吊された提灯に、灯りが灯されていく。町にいっそうの艶やかさが加わった。

千亀屋の前を通りながら、音曲の流れてくる二階を見上げた。女の声や男の笑い声が降ってくる。

横の道に入り、また戻り、加門はひととおり歩いた。

格子を覗き込む男達のなかには、武士も多い。が、あちらこちらを見るだけで、上がろうとはしない。すぐに上がっていくのは、いかにもはぶりのよさそうな町人らだ。

札差もいるのだろうな、と加門はその姿を横目で見た。

再び千亀屋の前に戻ってくると、先の音曲はやんでいた。

足を止め、茶屋を見ていると、戸口から幾人かの人が出て来た。

「ありがとうございました、またのお越しを」

低く腰を曲げる主らしい男に、外に出た男が鷹揚に頷く。

「おう、またな」

中年の男は羽二重の羽織に、腰には鮫鞘の脇差しという姿だ。

「富田屋さん、次はごゆっくりと」

女将が進み出る。

富田屋安右衛門か、と加門は横目で見た。

歩き出す富田屋に、連れて来た客らしい男らも横に並ぶ。そのうしろに、手代とみえる若い男が従った。加門も間合いを取って、そのあとに続く。

と、一行と加門のあいだに、一人の侍が割って入った。肩を怒らせ、一行のあとを付いて行く。

なんだ、と加門は間合いを詰め、侍を斜めうしろから見た。酒のせいだろう、顔が赤い。肩を大きく揺らしているのも、酔っているためかもしれない。

一行は大門を出た。

先を行く富田屋の皆も、やはり赤い顔で笑い合いながら、歩いて行く。

「このっ」

突然、侍が声を上げた。

走り出し、富田屋の前へとまわる。

「無礼者がっ」

刀を抜き、刃を突き出した。

加門も走った。

富田屋の一行は、驚きの声を上げてばらけた。

が、安右衛門はふんっと鼻を鳴らし、一歩踏み出した。

「誰かと思えば、さっきの浅黄裏(あさぎうら)か。吉原の流儀も知らない田舎者が、無礼とはちゃんちゃらおかしいわ」

富田屋安右衛門も脇差しを抜く。

「なんだとっ」

侍の手が震え出す。

安右衛門は、くいと顎を上げた。

「大門をくぐれば、身分なんぞ関係ないんだよ、ものを言うのは金だってことを、知っておくがいい」

侍の口から、「うおお」と呻き声が上がる。と、同時に、刀を振り上げ、地面を蹴った。

振り下ろされた刀を、安右衛門の脇差しが受ける。

重なった刃を、脇差しが大きく払った。

侍の足がよろける。

「ざまあない」

安右衛門の刃が離れ、侍の脇腹を狙った。

が、侍も踏みとどまった身体をひねった。その刃が閃き、安右衛門の首を狙う。

「よせ」

加門が刀を抜き、あいだに飛び込んだ。

安右衛門の脇差しを弾き、侍の刃も払う。

侍も安右衛門も身を傾げ、なんとか踏みとどまった。

「旦那様」

手代が走り寄り、安右衛門の前に出る。

「邪魔をするな」

侍の刃が再び、振り上げられた。

加門が踏み出し、それを宙で止める。

そこに、安右衛門が脇差しを投げつけた。

侍の太股をかすめて、落ちる。袴が切れ、肌が顕わになり、傷口から見る間に血が吹き出した。

見下ろした侍の顔が引きつり、口がわなわなと震え出す。

「このっ」

両手で刀を構え直すが、身体が傾いていた。

加門は手で侍を制した。

「そこまでだ、やめておけ」

その耳に、足音が飛び込んできた。

「こっちです」

男の声だ。足音が駆け込んでくる。

飛び入ってきたのは、十手を手にした同心だった。

「神妙にいたせ」

侍にそれを向け、向き合った安右衛門にも向ける。

「刃傷沙汰は御法度、鎮まれぃ」

加門は懐から手拭いを取り出すと、侍の腿に巻き付けた。

「なにがあった」

　同心の声に、富田屋の客の一人が進み出た。

「この侍が、いきなり斬りつけてきたんで」

「おう、そうでさ」もう一人が続ける。

「富田屋さんが借り切った茶屋に上がり込んできたんで、断ったんだ。けど、怒り出して襖を蹴破りやがった」

「そうでさ、店の女将が外に出したんだが、どこかで待っていたらしくて、因縁をつけてきたんで」

「おう」安右衛門が胸を張る。

「悪いのはあっちですぜ」

　同心は双方を見る。

「しかし、けがを負っているのは、あちらだけではないか。武士に無礼を働くとは、それだけでもお咎めものだ。皆、番屋に来い」

　同心がうしろに控えた下役人に、顎をしゃくる。男らは駆け寄り、それぞれを取り囲んで、引き立てる。

　いかにも生真面目そうな同心が加門を見た。

「そこもとだ」

「承知した」

加門は付いて行く。

富田屋の客や手代もあとに続いた。

番屋に着くと、それぞれが言い分を口にした。

侍も身許を問われている。

先ほどまで赤かった顔が、今は白くなりつつあった。事態をようやく呑み込んだらしい。

「わしは池田家(いけだけ)家臣、井村新之介(いむらしんのすけ)……その、江戸にはまだ馴染みがなく……」

江戸詰になったばかりの藩士らしい。

話を聞き終えた同心は、安右衛門の前に移った。

「富田屋安右衛門、そなたは牢屋敷だ」

むっとするも、安右衛門は顔を上げたまま、たじろがない。

同心は富田屋の連れに話を聞きはじめた。

「ろ、牢屋敷……」

そう声を上げたのは手代だった。

顔を左右に振って、おろおろとしている。

加門はその手代に近寄った。と、その耳にささやく。

「そなたは店に戻って、番頭に知らせるがいい」

「し、知らせる……」

目が泳ぐ。

「そうだ、あの侍の名は覚えたか」

「な、名前……え、と……」

手を上げ下げする手代の肩を、加門はそっと押さえた。

「そなた、名はなんという」

「まま、松吉(まつきち)……」

「そうか、松吉、落ち着け」

加門は、振り返って下役人に呼びかける。

「すまんが、筆を貸してもらえぬか」

む、としつつも下役人が墨を付けた筆を持って来た。加門はそれを受け取ると、松吉の手を開かせた。

聞いたばかりの侍の身許と名を、掌に書く。

「よいか、これも番頭に伝えるのだ。池田家という大名屋敷を調べて、償い金を持って行くように伝えろ。さすれば、大事にならずにすむはずだ」

手代は掌を見つめて、頷く。

「さて」

同心が加門の背後に立った。

「次はそこもとだ。聞けば、助太刀に入っただけのようだが、町中での刃傷沙汰は御法度。それは知っておろうな。名を聞こう」

加門は同心にそっと顔を寄せた。

「公儀御庭番宮地加門、御用にて探索の最中であった」

あ、と同心が直立になる。

「そ、それは御無礼を」頭を下げる。

「お許しください」

加門は周りを見ながら、手で制した。

「内聞に。これにて失礼してよろしいか」

「はっ、どうぞ」

同心が手で戸口を示す。

加門は松吉に顔を向ける。松吉は手を握って頷く、加門も目顔を返した。

番屋から出ると、加門は歩きながら小さく振り返った。番屋から出て来た松吉が、道を走り出していた。

二

城勤めを終え、加門はいつものように外桜田御門を抜けた。

内濠(うちぼり)を渡れば、屋敷はすぐ近くだ。

橋を渡る加門の目に、手を振る姿が映った。

「加門殿」

岩本正利がそこにいた。

「おう、正利殿、わたしを待っていたのか」

「うむ、待っていた。いや、その、話があるのだ。加門殿、これから我が家まで来てもらえまいか」

「ふむ、それはかまわんが」

加門は正利とともに歩き出す。横に並んだ正利の耳に、加門は小声でささやいた。

「お富殿のことか」

正利は見開いた目で、見返す。

「そ、そうなのだ、聞いていたか」

うむ、と加門は頷いた。

「そうか、そうだな、そなたは田沼様と親しいものな……いやぁ……」

正利は首を振る。

「田沼様から呼び出されてな、いや、いやいやいや、驚いた」

そのまま何度も首を振り続ける。

「まさか、うちの娘が徳川様の御側室に……、いや、どうしたものか……」

「その話、お富殿には伝わっているのか」

加門の問いに、正利は首を振りながら頷く。

「うむ、わたしから大奥に手紙を出した。田沼様は無理強い(むりじ)はしない、我らの気持ち次第、と仰せになったので、わたしがお富の意向を聞くことにしたのだ」

ほう、と加門はお富の姿を思い起こしていた。品のよい整った顔に、しっかりした体つきはいかにも壮健そうだった。丈夫な子が産めそうだが……。

「で、お富殿はなんと」

「ああ、それが、なんのためらうようすもなく、お受けする、と……」

首を振り続ける正利に、加門は小さな笑みを向けた。

「そうか、お富殿はもともとよい縁談を得るために、大奥に上がったのであろう、望みどおりではないか」

「いや、しかし」正利は手を上げて揺らす。

「格上の旗本であれば充分と思うていたのに、とと、徳川様だぞ。大名家でも畏れ多いのに、ご、御三卿の当主様とは……」

加門は笑顔で、正利の肩を叩いた。

「よいではないか、お富殿がお世継ぎを産めば、岩本家も出世は間違いない」

「いや、だからそれが……わたしなど大した御役は務まらん……」

正利の眉が下がる。

加門は抑えていた笑いを声に出した。笑いながら、これだな、と思う。正利は出世に汲々(きゅうきゅう)とする男ではない。のんびりとしたところがあり、裏もない。だからこそ、意次はよしとしたのだろう。過去を見れば、出世欲の強い親が、娘の身分を笠に横暴な振る舞いをしたことが、数多くある。正利ならば、そんな懸念は無用だ……。

加門は正利の背中をぽんぽんと叩いた。

「当人が否というのであればしかたがないが、望むというのならよいではないか」

「いや、しかし……」

同じやりとりを繰り返しながら、岩本家の屋敷に着いた。

廊下を進みながら、正利は小声で言う。

「息子や妻が話を聞きたいとうるさくてな、すまぬ」

「なに、一大事だ、当然であろう」

奥の座敷は、障子が開け放たれていた。

二人の足音に気づいていたらしく、二人が手をついて迎えていた。

妻の清が顔を上げると、横に並んだ長男の正義もそれに倣った。

「いらせられませ」

「や、久しぶりですな」

加門が気さくに向かいに座ると、清は改めて低頭した。

「ご足労いただき、申し訳ありません。なれど、どうしても加門様から直にお伺いしたいことがあり……」

「ふむ、ご心配もおありでしょう、どうぞ、お尋ねください」

あの、と清は膝行してくる。

「一橋家の治済様はどのようなお方なのでしょうか」

すまん、と正利は加門を見る。

「わたしは遠くからお姿を拝見したことがあるだけで、お人柄を問われても答えることなどできんのだ」

いや、と加門は苦笑する。

「わたしとて、お目通りしたことはない。ただ、そうだな……」

意次と言葉を交わしていたのは聞いていた。

「穏やかで、温厚そうなお人柄ですよ」

「真に」

清が身を乗り出す。

「母上」正義がそれを止めるように、小さく手を上げると、加門に頭を下げた。

「失礼しました。ただ、母は心配をしているのです。その……治済様のお父上は前の公方様から疎まれ、吉宗公からも叱られ、謹慎を命じられた、と聞いておりますゆえ」

「ああ、そのことですか」

加門は腑に落ちた。治済の父宗尹は、兄の宗武と組んで将軍の世子であった家重の廃嫡(はいちゃく)に動いた。ために家重から憎まれて目通りを拒まれ、父の吉宗からも叱責を受け、登城を禁じられたりもしていた。家重は最後まで、二人の弟を許すことはなかった。

加門は目を伏せた。治済が父の宗尹からいかなる教育を受けたのか、その結果、どのような考えを持つに至ったのか、それは前から気になっていたことだ。話し方や声音もなぜか、引っかかってもいる。が、それはあくまでも己の思いであって、人柄を評するに値するものではない。

「いや、お父上とは似ていません。宗尹様にはお目通りしたこともありますが、お人柄はずいぶんと違う、と感じています」

「そうですか」

清は前のめりでいた上体を、やっと戻した。

正義は口元を弛める。

「奥をよく知る加門様の言うことなれば、安心です。ね、母上」

「あ、なれど」清はまた乗り出す。

「御簾中様はいかがなのでしょう。宮様なのですよね、側室など、疎まれるのではないでしょうか」

「ふうむ、ですが、これまでも宮家の御正室をお持ちでありながら、側室を置かれるというのは、珍しくありません。田安家もそうです。それに……御簾中様はお身体がお弱いそうなので、むしろ、御側室がお子を産むことで安心なされる、と御家中ではお考えなのかもしれません」

「そうですか」

清は少し、ほっとしたように息を吐いた。

加門は三人を順に見た。

「まあ、今すぐに、ということでもないでしょうから、ゆっくりと考えられてはいかがですか。治済様もまだお若いゆえ、それほど急いでもいないでしょう」

うむ、と正利の顔が弛んだ。

「そう、そうだな、そうしよう。そもそも、お富を見て、断られるかもしれんのだ。そうなれば恥ずかしい笑い話」はは、と笑う。

「ま、しかしどうだ、加門殿の話を聞いて、安心したであろう」

はい、と清が頷く。

「いや、わたしは名誉なことと存じます」正義は背筋を伸ばした。

「徳川家の御子を産めるなど、大変な栄誉です」

正義は鼻の穴を広げた。

確かにな……。加門は、小さく頷いた。

三

蔵前の町を歩いていた加門が立ち止まった。

富田屋の看板を見上げる。

その背後に男達の声が上がった。

「や、ここだぜ、富田屋は」

「やっぱしでかい店だな、主もやることがでかいはずだ」

「おう、吉原で大騒動を起こすなんざ、さすが大通だ」

「ああ、それも田舎侍をやっつけたってえんだから、胸がすくぜ」

加門は目で振り返った。

男達は富田屋の看板を指さし、壮快そうな笑いを交わしていた。

早速、噂が広まったか……。加門は苦笑して、そっと店の中へと目を向けた。

暑さからか、戸口は開け放たれており、広い店の中がよく見える。働いている幾人かの人の姿もうかがえた。と、ちらりとこちらを見た男のうちの一人が、「えっ」と声を上げた。口を開けたまま、慌てて飛び出して来る。手代の松吉だ。

「ああ、やっぱり、吉原で会った旦那ですね」

加門の正面で見上げると、松吉はくるりと踵を返して、また店の中に駆け戻って行った。

「番頭さぁん」

という声が聞こえ、今度は二人の足音が戻って来た。

「番頭さん、このお侍さんが吉原で助けてくだすったお方です」

手で示す松吉に、「ああ、それは」と番頭が加門を見上げる。

「この松吉から聞いております。ありがとうございました」

深く頭を下げると、くるりと身体をまわして店へと戻って行った。

あわただしいな、と思いながら、加門は松吉と向き合った。

「その後、どうなった」

「はい、あれからすぐに戻って、言われたとおり番頭さんに伝えました。したら、番頭さんがすぐに池田様のお屋敷を調べて、償い金を百両、持って行きました」

百両、と加門は唾を呑みそうになるが、真顔を保って頷いた。

「ふむ、そうか」

そこに番頭が早足で戻って来た。

「これはお礼でございます」

白い包みを、加門の手元に差し出す。その顔には、いかにも武士の対応に馴れた、侮り(あなど)を含む笑いが浮かんでいた。

加門は手を引くと、

「無用」

と、声を荒らげた。

「そのような物を目当てに参ったのではない」

きっぱりとしたもの言いに、番頭が驚き顔で腰を引く。

「あ、と、それは失礼をいたしました」

笑みを消して、頭を下げる。

加門は元の声に戻して、番頭を見据える。

「行きがかり上、いかがなったかと、気になったので来てみたのだ」

「はあ、さようでしたか」番頭は額の汗を拭う。

「松吉にいろいろと教えてくださり、ありがとうございました。おかげさまで、先様もお怒りにはならず、町奉行所には訴え出ない、とお約束くださいました」

「ふむ、そうか」

はい、と、番頭の目が動く。

加門はまた侮りの色を見て取ったが、しかたない、と苦笑を呑み込んだ。池田家にしても、騒ぎになって公儀に知られれば、お咎めを受けかねないという危惧(きぐ)がある。ましてや、百両もの大金を受け取ったとなれば、穏便(おんびん)に事を収めるのが得策だ。番頭の目は、明らかにそれらを見透かしていた。

「しかし、主はまだ牢屋敷にいるのだろう。大事はないか」

町人は大牢に入れられるのが常だ。そこでは、牢名主を初めとする囚人が、牢役人を任じられ、新参者をいたぶるのが慣習になっている。下手(へた)をすれば殺されることもあるが、病死扱いされておしまいだ。

「へい」松吉は胸を張った。

「あたしが毎日、牢屋敷に届け物をしてます。牢屋敷にくわしいお人に聞いたら、金を届け入れておけば、命を取られることはない、と教えられたんで」

「こら」番頭が叱る。

「縁起でもないこと言うんじゃない」

ふむ、と加門は二人を見た。

「確かに、牢屋敷は危険が多いと聞いている。届け入れは欠かさないほうがいい。長居も避けるに越したことはないようだ」

「はい」番頭が顔を上げた。

「あたしが町奉行所に何度も参りまして、先様からお許しをいただいたことを申し上げたので、それならばお叱りですむだろう、とのことです。おそらく、来月には出られるだろう、とのことでした」

「それに」松吉がそっと続けた。

「牢屋敷のお役人に聞いたんですが、牢内の熊七とやらが、なにかと面倒を見てくださっているそうです。だから、心配はいらん、と」

「ほう、さようであったか」加門は目元を弛めた。

「いや、それを聞いてわたしも気がかりがなくなった。邪魔をしたな」

背を向ける加門に、番頭が手を伸ばす。

「あ、お名前をお聞かせください」

加門はふっと笑って首を振る。

「名乗るほどの者ではない」

「あ、では、またお越し下さい。主が戻りましたら改めてご挨拶を……でなければ、あたしが叱られてしまいます」

「ふむ」加門は振り返った。そうか、直(じか)に話を聞けるな……。

「わかった、また参ろう」

顔を戻して歩き出す。歩きながら、加門は松吉の言葉を反芻(はんすう)していた。百両か、大名家も驚いたであろうな……。加門は小さく首を振った。

屋敷に戻った加門は、そっと台所へと入った。竈の横で、妻の千秋がたくわんを刻んでいる。

おい、と小声で呼びかけ、その背後に立った。

「あら、お帰りなさいませ」

振り向いた千秋に、加門はそっと紙袋を差し出した。中を覗き込んで、千秋は笑顔になる。

「まあ、焼き菓子」

「うむ、町の四文屋(しもんや)で売っていた。安いわりにはうまそうであろう」

「はい」千秋は袋を受け取る。

「うれしゅうございます」

満面の笑みになった妻に、加門は咳を払って顔を逸らす。

「まあ、またうまそうな物を見つけたら買ってこよう。四文屋はいろいろな店があって面白い」

「ありがとうございます、楽しみですこと。あ、町に出られるなら、瓜もお願いいたします。出入りの八百屋が、今年はまだ瓜を持って来ていなくて。雨が降らないので不作なのですって」

「む、そうか、では、みつけたら買って来よう」

囲い内の裏門にも出商いはやって来るが、来る八百屋は限られている。

「ああ、いえ、そんなことより」千秋は指で奥を指し示した。

「草太郎が待っております。なにやら、話があるそうで」

「そうなのか」

加門は身を返して、土間から廊下へと上がった。

足音を聞きつけたらしく、草太郎が奥の座敷から顔を出した。

「父上、お待ちしてました」

「うむ、なにかあったか」

部屋に入ると、すぐに向かい合った。

「今日、あの丹野殿が医学所に来たのです」

蔵宿師の雇い主である丹野は、金策のための余裕がほしい、と言っていたのを思い出す。

「ほう、目途が立ったのか」

「はい、なんとか札差の借金分は集められることになった、と。それで、八月の三日に屋敷に来てほしいということでした。そこで、金を渡すので、上総屋に談判に行ってほしい、と」

「うむ、わかった。林田殿も了承したのだな」

「はい、承知、と返されてました」

そうか、と加門は腕を組む。札差との直談判とは、面白い……。

「あの、父上」草太郎が膝行して間合いを詰める。

「丹野殿は今年は米相場が上がるだろうから、きっちり話をつけてくれ、と言っていました。相場はそれほど変わるものなのですか」

「うむ、変わる。そうさな、今年は荒れるであろうな。五月から雨が降らず、空梅雨になっておろう。米にとって水不足は大敵だから、おそらく凶作になる。去年も不作であったが、今年はもっとひどくなることは明らかだ」

「不作だと米相場は上がるのですね」

草太郎の言葉に、加門はまじまじと息子の顔を見た。

「そうか、そもそも、そこからはじめなければならなかったのだな。よいか、米の相場というのは、定まらず、変わりやすいのだ。まず、札差の件も相場は大きく関わっている」

はあ、とかしこまる息子に、加門はゆっくりと言葉を紡(つむ)ぐ。

「御公儀から蔵米が下されると、武家はそれを米問屋に持ち込んで金に換える。そうすると、市中の米が一気に増えるので、相場は下がるのだ。で、低い相場で売ることになる。が、それゆえに、札差はその時期には米を売らない」

「え、どういうことですか。札差は米を金に換える商いなのではないですか」

「むろん、そうだ。だから、札旦那である武家には、その分の金を払う。そのときの低い相場でな。で、受け取った米は蔵にしまっておく。そうしてしばらく経てば、市中の米の量が減っていき、相場が上がる」

「あっ」草太郎が身を反らした。

「わかりました、相場が上がってから、蔵にしまっておいた米を売るんですね。そうすれば、差益が出る、と」

「うむ、そういうことだ」

「なるほどぉ」

目をしばたたかせる息子に、加門は小さく笑う。

「一つはそういうことだ。それとは別に、米相場はその年によっても変動する。不作であれば値が上がるし、豊作であれば値が下がる。値が下がると、武家が手にする金も減るので、御公儀が相場に介入することもあるのだ」

「そうなのですか」

「うむ、米問屋に命じて、米の流れを案配させるのだ。蔵にしまって市中に出ないようにすれば、値が上がるからな。が、昔、それをやったがゆえに、町人が困り、大きな打ち壊しが起きたこともある」

「打ち壊し、ですか」

「ああ、時の老中松平乗邑(のりさと)様の命(めい)を受けた米問屋は、蔵も屋敷も壊されたし、老中の屋敷も不審火で焼失した。米相場は世を動かすほどの大事なのだ」

そうか、と草太郎は手を握りしめた。

「意知殿が言っていたことがわかりました。米を勘定の基に据えていては危うい、もっと変動の少ない仕組みを作るべきだ、と言うていたのです。わたしは勘定の仕組みそのものがわかっていなかったので、意知殿の言葉が飲み込めていなかったのですね」

「ふむ、まあ、それは意次、いやお父上が昔から言うてきたことでもある。意知殿は田沼家の跡取りだからな、いずれ御政道に携わるという覚悟があるゆえ、世の仕組みにも早くから通じているのだ。もとより利発だしな、そなたは己と比べて卑下することはないぞ」

や、と草太郎の眉が歪む。

「それは、そうなのでしょうが……」

「ああ、言い方が悪かった、いや、そなたはそなたでいい。政に向く者もいれば、御庭番や医術に向く者もいる。そもそも、人はそれぞれ質も才も違うのだ。己に向いている道に進む、というのがなによりも大切、それができるのはありがたいことだぞ」

「はあ」草太郎は曖昧に頷く。

「父上は御庭番に向いている、とお思いですか」

ううむ、と加門は苦笑する。

「大きな失敗はせずに来たし、長く続けてもいる。それは向いているということであろう。医術のほうは面白いと思うし、飽きない。それも向いているゆえだ、と思うているがな」

なるほど、とつぶやく息子に、加門は微笑む。

「まあ、なんでも、ある程度続けてみなければわからんものだ。我慢の先につかめるものもある、焦ることはない」

言いながら立ち上がる。

「さ、夕餉だ、皆、待ちかねているぞ」

廊下から、娘らの笑い声が聞こえてきていた。

四

登城をした加門は、城表への坂道を上りながら、周囲に耳を向けた。どことなく、いつもと違うささやきが飛び交っているように感じる。

表を横に見て、中奥の戸口へと向かう。御庭番の詰所があるのは、こちらだ。

中奥は数多くの役所のある表に比べ、人が少ない。将軍の暮らす場であるため、入れる者は限られているためだ。

廊下を歩いていると、横の部屋から人が現れた。

「加門殿」

意知だった。

「おお、これは」

おはようございます、と言いかけて、加門は言葉を呑み込んだ。意知の面持ちがいつになく神妙だ。

「こちらへ」

と、意知から部屋に招き入れられる。

「いかがされた」

小声で問う加門に、意知もささやき声になる。

「実は一昨日、一橋家の御連中様が身罷(みまか)られたのです」

「なに」加門は唾を呑み込む。

「一昨日ということは、七月の十二日か……」

「はい、昨夜、父と弔問(ちょうもん)に行って来ました。で、叔父上に話を聞いたところ、長く伏せっておられたそうです。それが、急にお加減が悪くなられ、息を引き取られたということでした」

「なんと……御連中様はまだお若くあられたはず……」

「ええ、十六歳であられたそうです」

眉を寄せる意知に、加門も同じ面持ちになった。

「十六とは、その若さで……」伏せて顔を振るが、それをすぐに上げた。

「だが、そうか、なれば御側室の話はしばらく留め置きとなるな」

「はい、治済様は喪中となりますし、いかがなりますことか」

神妙に頷く意知に、加門も返す。

「しかし、意誠殿は忙しくなるな」

「ええ、京の御所にも遣いを出したそうです。御葬儀など、当面、大変かと」

そうだな、と加門は一橋家のあるほうへと顔を向け、意知へと戻した。

「いや、知らせてもらえてかたじけない」

意知は首を振る。

「父からも加門殿にお教えするように、と言われたのです」

老中格になってからの意次は、表に出ることも多く、城中では滅多に顔を合わせる

 こともない。

加門は廊下へと耳を向けた。

誰かがやって来る。

「大和守様」

意知を呼ぶ声だ。

「お父上によろしくお伝えくだされ」

加門はそう言うと、するりと廊下へと出た。

少しの間を置いて、意知も襖を開けたのが、背中に聞こえてきた。

加門は外へと出ると、本丸を囲む濠を渡った。かつて三の丸御殿のあった曲輪(くるわ)の端に行き、石垣の上に登った。大手濠(おおてぼり)を隔てて、一橋家の屋敷が見える。遠目にも、なにやら人が出入りをしているようすが窺えた。

当面、落ち着かないだろうな……。

加門はそう思いを巡らせながら、顔も巡らせた。右側には神田橋御門があり、田沼意次の屋敷も見える。

こうしてみると、一橋家と田沼邸はすぐ近くなのだな……。加門は顎を撫でた。一橋家にとっては幸い、ということか……。胸中でつぶやきながら、石垣を下りた。

しばらくののち、一橋家の葬儀もすみ、城内は静けさを取り戻した。

七月下旬。

加門は富田屋の戸口に、再び足を入れた。

「お、これはようこそお越しを」

番頭が帳場から下りてくる。

「もう安右衛門殿は帰ってこられたか」

「はい、少し前に戻りまして、すっかり養生もできました。ささ、奥へどうぞ。松吉、ご案内しろ」

店から続く屋敷の奥へと、案内される。

松吉が部屋に入ると、すぐに安右衛門が出て来た。

「ああ、その節はお助けいただき……さ、どうぞ中へ」

吉原では吊り上がっていた目が、勢いをなくしたように見える。さすがに牢屋疲れをしたか……。と、加門は座った。

向かい合った安右衛門は、顔に笑みを浮かべると、さて、と身体をひねった。うしろの棚にある箱を引っ張り出し、膝の上に置いて開けた。中に黄金色が見える。

「ああ、いやけっこう」加門は手を上げた。

「礼は無用、ちと話を聞きたくて来ただけだ」

「へ……話……」

驚きを顕わに、安右衛門は「はあ」と箱の蓋を閉めた。

「それは、なんとも……お武家様、まだお名をうかがっていないとか」

「ああ、わたしは宮内草庵と申す。大口屋の主であった暁翁殿から、安右衛門殿の話を聞いていたのだ。豪儀な大通だ、とな」

「暁翁さん、ああ、そうでしたか」

安右衛門は初めて目元を弛め、加門を見た。

「うむ」加門も穏やかに返す。

「で、たまたま吉原で遭遇したわけだが、噂どおりと感心したのだ。あの藩士、身なりからして上士であろうに、安右衛門殿はためらいもなく脇差しを抜いたからな」

ああ、と安右衛門は笑い出す。

「いや、こう言っちゃなんですが、札差は日々、お武家と渡り合ってますからね、怖れなんぞありゃしません」

「ほう、なるほど。確かに、札差には武士から頭を下げるのが常になっている、というからな」

「ええ、さいです。われら札差が大通なんぞと呼ばれてもてはやされているのも、それが一等のわけですよ。長いあいだ、武士は威張って、町人は頭を下げるのが当たり前、無礼討ちなんぞといって殺されても文句は言えなかったくらいで。それがやっと、立場を入れ替える者が出たんです。町人どもが喝采するのも無理ないことでしょうよ」

　安右衛門は胸を張る。

「ほう、なるほど」

　加門は口先だけでなく、納得していた。そうか、だからこそ、人目のあるところで、あんな振る舞いをしたのか。たちまちに話は広がり、さすが大通とますます評判は上がる。それがまた、気持ちよいのだろう……。

「しかし、牢屋敷に入れられたのだ、さすがに身の危険を感じたのではないか」

　ああ、と安右衛門は額を叩いた。

「さいですね、大牢に入れられときは、さすがに首が縮みました。話には聞いていましたが、牢名主とその手下どもは、半端(はんぱ)な凄味(すごみ)じゃあない、鬼の番人みたいな連中でしたから」

「ほほう、それほどか」

「ええ」言いながら、安右衛門はすっと背筋を伸ばした。

「けど、あたしだってだてに修羅（しゅら）の場数（ばかず）を踏んじゃあいない。昔、親爺が米問屋をしていたときは打ち壊しに遭ったことだってあるし、米を奪われたことだってある。札差になってからは、蔵宿師に殴られたし、斬りつけられたことだってありますからね」

「ほう、親爺殿は米問屋だったのか」

「はあ、さいで。札差はみんな、米問屋から出てるんですよ。古くからの店は、みんな、享保（きょうほう）の打ち壊しでえらい目に遭っている。つらい目に遭えば、人はしたたかになりますからね、札差は悪口も叩かれるが、そんなのは屁（へ）でもありゃしません」

「なるほど……そこまで肚（はら）が据わっていれば、牢屋敷も恐るるにたりぬ、となるか」

「はい、まずはひととおり見渡しましてね、厄介（やっかい）そうな者には近づかないようにして、使えそうな者と親しくなりました。人が何人かいれば、力の上下ができますからね、それをうまく使えばいいんです」

顎を上げて、ふっと笑う。

加門はその顔を見つめた。肚が据わっているな、強い……だが、武士の強さとは逆だ、侍の強さが鋼だとしたら、町人の強さは決して折れない柳の枝のようなものか……。

「いや、話を聞いて腑に落ちた、大通と呼ばれる人は粋なだけでなく、器も大きいと見える」

なあに、と鼻を膨らませて、安右衛門はさらに胸を張る。そこに、廊下から声がかかった。

「旦那様、お客が……」

そう言って入って来た番頭は、安右衛門の耳に口を寄せてささやいた。

加門は目を逸らして、耳だけをそちらに向けた。

「なに、熊七が」

安右衛門の声が漏れる。

「はい、昨日牢屋敷から出たそうで、挨拶に来たと言ってますが」

番頭が肩をすくめた。

二人はちらりと加門を見た。

加門は腰を浮かせる。

「お客人のようだな、では、わたしはこれで失礼する」

「ああ、すみません」

番頭が頭を下げた。

加門はその番頭に、低い声をかけた。

「ちと厠(かわや)を拝借してもよいか」

ああ、はい、と番頭は立ち上がった。

「こちらで」

加門は安右衛門に、

「邪魔をいたした」

と、顔を向け、廊下へと出た。番頭が先に立って廊下の先へと案内する。

「この先を左に曲がって突き当たりです」

角まで行って、番頭は表へと戻って行った。

加門は廊下を進んで、止まった。

身を翻(ひるがえ)すと、来た廊下を戻る。先ほどまでいた部屋の手前の部屋を窺う。障子を
そっと開けて覗くと、中には誰もいないのがわかった。

加門はするりと身を滑り込ませた。

部屋の隅に身を寄せ、息をひそめる。襖の向こうは安右衛門がいる部屋だ。

やがて足音が近づいて来た。ぱたぱと鳴るのは番頭、それに続く荒っぽい足音が熊七に違いない。

〈熊七というのが牢内でなにかと面倒を見ているそうで〉

そう言った松吉の言葉が耳に甦(よみがえ)る。

二人の足音が部屋に入って行った。

二人が座る音に変わる。番頭は用心のため、同席するのだろう。

「熊七、出られたのか、それはよかった」

安右衛門の声に、「おう」と熊七の声が返った。

「旦那もすっかり元気そうじゃねえか。やっぱし、こうして見ると大店の主だな、立派なもんだぜ。無事に戻ってこられたなあ、なによりだ、なあ」

身体を傾け、身を乗り出しているようすが目に浮かぶようだった。

そうか、と加門は腹に落ちる。熊七は牢内で世話をしたことを恩に着せて、安右衛門から金をせびりに来たのだろう……。

「ああ、まったくだ」安右衛門が動く気配が伝わってくる。

「それも、熊七のおかげだ。おまえが荒くれどもから守ってくれなかったら、無傷で戻って来られなかったろうよ、礼をしなけりゃならないね」

先ほど加門の前で開けた箱の蓋が、再び開けられる音がした。

「さ、これを……一つ、二つ、三つ、四つ、だ」

四つ……加門は考える。そうか、小判か……。小判は二十五両ずつ封をされることが多い。おそらく、紙の帯を巻いた小判が、四つ置かれたのだろう。

「ひゃ……」

熊七の掠れ声が、唾を呑む音に変わった。

衣擦(きぬず)れの音が上がった。小判の包み四つを、懐に入れたに違いない。

「これきり、だぞ」

番頭の声だ。

「あ、ああ……」

衣擦れだ。熊七が立ったのだろう。

「じゅ、十分だ、もう来ねえ、江戸を出てく。こんなんが知られた日にゃ、誰に狙われるかわかったもんじゃねえ」

廊下を踏む音だ。

「あばよ」

小走りの足音が遠ざかって行く。

加門はそっと部屋を出た。その足で厠のほうへと行く。

百両か……それは十分だろう……。加門は厠の戸を開けた。

中は広く、板敷きは新しく壁は漆喰(しっくい)だ。

うちよりずっと立派ではないか……。加門は苦笑しつつ、中を見まわした。

まったく、札差の儲けは桁違(けたちが)いだな……。加門は厠の戸を閉め、今し方出て来たように、廊下を歩き出した。

五

八月三日。

丹野の屋敷から出た加門と林田は、蔵前へと向かった。

うしろについた丹野家の中間(ちゅうげん)は大きな木箱を抱えている。時折、よいしょという声とともに抱え直す中間を、加門は振り返った。

「大丈夫か」

「はい、平気でさ」

箱の中身は上総屋に返す金だ。中間に持たせのは、武士に持たせるわけにはいかない、という配慮ばかりではないだろう。持ち逃げを怖れた丹野の警戒心も窺えた。

中間はいかにも重そうに、ほうと息を吐く。都合いくらなのか、林田は証文を預かっているために知っているが、加門は聞いていない。

まあ、それはよい……。そう思いながら、加門は横に並んだ林田を見た。

「林田殿は江戸にはもう長くおられるのか」

「はあ」まっすぐに前を見ていた顔を、空に向けた。

「十八の折に来て、かれこれ十数年ですか」

「やはり仕官を望まれてのことか」

加門の問いに、顔を戻す。

「そう、ですね。いや、そこまでの志はなかったかもしれません。あの頃は国を離れたかったのです。国、というよりも父、かもしれませんが……」

ほう、と加門は横目で見る。聞いてよいものかどうか、ためらっていると、それを察したように、林田が小さく顔を向けた。

「わたしの父は上役の落ち度で責めを負い、お役御免になったのです。士分も召し上げられたのに、辛抱(しんぼう)していればいつかお許しを得られるかもしれん、とあばら屋に移って暮らしていました。同役であったお仲間のなかには、米を分けてくれるお人もいましたが……わたしは……その……それを恥じたのです」

　加門は黙って傍らを歩く。

　林田は、苦笑して顔を伏せた。

「わたしは、まあ、今にして思えば、逃げたようなものです。江戸に出て仕官をする、と言って出はしましたが」

「ふむ、志が少しでもあったのであれば、よいではないか」

　ふっ、と林田は笑う。

「江戸に出ればなんとかなる、という思いは確かにありました。が、来てみてもなんともならなかった。江戸には多くの浪人が集まっており、仕官などそう簡単にできるものではない、と思い知りました」

「だが、江戸で生きてこられた」

「ええ、そこはさすが江戸です。口入れ屋がたくさんあるのを知り、訪ねると、仕事をもらえたのです。大名行列の参勤交代(さんきんこうたい)の折、家臣に交じって歩きました」

　林田は初めて目元を弛めた。加門はその姿を上から下まで見ると、頷いた。

「なるほど、林田殿ならうってつけだ」

　大名行列は体面を保つため、ひと目の多い所では人数を増やす。江戸から出ていくとき、江戸に入ってくるときには、口入れ屋を通じて人を雇い入れるのだ。行列は大名の見栄の張り合いでもあるため、男といえど、見目のよい者が好まれる。

林田は背も高く顔立ちも端正だ。

その端正な顔を歪めて、林田は苦笑した。

「ずいぶん、あちこちの大名家の列に加わりました。あれは気持ちのいいものです。こう、胸を張って、堂々と歩く……」林田は顎を上げた。

「だが、江戸を離れた宿場に着けば、お払い箱です」

林田は空笑いを放った。

加門は言葉を探すが見つからない。これまで数多くの大名行列を見たし、その場雇いの者が混じっていることは聞いていた。が、その当人から話を聞いたのは初めてだ。

林田は苦笑のまま、うしろの中間を小さく振り返る。

「しかし、大名行列は春と秋ばかり。なので、口入れ屋から蔵宿師の仕事をまわされたのです」

「なるほど、そういうことであったか」

頷く加門に、林田も頷き返す。

「ですが、もう充分……何人ものお武家の蔵宿師をやりましたが、つくづくと感じたのは禄で暮らす厳しさです。大身の旗本はわかりませんが、どこの家もやりくりで難儀をする。金をまわしていくことで、一生が終わるのか、とある日、思ったのです」

「ふむ、確かに」加門は城や町で見かける下役人の姿を思い出す。

「重い役に就かない限り、仕事のやりがいはどこまで得られるのか難しい。それ以上に札差との交渉のほうが重要、となると、空しく映ってもしかたないな」

ええ、と林田は肩を上下させる。

「それは藩士とて同じこと。侍というのは、実はつまらんものかもしれない、と思うようになりました」

「なるほど、それで国に戻ると」

顔を向けた加門に、林田は大きく頷いた。

「もう江戸にも仕官にも未練はありません。幸い、身体は丈夫ゆえ、なにをしても生きていけると思うています」

しかし、と加門は小声で言った。

「上総屋の対談方には、一矢を報いたいと思うているのだろう。それは武士の面目というのではないか」

「ああ……確かに」

林田は目を丸くし、やがて笑い出した。

「そうでした……いや、ならばちょうどいい。こたびを武士の意地の納め時とします」

林田は笑顔を空に向けた。


上総屋の暖簾をくぐると、店の隅で座っていた男が立ち上がった。

肩を揺らしながら進み出たのは、以前に見た対談方だ。

男は林田の正面に立つとにやりと笑い、

「なんでえ、また来たのか、それも今日はぞろぞろと仲間連れとはな」

と、腰に差した脇差しをこれ見よがしに身体をひねった。

「旦那様は会わねえ、金は貸さねえ、とっと帰んな。まあ、奥印金を借りてえってんなら、話は聞いてやらないでもねえがな。その代わり、利息は上げるぜ」

鼻で笑う男に、林田は平然と返す。

「今日は主に用だ」

林田の言葉に、「ああん」と男は首をひねる。

「主の代わりを務めるのが対談方なんだよ、そっちだってそうだろうよ」

「ふ、そうだな。だが、今日は特別だ。借金をすべて払う、転宿だ。主に伝えろ」

へっ、と男は身を反らす。

「そうかい、なら、ちっと待ちな」

店に上がる男に、林田が手を上げた。

「待て、そなたの名を聞こう」

ああん、と男は振り向く。

「おれぁ、虎次(とらじ)ってえんだ」

そう言い捨てると、奥へと消えた。

程なく戻って来ると、くいと顎をしゃくった。

「旦那様は奥だ」

三人はあとについて廊下を進む。

奥の座敷で、腕を組んだ市三郎が顔を上げた。虎次はその斜めうしろに座る。

三人が正面に座ると、市三郎は中間が置いた木箱をじろりと見た。

「転宿をしたい、というのは本当のようですな」

「真だ」

林田は木箱を引き寄せ、市三郎の前へ差し出した。懐から証文も取り出し、その箱の上に置く。

「中を確かめてくれ」

市三郎は虎次を振り向く。

「番頭さんを呼んどくれ」

言われると同時に、虎次は表へと走って行った。

箱の蓋を開け、市三郎は中を覗き込む。小判の包みはあるが、二分金や二朱金の粒も混じっている。

すぐにやって来た番頭を、市三郎は隣に座らせ、

「数えるよ」

と、手を動かしはじめた。虎次はそれを廊下から、じっと見つめる。

黄金色の小さな山がつぎつぎにできていき、番頭は算盤を弾く。

箱の中が空になると、市三郎は証文と照らし合わせはじめた。証文を一枚ずつめくり、また算盤をはじく。最後の証文を目にして、市三郎は「おや」と顔を上げた。

「奥印金の分が見当たりませんな」

「うむ、そこが相談だ」林田は懐から数枚の証文を取り出した。

「奥印金はこちらだ、そこに含まれていない。その払い、待ってもらいたい」

「は、なんですと」市三郎が顔を歪める。

「冗談を言っちゃあ困る。転宿というのは、すべてをきれいにしてなり立つもの。すべてというのは奥印金も含めての話だ、それはわかっておいでてでしょうな」

林田は声を太くした。

「わかっておる。だから、わたしが交渉に参ったのだ」

加門も口を開く。

「こたびはこれが精一杯。だが、上総屋への払いはすんだのだから、それが今後の見通しになろう。いずれ、奥印金も返す」

それは丹野から預かった言葉だった。

「いずれなどと、そんな言葉が信用できるものか」

市三郎が片頬を歪めた。

ほう、と加門は首をひねってみせる。

「それは得心いたしかねる。貸したときには信用していたのであろう、それゆえにつぎつぎに貸したはず。貸すさいには都合よく信用し、返す段になると疑うというのは、理に合わないのではないか」

むっ、と市三郎はさらに顔を歪めた。

「金を貸すというのは、そういうことだ。どこも皆、同じこと」

「ほう、では、札差というのは皆、道理から外れたやり方をする、ということか。それゆえに、証文を作り直すたびに、ひと月分を上乗せする、などの理不尽を平気でいたす、ということか」

加門の言葉に、市三郎は歯ぎしりを鳴らした。

「ええい、つべこべとやくたいもないことを……」

市三郎が虎次を見る。

おう、と虎次は膝で進み出ると、すっと脇差しを抜いた。

その刃先を、林田の前でひらつかせた。

「なめたことを言うもんじゃねえぜ」

林田は眉を上げげた。

「抜いたな」

腰を浮かせ、自らも脇差しを抜く。

と、目の前の刃を勢いよく弾いた。

飛びそうになる脇差しを慌てて握り直して、虎次は立ち上がった。

「てめえ」

林田も飛ぶように立ち、向き合った。
互いの刃が顔の前で交差した。
加門は膝を立て、あとずさる。
ここは気のすむようにやればいい……。そう思いながら、市三郎を窺った。
口をへの字に曲げた市三郎は、じっと二人を見ている。やれ、と音には出さないま
ま、口が動いた。
「ざけんじゃねえぞ」
虎次の刃がうしろに引かれる。勢いをつけて、それが林田の肩を狙った。
林田の身体が斜めになる。と、その腕が大きく振られ、切っ先が虎次の太股に向け
られた。
虎次の刃は宙を切り、前のめりになる。
その左太股を、林田の切っ先が刺した。
あ、といくつもの声が漏れた。
虎次が己の脚を見下ろし、市三郎が手を上げた。加門も、腰を浮かせていた。
林田が刀を抜く。
虎次は傷を押さえながら、顔を赤くした。

「て、てめえ」

「よいぞ、もっとやるか」

林田がにやりと笑って、構え直した。

「よせ、もういい」

市三郎の声が飛んだ。

手を振り、番頭に顎で示す。

「虎のやつを連れて行け」

駆け寄った番頭の手を、虎次が払いのける。

「やつをやる」

「馬鹿め」市三郎が指を差す。

「畳が血で汚れる、出て行けっ」

脚から流れ落ちた血が、つぎつぎに畳に落ちていく。

そら、と番頭は虎次の腕を引き、連れ出した。

林田は片方の口を上げて、市三郎を見た。

「これは失礼をした」

くっと、喉を鳴らすと、市三郎は音を立てて畳を叩いた。

「ああ、もういい、わかった、奥印金の払いは待ってやる。戻って丹野様にそう伝えるがいい」

怒りで顔を赤くした市三郎に、林田が座り直した。

「これは、かたじけない」

口元には抑えきれない笑みが浮かんでいる。

「では、失礼することにしよう」

林田は加門と中間に声をかけると、立ち上がった。

加門も「では」と市三郎を見る。吊り上げた目を、市三郎はそむけ、さっさと行けと言わんばかりに手を振った。

外に出た、林田は空を仰いで、はっはっは、と声を上げた。

加門はその横顔を見つめた。

「うまくいった、ということだな」

「ああ、いった」林田は大きく腕を広げた。

「これで気がすんだ」

その顔を中間に向けると、手を振り上げた。

「そなた、先に戻って事の顚末を伝えよ。わたしもあとから戻る」

「へい」と、中間は走って行く。

林田は、ゆっくりと歩き出すと、大きな息とともに言った。

「これで、蔵宿師の仕事は終わりだ、思い残すことなく江戸を離れられる」

「ほう」加門は横顔を見た。

「しかし、この先も丹野家の奥印金の払いは続くのであろう。速やかにいくとは限らないだろうし、まだ出番があるのではないのか」

林田は、横にずれて加門に身を寄せた。顔を近づけ、加門にささやく。

「丹野様は奥印金を返さない、はず」

え、と驚く加門に、林田はにっと笑う。

「おそらく踏み倒す、そのつもりでこの交渉を行ったのでしょう」

「踏み倒す、とは、そのようなことができるのか」

目を見開く加門に、林田はおや、という目顔になった。

「珍しいことではありません。札差のほうでは倒れ、腐れと言うのです。倒れになっても、金を取り戻せないで損をするのは寺などの貸主だけ。札差は痛くもかゆくもないという仕掛けです」

「そうなのか」

ふむ、と林田は肩をすくめた。

「ご存じなかったか」

ああ、と加門は首を振った。

「まさか、そのような仕掛けになっていたとは。そうか、札差は手数料だけ取って、相手に渡す。いわば中抜きをしているだけで、金が戻らなくても損はしない、ということか」

「さよう。だから、上総屋も応じたのでしょう。うすうす、倒れもある、と察しているのではないですか。が、己の懐が痛まないからかまわん、と」

林田の言葉に、加門はほうっと息を吐いた。

「なるほど、札差が儲かる仕組みがよくわかった」

加門は首を振りながら歩く。

林田は失笑を鼻から洩らした。

「貸すほうも貸すほうなら、借りるほうも借りるほう、ですな。丹野様もいかがなものかと思いますよ」

ふむ、と加門は林田を見る。同じように感じていたからだ。

「内職などをすれば、少しは足しになると思うのだが」

「はい、わたしもそう考えて聞いてみたことがあります。しかし、あの家の御新造(ごしんぞう)は体面を気にする質(たち)らしく、内職などだめだ、と。丹野様は婿養子なので、逆らえないようですよ」

「なるほど」

と、首を振る加門の隣で、林田は腕を広げる。

「これで縁が切れると思うと、せいせいする」

大股になって林田は歩く。それに続いていた加門だが、大きな辻で立ち止まった。

「では、わたしはここで失礼する」

え、と林田は加門を見た。

「それでよいのですか。うまくいったのだから、少しは出るかもしれませんよ」

「いや、札差の仕組みが知れただけで十分だ。林田殿には礼を申す」

「なにを……こちらこそ、です。あ、礼金を受け取ったら、医学所に薬礼を払いに行きます」

「いや、それは無用。林田殿のいろいろな働きで助かったと、草太郎も申していた」

「草太郎殿……いや、こちらこそ世話になりました。よろしくお伝えください」

「うむ、伝えておく」加門は一歩、近寄って腕を叩いた。

「達者でな」

「はい」

頷く林田から離れ、加門は歩き出す。

しばし歩いて振り向くと、林田はぺこりと頭を下げた。加門もそれに応えると、林田は辻の向こうに、やっと歩き出した。

第四章　裏仕掛け

一

浅草の町を、加門は歩きまわっていた。

浅草寺の周辺には多くの店が並び、老若男女を問わず、人の行き交いが絶えない。呼び込みの声や、芸人の口上なども飛び交い、にぎやかだ。

加門はそのにぎわいを横切り、脇道へと入って行った。

町の所々に、寺が建っている。

順に見て来たものの、目当ての寺はまだ見つかっていなかった。

さらに辻を曲がって、奥へと進む。と、見えて来た山門に、加門は足を速めた。

寺の門に掲げられている額には、探していた名が刻まれている。丹野が奥印金を借りていた寺の名だ。

加門は中へと入って行く。

小さくはないが、大きいともいえない寺だ。

こぢんまりとした本堂からは、読経が聞こえてくる。

お勤めの最中か……。加門は耳を澄ませながら、境内をまわる。小さな阿弥陀堂があり、古びた庫裏がある。

裏手には墓地があった。

墓地には小さな墓に混じり、何基かの立派な石塔が並んでいる。武家何軒かの菩提寺になっているらしい。石に刻まれた名を読むと、大身の旗本の名もあった。

それなりに金はまわっていそうだが……。加門は墓地を出た。いや、だからこそ、増やそうという考えか……修理などには金がかかるだろうしな……。

加門はお堂を見渡す。

寺社は修理に多額の費用がかかるため、それを得るためにはじまったのが富くじだ。が、富くじを売ることができるのは、大きな限られた寺社だけだ。

いろいろと大変なのだろうな……。加門は傷んだ本堂の屋根を見上げながら、正面へと戻る。そこで、ちょうど中から出て来た僧侶と目が合った。

加門が礼をすると、僧侶も目礼を返してきた。

檀家の者、と思ったらしく、僧侶は穏やかに、

「暑いなかのご足労ですな」

と加門に言葉をかけた。

「よいお寺ですな」

加門の返事に、僧侶は檀家ではないのか、と意外そうな面持ちになった。奥まった寺に、参拝に来る者は珍しいのだろう。

「はあ、お参りですかな」

ええ、と加門は境内を見まわす。

「上総屋の主に、聞いたのです」

さっと僧侶の顔が変わった。

「こ、ここに来られても金は貸せませんぞ」

「あ、いや、そうではなく……」

そういう加門に背を向けて、僧侶は歩き出す。そのまま、早足で庫裏へと入って行った。

加門は、戸がぴしゃりと閉められたのを見て、歩き出した。

なるほど、直にやって来る者もあるかもしない……。

加門は山門の手前で本堂に向き直った。

僧侶の顔を思い出し、眉が寄る。

踏み倒されれば、困るだろうに……。

本堂に向かってそっと手を合わせると、小さく低頭して、山門を出た。


八月下旬。

江戸城中奥の廊下を、加門は進んだ。

手にした書状には、上総屋の一件が認められている。

老中格に上がった意次は、以前とはまた部屋が変わっていた。

そこに向かう廊下で、加門は意知とかち合った。

「お、ちょうどよい、お父上にこれを渡していただきたいのだ」

書状を差し出すと、意知は歩き出した。

「父は部屋におりますから、どうぞ」

行くと、部屋の襖は開け放たれ、中では意次が文机に向かっていた。が、気配に気づいてその顔を上げると、

「おお、加門か、入ってくれ」

と、手で招く。その手を息子にも向けた。

意知と並んで座ると、加門は書状を掲げた。

「札差の探索にて、新たなことがわかりましたので、書き記して参りました」

城中ゆえにかしこまるが、意次のほうは変わらない。

「お、そうか」

受け取るとそれを開き、目で文字を追って行く。読み終えると「そなたも読んでみろ」と、それを息子に渡した。

意次が首を横に振る。

「そのような仕掛けになっていたとは、驚いた。どうりで札差ばかり、景気がよいはずだ。いずれ、策を考えねばならんな」

書状を読み終えた意知も、顔を上げる。

「利息を上乗せしたり、手数料を中抜きしたりなどと、目に余りますね。禄の御米を預けるという仕組みを、変えていくべきなのではないでしょうか」

「うむ、それはずっと考えているのだがな、江戸が開かれてから長年続いている仕組みゆえ、そう簡単には変えられそうにない。だが、相場の定まらない米を頼りにするのではなく、貨幣(かへい)に重きを置くよう、変えていくつもりだ。勘定が揺れ動いてばかりいれば、世も定まらぬからな」

「そういえば」加門は親子を見た。

「町では四文屋が大層増え、商いが盛んになっています」

「ほう、そうか」

意次は目元を弛める。

明和の五年、公儀は新たに四文銭を発行した。これまでは一文銭しかなかったため、使い勝手がよいと評判だ。四文という値をつけてさまざまな物を売り、町で四文屋と呼ばれ、繁盛している。

加門はちらりと廊下を見た。

用事のあるらしい役人が中を覗き、襖の陰にそっと控える。

意次は声をひそめて、身を乗り出した。

「今度、新たな銀貨を作る。貨幣のほうも東は金、西は銀で相場が揺れるからな、両方で通用する銀貨で、相場を安定させるのだ」

ほう、と感心する加門に、意知も頷く。

「質のよい銀が見つかったそうです。民の信用を得られれば、この先、広く流通するでしょう」

ほほう、とさらに感心する。意知殿は立派になったものだ、としみじみと思う。

その意知から書状を戻された意次は、それを巻きながら、加門を見た。

「よく調べてくれた。さすが公儀御庭番、だ」

いや、と加門は首を振る。

「もう少し、探ってみます。まだ、なにか出そうな気がするので」

「ほう、そうか、なれば頼む。そなたの思うとおりにやってくれ」

は、と加門は改まって低頭した。

堅苦しいな、と苦笑して、意次は「そうだ」と手を打った。

「五日後に屋敷に来ないか。源内殿が来ることになっているのだ」

「源内殿が」

「うむ、長崎行きの件で、よいことを思いついたのだ」

意次が笑う。

加門もその笑みにつられて頷いた。

「では、五日後に」

五日後。

田沼家の奥に通されると、すでに源内がそこにいた。

「あ、宮地様、ご無沙汰を」

「おう、源内殿、菊之丞殿は息災か、その節は助かった、よろしく伝えてくれ」

「はい、宮地様もお変わりなくなにより。菊之丞も変わらず舞台を踏んでおりますよ、まあ、最近は少し疲れやすくなった、などと申しておりますが」

ほう、と加門は横に座った。

「それはちと心配だな。人参を服めればよいが、あれは値が張るのが玉に瑕だしな」

朝鮮由来の人参は、すでに国内でも栽培できるようになり、人参座が設けられ、売られている。滋養強壮の効き目はよく知られているが、高価なために買える者は多くない。

「ええ、わたしなんぞには、到底手が届きませんので、身体によい薬草を煎じて服ませてはいるんですがね。いや、役者というのはなかなかに大変な仕事なようで、良薬をとっても失う力を補うのに追いつかないと見えます」

源内はもともと薬草を扱う本草学者だ。加門も同じ学びをしてきたため、話は通じやすい。

　薬草の話をしていると、しばらくして意次と意知がやって来た。すでに頼もしい跡継ぎの風格を持つ意知は、最近では常に父の側にいる。父も多くを身に付けさせようと、心配りをしているのが見てとれた。

　これは、と低頭する源内に、意次は笑顔を向けた。

「ああ、堅苦しい挨拶はよい、今は浄瑠璃の舞台がかかっていて忙しいのであろう、どうだ、評判は」

「はい、十九日が初日でまだかかったばかりなのですが、おかげさまで評判はよく、お客も来ております」

　源内の書いた『源氏大草紙』が、肥前座の舞台にかけられたばかりだ。

「うむ、それは何より。いや、今日来てもらったのは、長崎の件だ。阿蘭陀通詞の御用、というのを考えたのだが、どうか」

「通詞（通訳）、ですか」源内の目が丸くなり、ははあ、と手をついた。

「ありがたき幸せ」

「いや」意次は小さく苦笑する。

「御用といっても、さほどの御用金を出せるわけではない。公儀の勘定もなかなかでな、旅の路銀と一年ほど逗留できる額、まあ、それもぎりぎりであろうが、そのくらいしか出せんのだ」

「はっ」源内は顔を上げ、また手をつき直した。

「十分でございます、真、田沼様にはお礼の申し上げようもなく……」

ああ、よいよい、と意次は手を振る。

「源内殿であれば、出した金以上に、多くを学んで身となすことであろう。本来であれば、もっと融通したいところなのだがな、去年から米が不作であったのに、今年は干魃（かんばつ）で、すでに凶作となっているのだ。勘弁してくれ」

「いえ、とんでもない、重々わかっております」

源内はやっと折っていた身体を伸ばした。その目はすでに長崎を見ているように、輝いている。

加門はその横顔を見た。

「いつ、発たれるのか」

はあ、と源内は天井を見上げて、ぶつぶつと口を動かす。

「いろいろと片付けねばなりませんし、用意もせねば……そうですね、十月……十月十五日に発つというのはいかがでしょう」

源内は手を打つ。

うむ、と意次は頷く。

「それでは、それまでにこちらも両替手形などの用意をしておこう」

両替の手形があれば、旅先の両替商で金に換えることができる。

「頼んだぞ、意知」

父の言葉に、意知は「はい」と応じて、源内に目を細めた。

「わたしも長崎に行きたいくらいです。阿蘭陀の書物が読めるようになれば、さぞかし多くのことを学べるでしょう」

「ふむ」と父はその息子に目を細める。

「確かにな。だが、人の役目はそれぞれだ。幕閣の役目は人の才を見抜き、それを伸ばすことでもある。多くの才ある者にふさわしい場を与えることは、己一人が伸びるよりよほど大きな力になるのだ」

はい、と意知は頷く。

加門は父子の顔を見つめた。才というのは受け継がれるものなのだな……いや、子は親に似る、ということか……。草太郎の顔が浮かび、加門は苦笑する。まあ、あれはあれでいい……。

「ああ」と源内の声が漏れた。

「また長崎に行けるとは、ありがたい」

加門は笑みを向ける。

「十月ならば旅にはよい季候、そうだ、旅立ちを見送ることにしよう」

「おう、それはよい」意次も笑顔になる。

「わたしも行きたいが、そうもいかぬ。我らの分も見送ってくれ」

うむ、と加門は頷いて、源内に向く。

「源内殿は、今どちらに住んでおられるのか」

「はあ、神田白壁町(かんだしらかべちょう)です。いや、粗末な家なので、驚かれますぞ、なにしろ表から入ってずいっと奥にいった裏店(うらだな)で……」

源内は身振りを交えて、説明した。

二

九月。

城から下がって外桜田御門を出ると、加門は早足になった。

岩本正利が、立っているのが見えたからだ。

と、問う加門に、正利はやや申し訳なさそうに首をすくめた。

「うむ、少し話がしたくてな、よいか」

「ああ、むろんだ」加門も申し訳なさを顔に浮かべる。

「すまんな、家に来い、と言えず」

御庭番の御用屋敷はすぐそばだが、外の者を入れることは禁じられている。

「いや、それはわかっておる」正利は横に並んで小声になった。

「一橋家のほうは、どのようなようすだろう」

正利の言いたいことはわかった。

「うむ、御簾中様の四十九日もすんで、落ち着いたようだ」

「そうか、いや、わたしも四十九日がすむまでは、考えまいと思うていたのだが、もう、よいか、と思うてな」

加門は頷く。

「お富殿のことだな」

「うむ」正利は眉を歪めて加門を見る。

「側室の件、立ち消えになるのだろうか。ああ、いや……ためらっていたくせに、と思うであろう。だが、話がなくなるかもしれぬ、と考えたら、急に惜しくなってしまったのだ。はあ、なんとも、浅ましい話なのだが」

正利は大きな息を吐いて首を振る。

「いや、気持ちはわかる、誰でもそうなるだろう」

加門は肩に手を置いた。

「そうか」正利はほっとしたように笑みを浮かべる。

「して、どうなるのだろう、一橋様は後添い、いや、御継室をおもらいになるのだろうか。そうなれば、側室は無用となろうな」

「いや、それはないだろう」加門はきっぱりと首を振る。

「御簾中様は宮様であられたからな、高貴の方が亡くなれたあとに継室をとる、ということは考えられん」

「そういうものか」

「うむ、これまでを振り返れば、ありえないな。むしろ、側室を置くことが決まりとなるはずだ。御子がおられないまま、ということもありえないからな」

「そ、そうか」正利が息を吐いて、空を仰いだ。

「いや、わたしは城中や奥のことなど、とんとわからぬゆえ、どうなることやら、とうろうろとしていたのだ。そなたなら、奥向きのことも知っておるし、御三卿の内側もわかるであろうとも思うてな、聞くことにしたのだ。いや、聞いてよかった」

「大丈夫だ」加門は笑顔を向ける。

「まあ、四十九日がすんだとはいえ、まだ喪中、いつになるかはわからないがな。しかし、少なくとも一周忌が過ぎれば、動くことだろう」

うむ、と正利も笑みを見せる。

「いや、これで安堵いたした。お富がすっかりその気になっていたので、わたしもなんと言ってよいか、困っていたのだ」

「ほう、お富殿は肝が据わっているな。御三卿の跡継ぎを産む、などという大任、女人によっては怖じけてもおかしくはないが」

ああ、と正利は苦笑した。

「お富は怖いもの知らずでな、大奥に上がるときにも、上様のお目に留まったらどうしましょうなどと、言うていたほどだ。馬鹿を言うな、と皆で笑ったのだが」

「ほほう、上様とは行かずとも、徳川様だからな、似たようなものだ。いや、それほど気の大きな娘御ならば、心配はいらぬな」

加門は笑い出す。

正利は首筋を掻きながら、同じように笑い出した。

加門はほつれた着物を着て、厩河岸へと向かった。

暁翁の家の半分開いた戸を開けて、中を覗き込む。

「ごめんくだされ」

「なんだ」

と、奥からしゃがれた声が漏れた。暁翁が、またか、という顔を向ける。

「申し訳ないのだが、また邪魔をさせていただきたい」

加門は許しも待たずに上がり込んだ。

暁翁はしかたなさそうに、手にしていた筆を置いた。畳の上には紙が広げられ、花の絵が描かれている。

「絵を描かれていたか、これは本当の邪魔であったな、失礼をした」

加門が言うと、暁翁はふっと苦笑を見せた。

「目が上がってしまって書物は読めぬし、鼓も重くなってもう敲けない、絵を描くことくらいしかできんようになってしまった。あたしもそう先が長くないってことですな」

「いや、筆に勢いがある、まだまだ力が沸いてきている証だ」

加門の言葉に、皺を深めて笑う。

「ほう、言葉巧みなお方だ。その調子で戯作を書かれているのですかな」

暁翁が上目で見る。言葉の奥を見透かそう、とする目だ。

加門は思わず目を逸らし、咳を払った。

「うむ、まあ。いや、しかし、よく知りもせずに書けば、粗忽なものになりかねないゆえ、まだいろいろと調べているのだ」

「ほうほう、さいですか」

暁翁の口元が歪みつつ笑みを作る。

「したところ」加門は暁翁を見返した。

「面白いことがわかった。奥印金の仕掛けだ。倒れという踏み倒しが出ると、札差の懐は痛まずに、貸主だけが損をする、というのを聞いのだ」

「はあ、さいですな、札差は口を利いているだけですから。理にかなったことと思いますがね」

さっぱりとした口調に、加門はむっと口をつぐむ。が、すぐにそれを開いた。

「なるほど、いや、わたしは感心したのだ。札差は奥印金の手数料を取っているのであろう。借りる側はそれを引かれ、割を食う。貸す側は倒れになれば割を食う。したが、札差はいっさい、損をしない。いや、よくできた仕組みだと思うてな」

　暁翁はくっと笑う。

「口利きというのは、そういうものですよ。口入れ屋だってそうでしょう。雇い主からも雇われる者からも口利き料をとる。おかしいことなど、ありゃしません」

　暁翁は丸まっていた背中を少し、伸ばした。

「つながりのない人をつなぐ、要は縁を売る、ということですよ。物には値がついておりましょう。形ある物の値はわかりやすいが、形のないものにだって値はつくんです。いや、目に見えないものほど、値は高いんですよ。お武家とて、そうでしょう。力を持つお人とのつながりを求めて、せっせと贈り物をするじゃありませんか」

　加門は改めて、暁翁の皺を見つめた。さすが、札差の店を大きくし、大通の筆頭にまでなったはずだ、財の力だけでなく、世知にも長けているのだな……。

「なるほどな」

　つぶやく加門に、暁翁はにっと笑う。

「して、まだ知りたいことがおありですかな」

「ああ、いや、まだわたしの知らない面白い話があったら、教えてもらおうと思ってやって来たのだ」

「ほう、さいで。ま、楽な仕事というのはありませんな」

暁翁は上目で加門を見た。

仕事という言葉に、加門は音が出ないように、唾を呑み込んだ。

じっと見つめる暁翁の目は、正体に気づいているぞ、とでも言いたげだ。

加門はまた唾を呑む。今更明かすわけにもいかない。

暁翁は皺を動かして笑顔になった。

「あたしももう、いつお迎えが来ても不思議じゃあない。ようござんす、一つ、面白い話を教えてさしあげましょう。年明けて正月から、浅草御蔵に年貢米が集まって来ます。大川のあの河岸に、つぎつぎに船が着くんですよ。あっちこっちの直領（じきりょう）からね」

ほう、と目顔で頷く加門に、暁翁はにっと笑って言った。

「それを見に行きなされ」

加門は「え」と首を伸ばす。

「見に行く、とは」

暁翁は顔を蔵前のほうへと向けた。

「見に行けば、そして、目と耳をちゃんと働かせば、面白いことがわかりますよ」

いや、と戸惑う加門に、暁翁は首をすくめた。

「それ以上は申せませんな。隠居したとはいえ、あたしも元札差、言えるのはここまでです」

「ふむ……あいわかった」

加門が伸ばした首を戻すと、暁翁は小さく肩をすくめた。

「世の中では札差ばかりが悪く言われているが、なあに、そんなに簡単なものじゃない。世の仕組みにだって落ち度はあるし、悪い仕掛けをする者もおり、手を組む人もいる。ま、そういうことですよ」

加門は暁翁の言葉を腹の底に呑み込みつつ、腰を上げた。

「邪魔をいたした、礼を申す」

「いいえ、ご苦労様です」

暁翁は初めて、小さく頭を下げた。

三

十月十五日。

まだ薄暗いうちに屋敷を出た加門だが、神田白壁町に着いたときには、東の空が茜色に染まりはじめていた。

聞いていた平賀源内の家に着くと、ちょうど人が中から出て来たところだった。

「おっ、これは宮地様」

背に荷を負った源内が、手にした笠を振り上げる。横には、二人の男が並ぶ。

「発つところか。間に合った」

「はい、夕べ飲み過ぎて寝過ごすところでした」源内は笑う。

「ですが、このお二人が泊まってくださり、起こしてもらいました」

いや、と年配の男が苦笑する。

「宴席がつい長引いて、泊めてもらったのです。さ、参るとしよう」

歩き出す一行に、加門も付く。

源内はやや年配の男を示して言った。

「宮地様、このお方は杉田玄白先生です。医者で本草学者、蘭学に通じておられるのです」

「いや、さほどの者では」

玄白は下がって加門と並ぶと、前を行くもう一人の若い男を手で示した。

「あの中川淳庵のほうが、よほど阿蘭陀語に通じているのです。歳はわたしよりも六つも下ですが、淳庵は源内殿と同じく才が豊かで、火浣布や寒暖計を作るのを手伝ったのですよ」

「ほう、そうなのですか」

前を歩く淳庵は、聞こえたらしく、振り向くと照れたような笑顔で会釈をした。

「わたしなどまだまだ……玄白先生と源内先生の足下にも及びません」

そう言って顔を戻すと、源内と並んで話し出した。

玄白は加門に抑えた声をかける。

「源内殿に聞いています。宮地様はあの田沼様とお親しいとか。こたびの長崎行きもお口添えをしてもらったと、喜んでいました」

「いや、とんでもない、源内殿の才覚を田沼様が買われているゆえです。田沼様は源内殿を家臣にしたい、というほど認めていますから」

「おお、さようで。いや、わかります、源内殿の才は真、広く豊かで、わたしも目を瞠ります」玄白は目を細めて源内の背中を見る。

「わたしは源内殿らが湯島で開いた東都薬品会に行きましてな、そこから親しくつきあいがはじまったのです。あの淳庵も薬品会に参加をしていたもので、誘われたわけですが」

東都薬品会は宝暦の七年から開かれ、回を重ねた。源内が師事していた本草学者の田村藍水門下が、はじめたものだ。国内外の薬品は薬草のみならず、珍しい鉱物や動物なども集められ、江戸中の評判となった。加門も意次を連れて見に行ったことがある。源内の才と名を、世に広める機にもなったものだった。

玄白は笑みを浮かべた。

「源内殿とわたしは互いに本草学者で蘭学好き、関心の向く方向が同じゆえ、よく会うようになりましてな、共に長崎屋にも通ったものです」

「おお、そうでしたか」

長崎屋は日本橋本石町にある大きな薬種問屋だ。長崎とのつながりが深く、渡来の薬品なども多く扱っている。公儀からその実績を買われ、人参座も長崎屋に設けられていた。

さらに、長崎屋は阿蘭陀人の定宿にも定められていた。長崎にやって来た阿蘭陀人が江戸に来たさいには、長崎屋に泊まるのが決まりとされたのだ。

「わたしも長崎屋の阿蘭陀人を見に行ったことがあります」

加門は言葉を返しながら、その折のことを思い出していた。

見に行ったといっても、御庭番としての役目だった。阿蘭陀人が出歩いたりなどしていないか、人と接していないかなど、ようすを探るためだった。

江戸の者が阿蘭陀人と接するのは、御法度とされていた。

しかし、長崎屋の窓下には多くの人が集まっていた。ただ、異国人を見たいという物見の人もやって来る。が、なかには蘭学を学ぶ医者や学者も少なくなかった。持っている阿蘭陀の書物を見せ、読み方や意味などを問う者、文化や学問をあれこれと聞きたがる者などがつぎつぎと押し寄せた。

加門はその情景を思い出す。遠巻きに、ただ見ていた。

御法度にはなっていたが、それを公儀は黙認した。弊害よりも得るもののほうが多い、と考えたからに違いない。

玄白は源内の背を見て、溜息を吐く。

「いや、長崎とは羨ましい。わたしのような藩医には無理な話です」

おや、と加門は見た。

「玄白先生は藩医なのですか」

「ええ、もともと小浜藩の藩医の出なのです。まあ、生まれは江戸の下屋敷なのですが。あの淳庵もそうです」

「ああ、そうでしたか」

「父が健在であった頃には、わたしは藩医でありながらも町医者もやって、気儘にできたのです。ですが、去年、父が亡くなりまして、家督と侍医の役目を継ぐと中屋敷詰めになりまして、勝手はできなくなりました。まあ、今日はこうして勝手をさせてもらっていますが」

源内がくるりと振り向く。

「宮地様も医学所で学ばれたのですよ」

「お、そうなのですか」

玄白の笑顔に、加門は苦笑を返す。

「いや、わたしなど、それこそ半端者、聞きかじったていどです」

「いやあ、しかし、医術を学んだ人は、ものの見方が変わりますからな、話が通じやすい。五臓六腑をどう思われますか」

「ああ、わたしは漢方の五臓六腑しか知らないのですが……」

話をしつつ、日本橋を渡り終えた。

町は朝のにぎやかさが広まっていた。

玄白はすっかり明るくなった空を見上げる。

「わたしは山脇東洋殿の書かれた『蔵志』を見て、目を開かれました」

山脇東洋は初めて腑分けを行い、人の五臓六腑を検分した医者だ。臓腑の仔細を『蔵志』という書物に記して、世にも出している。

玄白は道を歩きながら、その図のことを熱く語り続ける。

それに耳を傾ける加門は、なるほど、と思っていた。医術に関しての熱が違う、やはりわたしなど半端者だ……。

道からは左手に海が見えていた。

玄白は己の手を見つめる。

「わたしもこの目で見てみたいものだ」

その手をぐっと握った。

道の先に大木戸が見えて来た。

高輪の大木戸は東海道をやって来る者にとっては、江戸の玄関口になる。江戸を離れる者にとっては、ここからが旅路のはじまりだ。

四人は足を止め、向き合った。

ひととき、目を交わし合うと、源内は胸を張った。

「いや、見送りかたじけなく、うれしい限り。田沼様はじめ、皆様のご恩に報いるよう、この平賀源内、気を引き締めて……」

と、声が切れ、源内は首を伸ばした。

今、やって来た道から、慌ただしい足音と声が聞こえる。

振り返った加門の目に飛び込んできたのは、早駆けでやって来る駕籠だ。中から身を乗り出しているのは、瀬川菊之丞だ。

「待っておくんなさいまし」

頭に乗せた紫色の野郎帽子が揺れている。

駕籠は四人の前まで来て、止まった。

「源内先生」

駕籠から転がり落ちるように下りた菊之丞が、源内の胸元に手を当て、もたれるように身を預けた。

「ああ、よかった、間に合った」

源内はその手を取って、顔を覗き込む。

「息が上がってるじゃないか、無理をするなと言ったろう」

「無理だなんて、つれないことを……これでしばらく会えなくなるんですよ」

菊之丞は懐に手を入れると、小さな袋を取り出した。

「さ、これをお持ちくださいな、旅のお守りです」

あん、と源内は目の前に掲げ、にっと笑った。

「こりゃ、ありがとうよ、大事に持って行くとしよう」

そう言って懐にしまう源内を見ると、菊之丞はほっとしたように離れて、三人に向かって、膝を折った。

「失礼しました、お許しを」

「ああ、いや」

と、皆が首を振る。

「では、これにて」

源内は笠を振り上げると、くるりと背を向けた。

「道中ご無事で」

菊之丞が声を上げると、淳庵も口を開いた。

「無事お戻りを」

源内が振り返って、笠を振る。

「源内殿、楽しみに待ってますぞ」

玄白も手を振った。

「源内殿、達者で」

加門も思わず声を投げていた。

源内はくるりと身を反転させると、こちらに向かって両手を挙げた。

そして、もうひと反転すると背を向け。腕を振って東海道を歩き出した。

四

翌、明和八年、正月。

加門の背後で櫛を持つ草太郎が、

「できました、父上」

と、声を落とす。

鏡を覗き込んだ加門は、ふむ、と唸る。弛い町人髷に変えた鬢には、白髪が混じっている。加門はそれに手を当てながら、まあ、しかたない、とつぶやく。

「え、よくありませんか」

慌てる草太郎に、加門は苦笑して首を振る。

「いや、結髪はよい、こっちのことだ」

そこに千秋が入って来た。

「着物はこれでよろしいでしょうか」

張りのなくなった着物を加門に着せかける。帯を締め終わると、加門はぽんと腹を叩いた。

「どうだ、どこぞのお店の隠居らしく見えるか」

んん、と千秋は首をかしげて、隠居、とつぶやく。

「まだ五十を過ぎたばかりなのですから、隠居は早すぎましょう、お店の主なら元気で働いている歳でしょうに」

「はい」草太郎も頷く。

「それに父上はお歳よりもずっとお若く見えます」

「そうか」加門は笑う。

「いや、しかし、隠居なればこそ、町をぶらついてもおかしくないのだ。まずは、心持ちから作ることが大事、ということだ」

はあ、と母と子は顔を見合わせる。

「では、いってらっしゃいませ」

手をつく妻に頷いて、加門は外へと出た。

正月の松が明けてから、蔵前に通っている。暁翁の言葉に応じてのことだ。が、すでに一月も下旬、未だに何もつかめてはいない。

御蔵の前に着いて、加門はゆっくりと歩いた。

御蔵は全体が堀で囲まれている。出入りできるのは三本の橋だけだ。その橋にも門があり、門番が立っている。

その門番の前もゆったりと過ぎる。その顔を横目で見るが、こちらを気にしているようすはない。

よし、と加門はほくそ笑む。しばらく浪人の風体(ふうてい)で通っていたところ、先日、その門番に睨まれたのだ。

同じ者とは気づいていないな……。加門は堀沿いに歩く。堀の向こうは白壁で囲われており、中は見えない。

加門はぶらりと、小さな建物に近づいた。数日前に気づいた、中の口と呼ばれる札差の詰所だ。当番で詰める札差が高価な弁当を取り寄せている話を、暁翁から聞いていた。それに、と加門は思い起こす。人には言えないことをしている、とも言っていたな……。

加門は表を覗く。戸を開けては入って行く武士に、応じているのは手代だ。そこから裏にまわると、加門は窓に近寄って耳を澄ませた。

　男達の声が聞こえる。

「よし、丁か半か」

「ううむ、では、今度は半、これでどうだ」

　金属のぶつかる音がする。

「よし、ではわたしは丁だ、勝負」

　また音が響く。

「五両と来たか、ならこっちもだ」

　音が鳴った。

　加門は息を呑み込んだ。

　なんと、小判で賭けをしているのか……。

　窓の下をそっと離れる。それは、確かに人に言えることではあるまい……。息を吐き、首を振りながら、加門は詰所を離れた。

　蔵前を背にして、加門は御蔵を囲む堀沿いに進む。すぐ隣の上流が、暁翁の家もある厩河岸だ。川岸に行けば、行き交う船が見える。加門は身を乗り出して、御蔵を覗き込んだ。

御蔵の前には大川からつながる堀がある。八本の堀が櫛の歯のように並び、その堀に沿って、五十四もの御米蔵が建っているのだ。蔵前の町からはそこまで見ることはできないが、ここからなら、身を乗り出せば窺えた。

川を往来する船の人々も、立派な御蔵に首を伸ばしたりしている。

加門は川へと目を向けた。大きな船が川を下ってきた。

米俵を積んだ廻船だ。立ち上がって、御蔵を見ている男の姿が見えた。

年貢米を積んだ船には、村の者が乗り込んでくる。船中を管理する上乗と年貢米を納める役の納名主だ。立って見ている、いかにも百姓らしい二人は、その役に違いない。

船は舳先の向きを変えて、堀に入って行く。

すぐあとに続いていた船も、隣の堀へと入って行った。

しばらく佇んだものの、加門は腕を組んで元来た道を歩き出した。

御蔵に近づけないのでは、探りようがないな……。ゆっくりと戻りながら、加門は橋に立つ門番を見た。口をへの字に曲げて、門番は先ほどと変わりなく立ち続けている。と、橋の向こうから、役人が出て来た。急ぐふうもなく、橋を渡ると町へと入って行った。

同心か、とその姿を見送った。

御蔵は勘定奉行の支配下にある。すぐ下には蔵奉行が置かれ、その下に多くの役人がいる。浅草御蔵手代、浅草御蔵同心、浅草御蔵番、さらに荷揚げを差配する小揚之者らもある。

塀の向こうに並ぶ屋根を仰ぎながら、加門は歩く。

次の橋が見えてくる。

おや、と加門は目を向けた。

人影が現れ、橋を渡ってくる。役人ではない、二人の百姓だ。着物からして、先ほどの船に乗っていた二人に間違いない。

門を抜けた二人は蔵前の町へと歩き出す。

加門はそっと近寄って行った。

道で立ち止まった二人は、辺りをきょろきょろと見まわした。

「店がいっぱいじゃねえか」

「ああ、どうすっぺ」

上乗と納名主であろうが、まだ若い。

加門は穏やかな面持ちを作って、近寄る。と、一人がこちらを向いた。

「あのう」

「はい、なんですかな」

にこやかに立ち止まった加門に、男が寄って来る。

「札差の倉多屋っつうのは、どこにあるんですかのう」

「倉多屋、ああ、それなら……」

加門は町を振り返った。すでに歩き馴れた町は隅までわかる。

「いや、案内しましょう」

にこやかに言う加門に、二人はほっとしたように頷いた。

「こりゃ、すまんこって」

「いえいえ」加門は歩き出しながらも、戸惑っていた。札差とはどういうことだ……。

「年貢米の納めですかな」

「へえ、けんど、初めてなもんで、勝手がわかんねえで……その上にもう……困ることばっかりだ」

一人が顔をしかめると、隣の男が頷いた。

「んです、初めてでなにがなにやら……去年までは親爺が上乗をやってたんだが、病になったもんで、おれが今年から就いたんでごんす。あ、こっちの定吉もおんなじで、親爺のあとを継いで納名主をやることになったもんで」

「へえ、おらも作造も、江戸は初めてだってのに、厄介なことになっちまって……」

そういう定吉の腹から、ぐうっという音が鳴った。

加門はその腹を見る。

「飯を食っていないのではないかね」

「あ、へえ」定吉は恥ずかしそうに腹を押さえる。

「納め終わったら食おうと思ってたんだけんど」

ほほう、と加門は笑みを浮かべる。

「とりあえず、飯を食っちゃあどうかね、いい飯屋を知っていますよ」

二人は顔を見合わせる。

「どうすっぺ」

「はあまあ、飯食ってからのほうが、肚が据わっていいんじゃねえか」

「けんど、江戸の飯代ってよ……」

加門は手を打つ。

「よし、飯代はあたしが持ちましょう、なあに、あたしは暇と金はある隠居だ、遠慮はいらないよ」

そう言って歩き出すと、二人は戸惑いながらも付いて来た。

飯屋の小上がりに落ち着くと、すぐに大盛りの飯が運ばれてきた。加門が頼んだ味噌汁や魚も並べられ、湯気を立てる。

おお、と二人は大口を開けた。

「すげえ、白いおまんまだ」

「ああ、こんな山盛り、見たことねえ」

一心不乱に箸を動かす。

ひとしきり食べ終えたのを見て、加門は低い声をかけた。

「しかし、なんの用があって、お百姓さんが札差に行くのかね」

二人は飯を呑み込みながら、目顔を交わす。首を振ったりかしげたりしていたが、やがて、定吉が抑えた声で返した。

「去年から、米は不作なんでさ」

「ああ、知っているよ、値が上がったからね。今年はさらに日照り続きだったから、さぞ難儀をしたことだろうね」

加門の言葉に作造が頷く。

「んだ。実の入らねえ籾も多くて、泣きてえくらいだった。んなもんで……米の質が落ちただ」

「ああ、さっき、お役人が調べて、これじゃ受けつけられない、と言われたんで」

うなだれる定吉に、加門は身を乗り出した。

「ほう、それは困ったことだな。して……」

定吉は上目になった。

「だけんど、お役人に助けてくれるって言われて……これぁ、内緒なんだけんど、札差の倉多屋に相談しろと教えられたんでさ」

「ほほう、それで倉多屋、か」

加門は言いながら、腹の底がぐるぐるとまわるのを感じていた。なぜ、札差が出てくる、なぜ、役人が店を教える……。その問いを呑み込んで、二人を見る。

「しかし、米を下ろすさいはお代官が立ち会うんじゃないのかい」

「へえ、数を数えるところまではいました。けんど、別の船が着いたんで、そっちに行っちまって」

ふうん、と加門は何食わぬ顔で残っていた味噌汁を呑み込んだ。

「そうかい、では、倉多屋に行かないといけないんだね、店は知っているから、食い終わったら連れて行こう」

器を空にすると、三人は外へと出た。

「倉多屋はそら、そこだ」

加門は店まで案内する。と、定吉を見た。

「そのお役人はなんてお人だい」

「あ、矢部様ってぇお方で」

ほう、と加門はずかずかと店へと入って行き、手代を捕まえた。

「旦那さんはいるかね、矢部様のお口利きのお客なんだが」

「あ、へい」

手代は奥へと走って行く。

加門について店に入って来た二人は、呆然と店の中を見まわしている。

奥から足音が鳴った。現れたのは、小太りの白髪交じりだ。どすどすと足音立てながらやって来る。

あれが主か……。加門はその姿を見ると定吉と作造を振り返った。

「それじゃ、あたしはこれで」

そう言って、店を出た。

倉多屋を出て辺りをひと巡りすると、加門は来た道の辻に立った。

定吉と作造の二人が戻って来るのが見えた。

「おや、これは」加門は寄って行く。

「相談はできたのかい」

ああ、と二人は先ほどまでとは違う弛んだ顔で頷いた。

「うまく納めてもらえることになっただ」

定吉が言うと、作造が続けた。

「んだ、倉多屋さんは矢部様と懇意だそうで、話をつけてくれるっつうこって」

「ほう、話とは、どんなふうにだい」

「へえ」定吉がささやき声になる。

「持って来た米を、二割引で納めてもらえることになりやした。倉多屋さんの特別の計らいだそうで」

「二割引、とはどういうことかね」

首をひねる加門の耳に、作造が口を寄せる。

「二割分、あとから持って来て、倉多屋さんに渡せば、うまく話をつけてくれるってえこってす」

「ほほう、なるほど」

答えながら、加門は頭の中が熱くなるのを感じた。そういう仕掛けか……。が、平静を装って、微笑む。

「しかし、凶作のところ、さらにお米を出すのは大変だろうに」

「へえ、けんど、二十俵、全部だめになるよりよっぽどいいだ」

「んだ、あと四俵なら、郷蔵（ごうぐら）にあっぺ」

二人は頷き合う。

加門はそっと唾を呑み込む。

「そうか、けど、また江戸に来るとなると、日にちがかかるだろうね」

「ああ、だけんどしかたあんめえ、なに、半月もありゃ戻って来られるがね」

作造が胸を叩く。

「そうか、まあ、話がついたのはなによりだったな」

微笑みを浮かべる加門に、二人は頭を下げた。

「いや、お世話になりました、飯まで食わしてもらって」

「ああ、かまやしないよ、江戸の者はみんなのお米で命をつないでいるんだから、日頃のお礼というものさね。そいじゃ、気をつけてお帰んなさいよ」

加門は背を向けて歩き出す。

見送る二人の目を感じていたが、すぐに次の辻を曲がった。と、加門はそこから早足になった。

厩河岸へと急ぐ。

「ごめん」

暁翁の家の戸を開けた。

「おやおや」

町人姿の加門を見て、暁翁はにやっと笑う。

「お役目ご苦労様ですな」

もうかまうことはない、と加門は家に上がり込んだ。

「御蔵でわかったことがある。札差と役人は手を結んでいるのだろう。百姓を騙して年貢米をよけいに納めさせ、それを金に換えている、違うか」

詰め寄る加門に、暁翁はにやにやと笑みを返す。

加門は立て膝になって、上体を寄せた。

「金は役人と札差で山分け、そうではないか」

暁翁の顔は変わらない。が、口元の皺が動いた。

「よい耳目をお持ちですな」

加門は拳を握る。教えた意図が、加門への厚意なのか役人への意趣返しなのか、読み取れない。が、加門は声を穏やかに変えた。

「教えてもらい助かった、礼を言う」

すっくと立ち上がった加門を、暁翁は見上げた。

「ああ、言っておきますが、わたしはやったことはありませんよ。札差も皆が皆、やってるわけじゃあない」

加門は頷くと、

「あいわかった」

と、背を向けた。

五

江戸城中奥。

朝早くから、加門は田沼意次の部屋で待っていた。

老中格となり、部屋は変わったが、待つときには少し襖を開けておく、という決めごとは変えていない。

「お、加門か」

ほどなくして襖が開いた。

「どうした、なにかあったか」

向かい合った意次に、加門は膝行した。

「実は……」

倉多屋の出来事を話す。

ほう、と意次は眉を寄せた。

「そのような仕掛けができていたとは……その百姓らはすっかり騙されてしまったということか」

「うむ、純朴な者らゆえ、疑うこともしなかったのだろう。いや、親のあとを継いだばかりの若者であったから、よけいだ」

「そうか、おそらく役人も騙しやすそうな者を選んだのだろうな。不届きなことだ」

「ああ、調べたところ、矢部というのは浅草御蔵同心の御家人だった。そんなことをいくどかすれば、山分け分は禄よりも多い益となるはずだ」

「ふうむ、いくら禄が少ないとはいえ、百姓衆を騙すとは、けしからん。ましてや札差など、ただでさえ中抜きの益を得ているのに、強欲にもほどがある」

うむ、と加門はさらに膝行して、間合いを詰めた。

「半月のちに、二割分の米を運んで来るというから、その場を押さえれば、札差も言い逃れはできまい」

「そうだな、百姓の言い分も聞けるし、騙されたことは明らかになる。すれば、役人もあげられるな」

「うむ、それが一番よいかと。わたしは川で二人が着くのを見張る」

「そうさな」意次は腕を組んで、天井を仰いだ。

「さて、どうするか、町奉行所を動かすと、大騒ぎになって江戸中に知られよう、そうなると、勘定所の面目が丸潰れになるし、役人への不信が高まる……」

意次は顔を戻すと、うん、と頷いた。

「勘定奉行を動かそう、加門、そなたは……」

二人は顔を近づけ、言葉を交わした。


二月中旬。

数日前から、加門は厩河岸に通っていた。

非番の役人、隠居の町人、浪人、と日々、姿を変えてきた。

風が吹いて、袂(たもと)が揺れる。今日は、隠居の町人だ。

川を下ってくる船は多い。

多くは目の前を過ぎて、川下へと漕(こ)いで行く。魚や野菜を積んだ船が向かうのは、市場だ。ほかにも竹を積んだ船や木材を積んだ船がやって来る。時折、大きな廻船が浅草御蔵の堀へと入って行った。

加門は下ってくる小さな船を目で捉えていた。

米俵は四俵、ましてや内密の物だ、小さな船で来るのは間違いない。

木枯らしに身を縮めながら、加門は岸をゆっくりと歩いていた。目は常に川から離れない。年とともに目が上がって近くは見えにくくなったが、遠くは変わらずよく見えるのが救いだ。

あ、と加門は足を止めた。

中くらいの船が向きを変え、岸に近づいて来る。船頭のうしろにいるのは、定吉と作造だ。船の荷には大きな筵がかけられている。

船は厩河岸の桟橋(さんばし)に着けられた。

加門は間合いをとって、それを眺める。

船から下りた二人が、どこかから荷車を引いて戻って来た。

近くにいた荷揚げ職人が集まって来る。船に積まれていた米俵は、たちまち荷車に移され、また筵がかけられた。

河岸の隅から、一人の武士が進み出た。加門はその男に、目顔で頷く。と、その者は走り出した。男は評定所（ひょうじょうしょ）の役人だ。

勘定奉行の支配下にも、小さな評定所がある。勘定がらみの役人の不届きなどがあったときに、調べを行うためだ。ときには、科（とが）をなした者を捕らえることもある。意次の采配（さいはい）で、勘定奉行が評定所を動かし、加門にも顔がつなげられた。定吉と作造が現れたら、知らせる手はずになっていたのだ。

定吉らは荷揚げの男らに金を払うと、町へ向かって荷車を引きはじめた。

加門は間合いをとったまま、あとを付ける。

荷車は蔵前の町に入って行った。

倉多屋に着く。

作造が入って行くと、すぐに手代が現れ、荷車は店の脇から裏へと誘われて行った。

加門はそのあとを付ける。店の陰に身を隠し、そっと首を伸ばした。

店の裏には、大きな蔵がいくつも建っていた。

屋敷から主が出て来て、定吉らに寄って行く。

「ちょっと、中を確かめさせてもらうよ」

そう言うと、細い竹筒を差し込んで、引いた。竹に入った米を掌にこぼして、それを顔に近づける。

「ふん、やはりできはよくないな。これで二割増しですむのはありがたいこと、矢部様に感謝しなければいかんぞ」

「へい」

定吉と作造は肩を狭める。

蔵の戸が開けられ、手代らが米俵を中へと運んでいく。

加門は背後をちらりと振り返った。人の気配が集まっているのがわかる。

倉多屋は懐から封書を取り出した。

「それじゃ、これを渡そう、矢部様から預かった目録だ」

加門は唾を呑み込んだ。なんと、目録まで預けていたか……。

年貢米を御蔵に納めれば、役人から年貢米皆済目録が渡されることになっている。

矢部は二人に渡さずに、倉多屋に預けたに違いない。

念の入ったことだ……。加門の眉が寄った。と、その顔をうしろに振り向けた。

役人が数人、走り込んで来た。

加門も走って道を空け、蔵の前へと出た。

「な……」

倉多屋が目と口を開いて、あとずさる。

定吉と作造も、驚きで身を寄せ合う。

「倉多屋、不正の義、しかと見たぞ」

三人の役人が倉多屋を囲む。

役人の一人は定吉らに近寄った。

「いっしょに来てもらうぞ」

あ、あ、と二人はさらに身を寄せ合う。

加門は手を震わせる定吉と作造に近寄った。

あ、と定吉が声を上げた。

「あのときのご隠居さん……」

加門はその肩をつかんだ。

「心配はいらん、話を聞くだけだ」

二人は呆然としたまま、小さく頷いた。

「ま、待ってくれ」

　倉多屋は引かれながら、顔を振る。

「ち、違うんだ、これは……」

「黙れ」

　役人は叱責して、腕を引く。

　さ、と加門は二人の背を押す。

　定吉と作造は戸惑いながらも、役人について歩き出した。


　ひと月後。

　加門は下されたお沙汰を伝え聞いた。

　札差倉多屋は株お取り上げ、重追放。

　同心の矢部は士分召し上げの上、重追放。

　百姓二人はお咎めなし。

　やれやれ、と加門は息を吐いた。

　屋敷に戻った加門は、草太郎を呼んだ。これまでのことは、随時、話してきていた。

　お沙汰を伝えると、草太郎も息を吐いた。

「そうですか、これで一応、落着ですね」

「うむ、だが、さまざまな不正がわかったゆえ、お城でもこの先、対策を考えていくそうだ」

意次のことだ、うまくやるだろう……。加門は胸中でつぶやいた。

六

その年の六月四日。

田安家当主徳川宗武が、五十七歳で死去した。

葬列が出る日、加門は北の丸へと足を運んだ。北の丸の田安御門の内にあるためだ。加門は田安家と呼ばれるようになったのは、北の丸の田安御門の内にあるためだ。加門は広い北の丸の木陰に立って、田安家の屋敷を窺った。

葬列が現れ、ゆっくりと進んで行く。

まだ姿は表さないが、喪主を務めるのは跡継ぎの治察だ。田安家では幾人かの男子が生まれたものの、皆、夭折したため、五男の治察が嫡男となっていた。

加門は、はっと人の気配を感じてうしろを振り返った。

近づいて来たのは同じ御庭番の西村だった。

横に立った西村は、田安家を見て目を眇める。

「なにやら、ひと時代が終わった、という気がするな」

うむ、と加門も宙を見る。これまでの出来事が、甦ってくる。

「お、見ろ」

西村が肘で突いた。

屋敷から棺が現れた。その横に、治察がついている。反対側にも一人、ついていた。

「定信様だ」

ほう、と加門は首を伸ばした。顔がはっきりと見える。

「確か、まだ十四歳だったな」

「ああ」西村の声に冷えた笑いが混じった。

「だが、しっかりなさっている。兄上が養子に出たときには、表向きは寂しそうに振る舞っていらしたが、裏ではうれしさを隠せないごようすだった」

「そうなのか」

加門は西村を見た。

御庭番は城中のことにも、常に目を配っている。西村は御三卿のようすを探る役目を負っていた。

「兄上というのは」加門は思い起こす。

「定国様のことか」

六男の定国は、明和五年、松山藩の当主松平定静の養子となっていた。定静の嫡男が夭折したため、徳川家から男子がほしいと願い出たのだ。一橋家のほうでは、過去に他家に養子を出していた。田安家ではすでに治察が跡取りと決まり、定信も育っていたため、定国が出されることになったのだ。

西村が抑えた声で言う。

「定国様と定信様は、お小さい頃から大層、仲が悪かったのだ」

「真か、だが、母上は同じだろう」

「うむ、御側室のとや殿が二人の母上だ。だが、兄弟仲はすこぶる悪い。なにゆえに、そこまで悪くなったのか……まあ、わたしの見る限り、定信様は負けず嫌いで気が強いゆえ、兄に負けまいという気を幼い頃からお持ちだったようだ」

ほう、と加門は歩いて行く定信の背中を見つめる。

「なるほど、その兄上が養子となって出れば、田安家の男子は治察様と二人きり。そうか、そうなれば、万が一、のときには……」

「ああ」西村が頷く。

「もしも、西の丸のお世継ぎに万が一のことがあれば、将軍の座は御三卿にまわってくる。一橋家は治済がすでに当主となっているし、御兄弟は皆、養子に出されている。そうなると、清水家の重好様か、田安家の定信様、ということになろう」

そうか、と加門は考えを巡らせる。重好は家治の弟であるから、将軍の座に近い。が、それ以外、当主でもなく屋敷に残っているのは定信だけだ。兄の定国がいなくなったために、定信は将軍の座により近づいたことになる。そう考えれば、兄が養子に出されたことは、定信にとって喜びとなったに違いない……。

加門は父宗武の顔を思い出した。将軍の座に着くことに、あれほど執着した宗武のことだ、子にそれを託しても不思議はない……。

「次の時代がはじまらないといいがな」

加門のつぶやきに、西村は小さく頷いた。

八月二十日。

家治の御台所五十宮倫子も、三十四歳の若さで世を去った。仲睦まじかった家治の悲しみに、城中も沈んだ。

九月。

加門は中奥の廊下を遠巻きに眺めた。

意次と治済が、大奥に続く廊下を進んで行く。

一橋家御簾中の一周忌もすみ、側室の話がまた動き出していた。

岩本家の富を、治済に目通りさせることになったのだ。

大奥は将軍以外男子禁制となっているが、例外はある。

そもそも月に一回、監察のために役人が大奥を見まわることになっている。

それとは別に、大奥に入ることを許されている者がいる。

老中、御三家の当主、そして御三卿の当主だ。

御三卿はおかれてさほどの年月は経ていないが、むしろそれゆえに格式があげられた。正室を御簾中と呼ぶのも、将軍世子や御三家に限ったことであったが、御三卿にも用いられることになったのだ。同様にさまざまな格も上げられ、大奥出入りも許されるようになっていた。

大奥に消えた意次と治済を見送って、加門は庭へと出た。

内を見ることはできないが、大奥で治済とお富が引き合わされているはずだ。

うまくまとまることだろう、と加門は独りごちる。お富の美貌としっかりとした気質に不足ないはずだ。いや、それ以上に、意次との縁を治済が逃すはずがない……。

加門は庭を歩き出す。

数日後、お富が側室に選ばれたと、加門の耳に飛び込んで来た。

第五章　江戸炎上

一

翌、明和九年。

一月十五日に、田沼意次は老中格から老中へと昇進した。五千石の加増もあり、家禄は三万石、なおかつ、御側御用人も兼務のまま、奥と表の大役を担うことになった。

老中として松の廊下を行く意次を、加門は庭から眺め、目を細めた。

やはりな、そなたならやると思った……。思わず胸を張りそうになり、加門は己を笑った。

儀式の多い一月が過ぎ、二月の節分も終わり、城内も落ち着きを取り戻していた。

その二月も終わろうとしていた二十九日、午後。

江戸城中奥の御庭番詰所で、加門は立ち上がって窓に近づいた。南西の風が、障子を揺らし、音を立てている。春の嵐か、と加門は窓を半分開けた。暖かい風が、たちまちに流れ込んできた。

書物を読んでいた仲間の川村が顔を上げ、巻き上げられる紙を手で押さえる。

「風が強いな」

「お、すまん」

加門は慌てて窓を閉めた。と、そこに廊下を駆けてくる音が聞こえてきた。

襖が開いて、仲間の野尻が飛び込んでくる。

「火事だ、すごい勢いで燃え広がっているらしい」

なんだと、と皆が立ち上がった。

中奥から出て、外の石垣へと走る。

本丸のあるこの地はどこよりも高く、下の二の丸との境に濠と石垣が作られている。その石垣に上れば、江戸の町が広く見渡せるのだ。

「南だ」

指を差す空に、灰色の煙が立ち上っている。その下には炎も見てとれた。

愛宕山の方向から芝の方面まで、広く煙が上がり、風で揺れている。煙は見る間に城近くの京橋辺りにまで流れ込んできた。あちらこちらで半鐘の音が響きはじめていた。

城中も騒がしくなった。

城下の町でも人が行き交っている。

大名火消しが走って行くのが見えた。

日本橋の町でも、町火消しの動くようすが窺える。

「お城に火が来なければよいが」

川村が拳を握った。

加門も天守台を見る。

明暦三年（一六五七）四代将軍家綱の頃、江戸の町を大火が焼き尽くし、城の天守も燃え落ちた。町の復興を優先したため、天守の再建は見送られ、今に至っている。

天守台は、空をいただいたままだ。

加門は町へと目を戻した。

ようすを見に行きたいが、御庭番は将軍を守るのが役目、城を離れるわけには行かない。じりじりと手を握りながら、町を見下ろす。

煙は勢いを増し、日本橋の町に流れ込んできた。

「この分ではすぐに火も追いつくな」

野尻のつぶやきに、皆も唸る。

「うむ、いざとなったら、上様には吹上の御庭にお逃げいただこう」

「そうさな、あとで庭にようすを見に行こう」

口々に言い合うなか、加門はふと、人の気配に振り向いた。

大奥の奥女中が石垣の石段を上がって来る。

並んだ御庭番に一瞬、怯んだ顔を見せたが、

「失礼いたします、ようすを見てくるよう、言われましたので」

意を決したように、上がって来た。

加門は横にずれて、奥女中の立てる場を作る。

そこに立った奥女中は口を開いたものの、声を出すことなく、呆然とした。

まあまあ、とやがて震える声がこぼれ出た。

「なんということでしょう、これほどとは……」

胸で合わせた手がわなわなと震える。

加門はそっと言う。

「もしも、お城に火がくるようなことになったら、御庭へ逃げることになります。持

ち出す物をまとめておくとよいでしょう」

「あ、はい」奥女中は頷くと、

「皆様にもお伝えを……」

と、下りて行った。

加門は中奥を振り返る。意次の顔が浮かぶが、いや、と首を振った。今頃は方々から知らせが集まっていることだろう……。

加門は顔を戻す。

火は日本橋に移りはじめた。

加門は唾を呑み込んで、城の下を見た。

大名小路と呼ばれている濠の内側には、多くの重臣の屋敷が建ち並んでいる。意次の屋敷もある一画だ。炎はそこにも迫りつつあった。

炎は田沼邸を呑み込み、大名小路を焼き払い、神田へと広がった。

夕刻、さらに北へと延びていき、遠く千住までたどり着いたのが見てとれた。と、そこで煙は途切れた。千住には刑場でもある広い小塚原があるため、火が途絶えたらしい。

御庭番は詰所に集まっていた。

幸い、城中に火が飛んでくることはなかった。御庭番組屋敷がある囲い内にも、火は入らずにすんだ。周囲よりも高くなった地であるため、免れたらしい。

「今日は宿直(とのい)を増やそう」

そう相談をしているところに、足音が駆けて来た。

「また火が出たぞ」

皆が立ち上がる。

「今度は本郷(ほんごう)からだ」

昼間見た方向とは逆だ。

皆は庭へと出て、反対側の石垣に上った。

本郷の町から、煙と炎が上がっている。

「なんということだ」

「飛び火が炎上したのか」

すでに暗くなった空を、炎が赤く染める。

その明るさは駒込(こまごめ)、さらに根岸(ねぎし)へと広がっていった。

「今日は皆、城に泊まろう」

誰ともなく言葉が上がり、皆が頷いた。

翌、二月三十日。あまたの町を焼き尽くして、火は昼頃に消えた。

さらに明けて三月一日。明けた空には、すでに煙も炎も見えなかった。

加門は泊まり込んだ中奥から、城表のようすを見に行く。

慌ただしかった城中も、やや落ち着きが戻ったものの、廊下を行き交う足音はいつものような謹厳さはない。報告を持って上がって来る役人らが、挨拶もそこそこにすれ違っていく。

そこに新たに役人が駆け込んで来た。

「また火が出ましたぞ」

大声で触れまわる声に、人々が廊下に出て来る。

「どこだ」

「馬喰町（ばくろちょう）です」

なんと、と、皆が顔を見合わせる。

廊下を人々が走り出した。

加門もまた石垣に立って眺めた。馬喰町は大川に近く、それほど火は広がっていかない。まわりにはすでに焼けた町もあった。

馬喰町の火はやがて消え、それが大火の最後になった。

翌日。

老中田沼意次が御庭番を呼び集めた。

「こたびの大火がどれほどの被害を及ぼしたか、皆、手分けをして調べてほしい。町の被害だけでなく、民のようす、暮らしぶりなども、見てきてほしいのだ」

「はっ」

と低頭する皆を、意次は見渡す。

「多くの死者や行方知れずの者も出ていよう、それも調べてほしい。さらに、大きな混乱が起きれば、犯罪も増えるゆえ、そこにも目を向けてもらいたい」

「承知いたしました」

口々に返し、平伏した。

加門はその顔を上げる。

意次の目顔が頼んだぞ、と語り、加門も目顔で頷いた。

二

加門は江戸の町へと足を踏み出した。

御庭番仲間で見まわる方面を割り振って、それぞれが散っていた。加門は火元を突き止める役を引き受けた。

屋敷を出ようとする父に草太郎も同行する、と言い出したのだが、それは止めた。

〈そなたは医学所に行け。先生方が無事であれば、けが人の手当てをしているはずだ。それを手伝いながら、町と人々のようすを見てくるのだ〉

はい、と草太郎は走って行った。

加門は焼け野原となった町を呆然と見渡した。焼け焦げた臭いが辺りに立ちこめ、風が吹くと、それが鼻を突く。

真っ黒な瓦礫のあいだを進んでいた加門は、足を止めた。瓦礫と見えた物の中に、人の形が窺えたからだ。

手を合わせ、瞑目する。と、その顔を上げてひと巡りし、広い町に向かって改めて頭を下げた。この先、いちいち立ち止まっていては、先に進めないだろう、と思ってのことだ。

歩き出した加門の耳に、裂けるような声が飛び込んでくる。

「おとせ、まつきちぃぃーっ」

女が瓦礫を踏みながら、顔を左右に巡らせている。逃げる途中、はぐれた子らを探しているらしい。

「おっとう、どこだ」

そう叫びながら、瓦礫をどけている者もいる。

加門は深まる眉間の皺をそのままに、歩き続けた。

町家はほとんど残っていない。

大きな商家の蔵は無事で、中で暮らしをはじめている。

武家屋敷も大名屋敷も寺も、塀のみを残して焼けている所が多い。加門はそれぞれの数を数えながら、歩く。

やがて、麻布に着いた。

加門は見まわして、眉を寄せた。焼け跡は、さらに南へと続いている。この辺りが火元かと思ったが、もっと先か……。

焼け跡を片付けている男達に近づき、声をかける。

「火は向こうからやって来たのか」

へ、と、顔を上げた。

「へえ、もっとあっちからでさ。気がついたときにゃ、もう火がまわっていたんで、どっからとはっきりとわかりませんがね」

「そうそう、あっという間だったからな」別の男が言う。

「けど、目黒（めぐろ）のほうから火が上がったってえ噂ですぜ」

おう、と隣の男も頷く。

「今朝、あっしも聞きやしたぜ。目黒からこっちが焼けたって」

「目黒か、あいわかった。邪魔をしたな」

加門は南へと歩き出す。

男の声が背中に聞こえた。

「けど、こんなに焼けるとはなあ……明和九年はめいわくなことが起きるって、誰かが言っていたけどよ、本当になっちまったなあ」

瓦礫を放り投げる音もした。

迷惑か、と加門は苦笑する。江戸の者は語呂合わせが好きだが、これこそ迷惑な符合（ふごう）だな……いや、人の心が乱れねばいいが……。加門は顔を上げて歩き続ける。

やがて、目黒に着いた。

ここでも焼け野原が広がっている。

火元はどこだ……。見まわしながら、加門はまた、片付けをする男らに近づいて行った。

「大変であったな。どこから火が出たか、知っているか」

加門の問いに、一人が手を上げて指を差した。

「行人坂(ぎょうにんざか)の大円寺(だいえんじ)ってえ話ですよ」

そちらを見ると、町の空が開けて見える。土地が下がっているらしい。

加門はそこを目指して歩いた。と、急な坂道に出た。

なるほど、これが行人坂か……。

坂の途中に寺らしき焼け残りがある。その向こうは、焼けていない。

あれが大円寺だな……。加門は急ぎ足で寺へと下った。

山門も焼けており、中は焼け落ちた瓦礫が散らばっている。

黒く汚れた頭で、僧侶らが黙々と瓦礫を運んでいる。

加門は近づくと、そっと声をかけた。

「ちと、邪魔をする。わたしはお城から調べに来たのだ、この寺から火が出たときいたが、それは真か」

　僧らが一斉に顔を上げ、口を開いた。

「付火(つけび)です」

「ええ、火を付けられたんです」

「寺の落ち度ではありません」

　つぎつぎに上がる声に、加門は目を見開いた。

「付火、となそれは真か」

「真です」若い僧侶が進み出る。

「付けたのは、真秀(しんしゅう)です、間違いありません」

「しんしゅう、とはどのような字だ、ここの僧侶か」

「真に秀でている、という字です、よくもぬけぬけとそんな名を……いえ、この寺の僧ではなく……その……」

　その横から、年嵩(としかさ)の僧が進み出た。

「真秀はあちこちの寺を修行して歩いている、というので、しばらく置いてやることにしたのです。出は武州熊谷(ぶしゅうくまがや)だと聞きました」

「ほう、あちこち、とは行者のようなものですか」

「さよう」僧侶は頷く。

「もともとこの寺は修験の行者が多く修行をしてきた寺でしてな、そのゆえに行人坂という名もついたのです。遠くの国からも行者が来るので、そういう者は受け入れるのです」

「ですが」若い層が口を開く。

「あの真秀は真の僧なのかどうか、怪しいものです」

「怪しい……」

加門が眉を寄せると、年嵩の僧侶が小さく頷いた。

「朝のお勤めには出てこん、読経もいいかげんでした。それゆえ、拙僧が叱ったのです。そのような行いでは置いてはおけん、と」

「そうです」うしろから声が上がる。

「火が出たのは、和尚様がお叱りになった翌日でした」

「なんと」

加門が驚きを示すと、口々に声が上がった。

「火事で皆が火消しに集まったのに、真秀はいなかったのです」

「おまけに本堂から、お不動様の像と御鈴がなくなっていた」

「観音堂の銀の御鈴もです」

むう、と加門は腕を組んだ。

「なるほど、それは確かに怪しい。して、その真秀とやらは、その後、姿を消したままなのか」

「そうです」若い僧侶が手を上げ、庭のほうを指でさした。

「この話、長谷川様にも申し上げました。探してくださるそうです」

顔を向けると、そこには供を連れた武士がいた。

あれは……。加門は僧らに礼を言って、その場を離れる。

庭に行くと、陣笠を被ったその顔を見た。やはり……。

火付盗賊改役の、長谷川宣雄だ。通称の平蔵を好んで名乗っているため、皆もその名で呼んでいる（有名な長谷川平蔵は名を継いだ息子）。

「長谷川様」加門は寄って行くと、礼をした。

「わたしは御庭番、宮地加門と申します」

平蔵はほう、と顔を向ける。

「御下命での巡視ですな、ご苦労なことです」

いえ、と加門は近寄り、声を低めた。

「今しがた、僧侶らから聞きました、真秀という僧が付火をしたと」

「うむ、わたしもそれを聞いて、考えていたところです」

平蔵も声を落として、加門との間合いを詰める。

「実はな、しばらく前にも別の寺で盗難が起きたと聞いていたのだ。修行中の僧を泊めたところ、数日後に姿を消し、金目の物も消えていたという話であった。その僧は別の名を名乗っていたというのだが、どうも引っかかる」

「なるほど」加門は顎を撫でた。

「その者が真秀と名乗ってこの寺に入り、盗みの機を狙っていた。そうこうしているうちに叱られたため、腹いせに火を付け、盗みを働いて逃げた、と」

「うむ、そう考えれば辻褄が合う。叱られたくらいで火を付けるなど、まともな者のすることではないからな」

「ええ、わたしもそこに引っかかりましたが、長谷川様のお話を聞いて、腑に落ちました。間違いないですね」

頷く加門に、平蔵はそっと言う。

「このこと、お城に報告されるのはかまわないが、それ以外には内密に願いますぞ。町で知れ渡り、真秀が遠くに逃げるとまずい。なんとしても捕らえねばならん」

「はい、むろんです」

加門は、唇を嚙んだ平蔵の顔を見た。これだけの大火を出したのが付火となれば、許してはおけない、という火付盗賊改役の顔だ。

加門は半歩、下がると礼をした。

「邪魔をいたしました、では、これにて」

「ああ、いや」平蔵も身を正す。

「御庭番の方々が巡視されているとは心強い、我らも探索に邁進できるというものです」

加門は目礼を返し、歩き出す。

焦げ臭さの残る境内をあとにすると、下りて来た行人坂を戻った。

三

数日後。

加門は大伝馬町の医学所へと足を向けた。医学所とはいっても、掘っ立て小屋にすぎない。元の建物は焼け落ち、辺り一帯もまわりと同様、焼け野原だからだ。

「あ、父上」

小屋を覗いた加門に気づいて、草太郎がしゃがんだまま顔を上げた。その前に寝かされている町人に近寄り、加門も膝をついた。

「火傷(やけど)か」

男は発熱しているらしく、顔が赤い。

「はい、脚に火傷を負っています。一昨日から熱が出て、寝込んでいるのです」

男はうなされているのか、口だけを動かしている。

「つる、かめ、つ、るか、め……」

耳を近づけた加門は、ふっと息を吐いた。

「鶴亀か、よほどえらい目に遭ったのだな」

縁起のよい言葉を口にすれば、その言霊(ことだま)によって凶事(まがごと)を避けられる、というのは昔から伝えられていることだ。鶴と亀は吉祥(きっしょう)とされているため、不運に遭ったとき、またそれを除きたいときに、人はよく口にする。

「あ、そうではなく」草太郎が父を見た。

「鶴亀は子の名だそうです。ここに運び込まれてきたときに、鶴亀を探しに行くと、繰り返していましたから」

「そうなのか」

「はい、逃げる途中ではぐれたそうです」

ふむ、と加門は目を閉じたままの男を見た。やはり口だけが動き続けている。

「案じているのだな、鶴亀と名付けるなど、よほど情が深いと見える」

はい、と草太郎も頷く。

「気を取り戻し、探しに行けるようになればいいのですが」

「うむ、あとはこの者の元気次第だな。心身の元となる気が損なわれていなければ、回復しよう」

そう言いつつ、加門は眉を寄せた。この父親が元気を取り戻したとしても、子に会えるかどうか……。これまで見てきた町の様相から、加門は叶うとは思えなかった。

「おおい、手を貸してくれ」

入り口から声が上がる。また、けが人が運び込まれてきたらしい。

「どれ、手伝おう」

加門が言うと、草太郎が手で制した。

「ここは我らだけで大丈夫です。父上は大事なお役目があるのですから、どうぞお行きください」

きっぱりとしたもの言いに、加門はぐっと喉を詰まらせた。が、

「うむ、わかった」

と、立つと、小屋をあとにした。

離れながら、小さく振り向く。

子に諭（さと）されるとは……いや、あやつも大人になったものだ……。弛む口元を押さえて、歩き出した。


大伝馬町から、加門は神田の町に入った。

やはり一帯は焼け野原となっているものの、以前の道を思い出しながら白壁町の裏店にたどり着く。平賀源内の家があった場所だ。

あの辺りのはずだ……。瓦礫のあいだを進んで行くと、人が立つ姿が見えた。あ、と加門は走り寄る。

「杉田玄白殿ではないですか」

おお、と玄白も寄って来る。

「宮地殿、ご無事でなにより」

「ええ、玄白殿も」

互いに腕を叩き合う。と、加門はその顔を焼け跡に向けた。

「源内殿の家はここでしたよね」

はい、と玄白は瓦礫の中へ足を踏み入れた。

「すべて焼けたようです。源内殿は多くの書物を持っていましたし、いろいろ作った物もあったはず。もし残っていたら、と思って来たのですが、何一つ、残っていませんね」

「帰って来たらがっかりするでしょうね」加門も瓦礫を踏みながら、玄白を見た。

「しかし、玄白殿のおられる中屋敷は無事だったようですね、なによりです」

「ええ」玄白は頷く。

「屋敷は海の近くなので、免れました。ですが、立ち上る炎や煙を見て、これは来るかもしれんと、慌てましてな、『ターヘル・アナトミア』を抱えて蔵に逃げ込んだほどです」

「ターヘル……なんですか」

首をかしげる加門に、玄白は「ああ」と目元を弛めた。

「『ターヘル・アナトミア』という阿蘭陀語の本です。去年のはじめに中川淳庵が阿蘭陀人から借りてきて見せてくれたのですが、いや、驚きました。五臓六腑のみならず、目や顔、頭の中、骨や節、体中を巡る管など、身体のあらゆるものがこと細かに記されているのです」

「ほう、そのようなものが」

「はい、これは我が国の医学を変える必携の本、と……ああいや、我らには買える金がなかったので、御家老に頼み込んで、藩で買ってもらったのです」

「ああ、それで」加門は手を打った。

「玄白殿は、去年、腑分けをしたのですよね」

明和八年三月四日、小塚原の刑場で死罪となった者を、玄白らが腑分けをした、ということは聞いていた。

「ええ、そうです。淳庵とわたし、それと前野良沢(まえのりょうたく)で腑分けを見たのです。したらその折、なんと良沢は長崎で買い求めてきた『ターヘル・アナトミア』を持って来たのですよ」

「ほう、そうだったのですか」

「はい、我らは二冊の『ターヘル・アナトミア』を見ながら、腑分けと照らし合わせたのです。いや、その正確なこと、驚きました」

玄白は顔を紅潮させて話し続ける。

「心の臓からは血の通う太い管がつながっているのですが、血が送り出される管と血が戻っていく管は違うのです。『ターヘル・アナトミア』では、それぞれに名がついている。ですが、我が国の医学ではそのような名がありません、なので、我々で考えて、送り出す管を動脈と名付けました」

「ほほう、日本の言葉に置き換えるのですね」

「はい、本をすべて阿蘭陀語から日本の言葉に訳すつもりです。今、我ら三人でそれを進めております」

手を振り上げる玄白に、加門は、

「それは楽しみだ、できたら、わたしも是非読んでみたい」

と、つられて意気が上がった。

「ええ、お読みください、医術を学ぶ者にとっては、これ以上のものはない。これまで不可思議だったことさえ、腑に落ちるのです。ただ……」玄白の声が曇る。

「淳庵と良沢殿は阿蘭陀語を学んだとはいえ、通詞に比べれば遥かに劣る。江戸には阿蘭陀人が来たときにしか通詞はいませんから、一つの言葉を調べるにも、手間がかかるのです。わたしなど、阿蘭陀語は淳庵に遠く及びませんし」

「なるほど……だが、時がかかろうとも値千金であることは変わりありません、できあがるのを待っていますぞ」

加門は玄白の顔を正面から見る。

「はい」玄白は笑みを見せた。と、その顔を周囲に巡らせる。

「今も多くのけが人が出ている。身体の仕組みがもっとよく知られるようになれば、よりよい手当てができるようになるでしょう」

「うむ、そうですな、その『ターヘル・アナトミア』が、多くの人を救うことになるでしょう」

頷き合い、二人は「では」とそれぞれの方向へと歩き出した。

加門は小さく振り向き、源内の家の跡を見る。

もし、いたら火に巻き込まれていたかもしれない、長崎に行ったのは運がよかった、ということだな……。

江戸を発って行った源内の姿を思い出す。

うむ、書物や物はまた手に入れることができる、しかし命は一つだからな、これでよかったのだ……。

そうつぶやきつつ、加門は瓦礫の町を進んだ。

両国広小路の近くで、加門は足を止めた。

そこには公儀の御救小屋が建てられている。大災害などのさいに、民を救済するために造る小屋だ。

施行粥が配られおり、並んだ人々が湯気の立つ椀を受け取っている。小屋の中では、筵の上で身体を休めている者らもいる。

そこに荷車がやって来た。米俵が積まれた車を、どこかの手代らしき男らが引き、押している。

あ、と加門は横に付く男を見た。吉原の騒動で牢屋敷に入れられた札差の富田屋安右衛門だ。

そうか、と加門は腑に落ちた。

御救小屋を設けたさいには、豪商などに米を供出させることがある。富田屋も公儀に命じられたに違いない。

米俵は小屋の裏に運ばれて行く。

安右衛門は、小屋の中へと入って行った。

加門が外で見ていると、しばらくして安右衛門が出て来た。二人の幼子の手を引いている。六歳くらいの男の子と女の子だ。

なんだ、と加門は近づいた。

「富田屋殿」

その呼びかけに振り向いた安右衛門は、しばし加門の顔を見つめ、「あ」と口を開いた。

「これはこれは、草庵様、でしたな」

「うむ、奇遇だな」加門は前に立って子供を見た。

「その子らは」

ああ、と安右衛門は握った手を振る。

「火事で親を亡くした子ですよ、うちで引き取って育てるんです」

「引き取る」

「ええ、一昨日にも二人、連れて帰りました。うちは五、六人増えたってどうってこたあない。もう少し大きくなりゃ、仕事もできるようになりますしね」

「ほう」

加門はまじまじと安右衛門を見つめた。ただで奉公人を増やしたいという損得勘定なのか、もしくは慈悲なのか……。

安右衛門は加門の戸惑いを見抜いたように、笑った。

「これは、善行ですよ、うちなら腹いっぱいおまんまを食わせてやれるし、世話をする女衆（おなごしゅ）もいる。算盤を教える者もいるし、寺小屋にも通わせてやれる。ま、先々、役に立つかどうかは別ですがね」

「ああ、いや」加門は疑った己を隠すように、子らを見た。

「そうであったか、いや、それは子にとって救いとなろう」

安右衛門は胸を張る。

「大通が粋なのは遊びだけじゃあない、財を生かす道にだって通じてるんですよ」

かっかと笑うと、子の手を引いた。

「さ、行くよ、その焦げた着物も替えやるからな」

手代が寄って来て、子らを荷車に乗せる。

それじゃ、と安右衛門は会釈を残して歩き出した。子らは荷車にしがみついて、安右衛門を見上げている。

加門はそのうしろ姿を見送った。

四

四月。

加門は両国広小路で立ち止まった。

焼けずにすんだ高札場の前で、木札を見上げる。そこに貼られている一枚の人相書きを読んだ。人相書きといっても絵が描かれているわけではない。おたずね者の風貌を、こと細かに記したものだ。三月に貼り出されてから、加門は何度も読んでおり、すでに頭の中に入っている。が、前を通ると、つい立ち止まって見上げてしまう。

人相書きは火付盗賊改が貼り出したもので、大円寺に付火をした真秀について記されている。加門は、書かれた文言を、口の中でつぶやく。

頭、剃髪。歳、三十二、見た目は二十七、八に見える。顔、丸顔だが、顎は尖り気味。眉、薄く、目は細く切れ長。鼻は筋が通り、細い。口、常だが、歯並びは悪し。武州熊谷の訛り、ややあり。そのほか、身の丈、体つき、身体の傷跡などについても記されている。

右の二の腕に斜めの切り傷痕あり、か……。加門はいつものように、最後まで読んで、そこから離れた。

町では、ときおり火盗改の役人が探索しているのを見かけた。

見つかってはいない、しかし、江戸を出たようすもない、ということなのだろう、加門はそう踏んで、役人らを見ていた。

両国から神田へと足を伸ばす。瓦礫は片付けられつつあり、あちらこちらに掘っ立て小屋も建ちはじめている。が、まだ町は様変わりしたままだ。

小さな辻で、加門は足を止めた。横道のほうから、荒々しい声が聞こえてくる。加門はそちらに早足を向けた。

四人の男が、輪になっている。

囲まれているのは若い僧侶だ。顔が引きつっているが、そのために笑っているようにも見える。

「白状しやがれ、火を付けたのはてめえだろう」

「おう、坊主の形なんぞしやがって、まだとぼける気か」

「この火事で、どんくらい死んだと思ってやがる」

皆が腕をまくってじりじりと寄って行く。

僧は首を振りながら、口を動かしている。が、声は聞こえない。経文を唱えているらしい。

「おう、ひっ捕えて、突き出そうぜ」

「いや、いっそやっちまえ、付火はどうせ火焙りだ」

「そうだ」と一人が進み出た。

「死体で渡せば、手間が省けらあ」

大声を放って、僧に飛びかかる。

皆もそれに続いた。

僧はたちまちに地面に組みしだかれ、男達の拳を受ける。

「よせっ」

加門は飛び込んだ。

男の襟首をつかんで、引き離す。

「なんだ」

転がされた男は、立ち上がり、懐に手を入れた。

「邪魔しねえでくんな」

「そうだ、こいつは付火の科人ですぜ」

もう一人も立つ。

「人相書きにそっくりじゃねえか」

皆が身を離して、加門を見る。

と、その隙に僧が立ち上がった。その足で走り出す。

「野郎」

「待ちやがれ」

「やっぱし、あいつがやりやがったんだ」

男達が追う。二人が懐から匕首(あいくち)を取り出し、その刃を掲げた。

「逃がすな」

落ちていた木材を拾う男もあった。

加門も走る。

若い男らの足は速い。が、加門も地面を蹴り続ける。

走りながら、腰の刀を抜いた。

走っていた僧が、つまずき、転んだ。

男らの足が緩む。僧に追いつき、取り囲む。

そこに加門が追いついた。

膝をついた僧の前に飛び込むと、刀を構えた。

「落ち着け」

一喝して、男らを見まわす。

「この僧は違う」

男らは肩を揺らした。

「なんでえ」

「なんだって、そんなことがわかるんでえ」

匕首を揺らしながら、寄って来る。

「見ろ」

加門は僧の肩をつかみ、顔を向けさせた。鼻や口のまわりは血で赤い。

「人相書きを見たと言ったな、だが、この僧の顎は尖っておらん。鼻の筋もだ」

わなわなと震える僧の顔を、皆が覗き込む。

加門は膝をつくと、僧の右腕をぐいと引っ張った。その袖をまくり上げ、二の腕を顕わにする。

「人相書きには右の二の腕に斜めの傷があると、書いてあったろう、見ろ、ないではないか」

男らが喉を鳴らす。

「そんなこと、書いてあったか」

「そういや、あったような気もするな」

加門は僧の顔をぐいと持ち上げた。

「口を開けよ、歯を見せるのだ」

僧は震えつつ口を開く。

「そら」加門は男らを睨んだ。

「歯並び悪し、と書いてあったろう、しかし見ろ、よいではないか」

男らがうしろに下がる。

「だ、誰だ、こいつに間違いねえって言ったのは」

「おれじゃねえぞ」

「や、おれも言ってねえぞ」

皆が互いを突き合う。

加門は立ち上がって、刀を納めた。

「わかったなら、行け」

男らは首をすくめると、たちまち踵を返した。

互いを罵り（ののし）ながら、走り去って行く。

加門は僧に手を伸ばし、腕を引き上げた。

よろめきながらも立ち上がった僧に、加門は懐から手拭いを差し出した。受け取った僧は、顔の血を拭う。と、加門に深く頭を下げた。

「ありがとうございます」

「いや、今は町を出歩かないほうがよい。皆、気が立っているのだ」

はあ、と僧は辺りを見渡した。

「大勢が死んだと聞いたので、せめてお経を上げようと思ってやって来たのですが」

む、と加門は顔を引き締めた。

「それは慈悲深いこと……しかし、人は惨事に遭えば己の慈悲心を失ってしまう。そうなれば、人の慈悲も信じられなくなるものだ」

「はい」僧はゆっくりと頷いた。

「たった今、それを思い知りました。己の身が無事であったゆえ、そこまで深慮が行き届きませんでした。恥じ入ります」

「いや、仏門であればこその慈悲でしょう、だが、俗は心が乱れるものです」

加門は手を上げた。

「あちらの道は人が少ない。あちらから戻られるがいい」

はい、と僧は歩き出す。と、振り向いて加門に再び頭を下げてから、瓦礫のあいだを去って行った。

さて、と加門も踵を返した。

やはり、行かねば……。

加門は頭の中に切絵図を浮かべた。長谷川平蔵の役宅の場所を思い起こす。人相書きを見てから気にかかり、役宅を調べておいたのだ。

やはり、案じたことが起きてしまった……。加門の瞼に、血まみれになった僧の顔と、いきり立った男らの顔が甦る。

町を歩くと、人々の苛立ちを肌身に感じることが多い。

辻を曲がって、進む。と、加門は、あ、と足を速めた。

向かいから供を連れた武士が来る。長谷川平蔵だ。

走り寄った加門に、平蔵が「おお」と口を開いた。

「これは、御庭番の宮地殿でしたな」

「ええ、今、伺おうとしていたところです」

「ほう、わたしに用ですかな」

「はい、少し話したいことが」加門は背後の役人を見る。

「折り入って、長谷川様に」

ふむ、と平蔵は身体をまわす。

「では、屋敷に戻ろう、すぐそこだ」

すたすたと歩き出す平蔵に付いて行くと、加門は屋敷の奥へと案内された。

人払いをして向かい合うと、平蔵はかしこまった。

「さて、話とは」

「は、つい先ほど、町でのことですが……」

加門は僧が襲われた出来事を告げた。

「ほう、さようなことが」平蔵が口を曲げる。

「いや、実は似たようなことが、いくつかあったのだ。我らも気をつけてはいるのだが、町の男らの気の荒さには困っておる」

加門は目を伏せがちにした。

「常ならぬことが起きれば、人の心も常態を失いましょう。盗みであれば、盗まれた者以外は他人事ゆえ、さほどの関心も湧かぬでしょうが、こたびの大火は皆が災厄を受けています。付火の科人は皆にとっても、にっくき敵なのです」

ふむ、と平蔵が目を見開く。

「確かに」

「皆、気が立ち、怒りや苛立ちをどこかに向けたいのです。それゆえ、目が曇って、人相書きに似た男を見ていきり立つ、いや、大して似ていなくてもそう見えてしまうのです」

「なるほど……」平蔵は腕を組んだ。

「しかし、あの人相書きを外すわけにはいかぬ。あれを貼り出した三月、真秀らしき男がいる、と知らせが入ったのだ。深川の寺だったので、すぐに行ったのだが、すでに行方をくらましていた。それ以降の行方はつかめていないのだが……」

加門は平蔵の目を見つめた。

「追われる者は姿を変えます。真秀も見た目を変えているかもしれません。たとえば、頭にほっかぶりをする、けがを装って晒(さらし)を巻く、などをすれば坊主頭の男とは、別の者に見えてしまう」

む、と平蔵の目が大きくなる。

「そうか」

「ええ、薄い眉など、書けばなんとでもなる。顔にないはずのほくろや痣(あざ)をつけてもいい。人相書きとは別の風貌になれば、人は同じ者とは見なさなくなるのです。当人は、別人になることができる」

　おう、と平蔵は手を打った。

「そうか、人相書きがあるがゆえに、逆に、別の男を装えるのだな」

「そうです。ですから、探索のさいは、人相書きから離れたほうがいい。背丈や口目鼻は変えられませんが、体つきなどは痩せることもできるし、綿を巻くこともできる。歯だって抜いてしまえばわからない」

　そうか、と平蔵は首を振った。

「いや、その見方はしてこなかった。配下の者らにも伝えよう」

　平蔵は背筋を伸ばしてかしこまった。

「いや、さすが御庭番、教えてくださり、礼を申し上げます」

　頭を下げる。と、その顔を上げて苦笑を見せた。

「実は、わたしは去年の十月下旬にこの火付盗賊改方の加役をいただき、まだ日が浅いゆえ、かような探索もしたことがなく……」

　加門は笑みを浮かべて首を振った。

「着任早々にこのような大火、それも付火が起き、ご苦労なことと存じます。ゆえに差し出がましいとは思いましたが、参じました」

「いやいや、助かった、真、ありがたい」平蔵は身を乗り出す。

「して、まだなにかありますかな、御庭番として、教えていただけることが」

ふむ、と加門も首を伸ばす。

「そうですね、賢い者であれば、人の中に身を隠すでしょう。人の少ないところにいれば、どうしても目につく。が、大勢の中にいれば、目立ちにくい」

「ほう、確かに」

平蔵は頷く。その目顔がさらに、と求めてくる。

「わたしなら」加門は応える。

「御救小屋を見てまわります。姿を変えて紛れ込んでしまえば、周りから気づかれることもないでしょう」

「御救小屋、か。なるほど、確か何カ所かあったな」

「ええ。当人の気持ちを踏まえれば、火元から遠い小屋を選ぶでしょうね。大円寺の僧侶らが決して来ないような所を」

加門の言葉に、うむ、と平蔵が拳を握る。

「そうか、そうであったか」

加門は小さく頷く。

では、と腰を上げようとする加門に、平蔵はもう一度、頭を下げた。


数日後。

町に声が響いた。

「付火をした野郎が捕まったってよ」

「火盗改が引っ張っていったそうだ」

飛び交う声に加門は、ほっと肩の力を抜いた。

五

御庭番はじめ、役人らが調べた大火の被害がまとめられ、公儀へと報告された。

死者一万四千七百人、行方知れず四千六十人。焼けた町九百三十四町。焼けた大名屋敷、百六十九軒、同じく寺、三百八十二寺。焼け落ちた橋、百七十橋。焼失した町家の数はあまりに多く、数えられていない。

明暦の大火以来の惨事だった。

加門は蔵前へと向かった。

札差の店も多くは焼けていたが、皆、蔵を持っているため、蔵を家代わりに使っている。

加門は富田屋へと向かった。親を亡くした子らのことが、しばしば思い出され、気にかかっていたからだ。

焼け落ちた店は片付けられ、蔵の前に小屋が建てられている。その横に石積みの竈が造られ、煮炊きがされていた。

安右衛門が皆に指示を与えている。

店の者だけでなく、近隣の者らが配られる飯を目当てに集まっていた。

加門は安右衛門に近づくと、声をかけた。

「善行ですな」

「おや、草庵様でしたか、ちょうどいい、飯を食って行かれますか」

安右衛門は笑顔だ。

「いや、けっこう」

加門は首を振りながら、子らの姿を探した。と、奥から薪を抱えた子供らが現れた。

竈へと歩いて行く。なかに、御救小屋で見た二人もいた。

「やあ、いた」加門は安右衛門を振り向く。

「御救小屋から連れて来た子だな、元気そうだ」

「ええ、そりゃ」安右衛門は胸を張る。

「うちでは常から飯を腹いっぱい食わせてますからね。奉公人にひもじい思いなんぞさせたら、大通の名がすたるってものだ」

　子らが薪を竈の横に積み上げる。

「健気（けなげ）なものだ」

　加門の微笑みに、安右衛門は「まあ」と苦笑を返す。

「子供心にも、助けられたってことがわかっているんですよ、ここのほか、どこにも行く所がないってえこともね」

　男の子が顔を上げる。安右衛門は手招きをした。

「そら、鶴亀、こっちにおいで」

　えっ、と加門は声を上げた。

「鶴亀、あの子は鶴亀というのか」

「ええ」安右衛門が笑う。

「当人から聞きました。おとっつぁんが名をつけたらしい。母親は早くに亡くなったようですよ。火事のさいには父親に連れられて逃げたものの、途中ではぐれたそうで、親切な誰かに御救小屋に連れて来られたようでしてな」

加門は寄って来た子の肩をつかみ、安右衛門を見た。

「この子を連れ出してもよいか。鶴亀という子を探している男がいるのだ。父親かもしれん」

その男は気を取り戻し、歩けるようになった、と草太郎から聞いていた。

「おや、そりゃあ」安右衛門は手を広げる。

「実の親が生きてるんなら、いいことだ。どうぞ、お連れください」

うむ、と加門は鶴亀の手を握った。

「行こう、もしかしたら、おとっつぁんかもしれない」

鶴亀の目が大きくなる。

では、と加門は手を引いて、道へと出た。

子も急ぎ足で必死に付いて来る。

大伝馬町に着くと、加門は鶴亀を抱き上げた。

医学所の小屋に飛び込むと、「草太郎」と声を上げた。

「あ、父上」

　出て来た草太郎は、驚いて子供を見る。

「この子は……」

「名を鶴亀というのだ、あの男はどうした」

「為蔵(ためぞう)さんですか、外にいます」

　草太郎が裏から出るのに、加門も続いた。

「歩く稽古をしているのです、や、しかし、なんと……」草太郎は大声を放った。

「為蔵さん」

　その呼び声に、為蔵がこちらを見た。

　加門は抱いた鶴亀の顔をそちらに向ける。

「お」と鶴亀の声が漏れる。

「お、お……お」

「つ、鶴亀っ」

　為蔵が叫んだ。

　よろめきながら、駆けて来る。

　鶴亀は腕を伸ばし、身を乗り出す。落ちそうになる鶴亀を、加門はぐっと抱いた。

為蔵の手が届いた。

「鶴亀、お、おめえ……生きてたか」

鶴亀の腕が父の首にしがみつく。

「お、お、お、おっとう」

その声が大泣きに変わった。

加門は手を離し、為蔵に渡す。鶴亀は涙と鼻水を流しながら、父にむしゃぶりつく。

父も同じ顔になって、息子に頬ずりを繰り返した。

加門も思わずつられそうになって、ぐっと息を呑み込んだ。

「なんと……」草太郎は加門を見た。

「よく見つかりましたね」

「いや、たまたま、なのだ。実は……」

いきさつを話す。

「へえ」草太郎は目を見開いた。

「鶴亀という名が効いたのでしょうか」

「ああ、そうだな。少なくとも、珍しい名であるのは功を奏したことになる」

「いや」と草太郎はつぶやく。

「縁起の良し悪しは、侮れないのかもしれません」

神妙な息子の顔に、加門は笑い出しそうになる。が、待てよ、と思い直した。

徳川家でも、幼名は必ず縁起のよい名をつける。

「む、そうか、草太郎という名は考えが足りなかったかもしれんな、そなたも改名するか」

え、と草太郎は目を丸くする。

「いえ、わたしはこの名を気に入っています。草は強く、役に立つ。誰に褒められることがなくとも、腐ったりしない。わたしも草のようにありたいと思っています」

そうか、と加門は目を細めて、息子の背中を叩いた。

六月。

長谷川平蔵によって捕らえられた真秀に、沙汰が下りた。

小塚原の刑場で、真秀は火焙りの刑に処せられ、消えた。

それを待つまでもなく、江戸の人々は、すでに前を向いていた。

橋が架けられ、人の行き来が戻る。

家も建ちはじめ、少しずつ元の姿へと近づいていった。

夏祭りの頃には、江戸っ子達にも活気が戻っていた。

「宵越しの銭なんぞ持たねえよ」

日頃からの気風（きっぷ）は、くよくよする間を作らない。

江戸には小さな火事がしょっちゅう起こるため、一晩で家財を失うことも珍しくない。ために、物に執着しない気質が根付いていた。

九月。

公儀は新しい貨幣、南鐐二朱銀（なんりょうにしゅぎん）を発行した。

「これが新しい二朱銀か」

中奥、意次の部屋で銀貨を手にした加門は、裏表とまわしながら見る。

「うむ、銀の質はよいぞ」意次も指でつまむ。

「これからは外国（とつくに）との交易を盛んにしていかねばならん。露西亜（ロシア）との交易も、もっと盛んになっていくはずだ。そのためには、まず相場を安定させることが大事だ。我が国の相場は、東西の金銀の違いなどもあって、変わりやすかったからな。その相場のぐらつきの足下を見られて、交易では損を重ねてきたのだ。これからは、それをなくす」

意次は二朱銀を高く掲げる。

「ほう、それはよいな」

「うむ、これからは外へと目を向けねばならん。長く、狭い国の内だけを見てきたが、そういう時代はもう終わりだ」

意次の目が天井を向く。屋根を透し、その上の空を見る目だ。

「老中になった甲斐があったな」

加門は笑みをこぼした。が、すぐに真顔になった。

「米は今年も凶作だったようだな」

「うむ」意次の顔も渋く変わった。

「どこの国からも凶作の知らせばかりだ。おまけに風雨や洪水の害も多く、どこも難儀をしているということだ」

「そうか、米は不作が続いたから、百姓衆も大変であろうな」

「ああ、雨や風は天のすることだから、手の打ちようもないのがはがゆいばかりだ」

「ふむ、だからこそ米頼りの仕組みを変えようというのだろう。そなたなら、やってのけるだろう」

加門の笑顔に、意次も「おう」と笑った。

秋から冬に変わり十一月。

御庭番の詰所に川村が駆け込んで来た。

「年号が変わるそうだぞ」

皆が顔を上げる。

「ほう、なんと変わるのだ」

「安永(あんえい)になるという話だ」

「ふうむ、悪いことが続いたからな、運気を変えようというのだろう」

「いつからだ」

「すぐらしい。新しい年号で正月を迎えようということだろう」

「なるほどな」

仲間の声を聞きながら、加門はつぶやく。

「永(なが)く安らけく、か」

「おう」と野尻が振り向く。

「安らかに永く、とも読める」

そうだな、と加門は笑いながら立った。文字どおりになればよいが……。

「では、新しい風を入れるとしよう」

窓の障子を開ける。

冷たい木枯らしが、一気に吹き込んだ。
窓の外で、黒い鳥（からす）がカァカァと鳴きながら、飛んでいった。
十一月十六日。明和から安永へと時代が変わった。

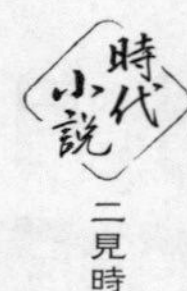

二見時代小説文庫

裏仕掛け　御庭番の二代目14

著者　氷月葵

発行所　株式会社 二見書房
〒一〇一-八四〇五
東京都千代田区神田三崎町二-一八-一一
電話　〇三-三五一五-二三一一［営業］
〇三-三五一五-二三一三［編集］
振替　〇〇一七〇-四-二六三九

印刷　株式会社 堀内印刷所
製本　株式会社 村上製本所

ISBN978-4-576-20147-4
https://www.futami.co.jp/

東宮御所の稀なる妃
～比翼のつがい、連理の運命～

Tsukiko Yue
夕映月子

CHARADE BUNKO

Illustration

秋吉しま

CONTENTS

東宮御所の稀なる妃～比翼のつがい、連理の運命～ —— 7

解語の花の貴なる夫の君 —— 167

あとがき —— 200

東宮御所の稀なる妃～比翼のつがい、連理の運命～

CHARADE BUNKO

帳の中、茵に横たえた妃の帯を解きながら、男君の指は震えていた。

妃のうなじを覆う金の環に、男君はおそるおそる指で触れた。彼が鍵を開けやすいように、重い体をうつ伏せて、髪をかき上げる。

かちり、と、かそけき音がして、環がはずれた。背後から強く妃を抱きしめ、男君は万感を込めた声で呼んだ。

「翠玉」

彼が贈ってくれた名だった。たまらなく愛しい気持ちがこみ上げる。止められない発情の香りが、全身からあふれ出す。「……どうか」と、羞恥をねじ伏せ、口にした。

「どうか、お情けを賜りたく……」

ふ、と、背後で愛しい人が笑う気配がした。涙を含んだ声が言う。

「情けを乞わねばならぬのは、わたしのほうだ。どうか、わたしをあなたのつがいにしてくれ」

無防備になったうなじに口づけられ、歓喜と期待に肌が震えた。「喜んで」とうなずいた。

瑞穂国平和京。

東宮御所の稀なる妃は、今まさに運命のつがいを得ようとしている。

一　卑しき皇子

大海は青く深く、果てしなく続いている。空は快晴。千波万波は、丘となり、谷となり、船を東へと運んでいく。水手(かこ)たちが櫂(かい)をこぐ声と音が、海鳴りと響き合っていた。

朱色の手すりに手をあずけ、ウーは茫漠(ぼうばく)たる海原を見つめていた。

夏の日差しに映える褐色の肌。やさしげながらも、彫りが深く華やかな顔立ち。そのいずれもが、船に乗っている島(ダオ)の人とも、彼の母国である黄(ホワン)の人とも異なっている。だが、見慣れぬからといって、その圧倒的な美しさはなんら損なわれるものではなかった。

男とも女ともつかぬ、すんなりとたおやかな肢体。腰よりも長く、ゆるやかに結われた艶(つや)なす黒髪。長く重たげな睫毛(まつげ)の奥、美しい翡翠(ひすい)の瞳は、海と空の色を注がれて、小さな双(ふた)つの海のようだ。やさしい柳眉、まっすぐに通った高い鼻梁(びりょう)、やわらかに撓(たわ)む薄紅色の唇……すべて迷いのない線ですっきりと刻まれ、すこぶる品がよい。その昔、西域から仏教が伝わった頃の古い仏像を見たことがあれば、彼の美貌がそれらに酷似していることに気づくだろう。実際、島の使節らは、彼の姿を一目見るなり、「御仏の化身だ」と体を震わせ涙した。以来、まるで生き神に接するかのように、丁重に、だが畏怖を込めた視線で遠巻きに遇されている。

（わたしなど、今まで人ですらない扱いだったのに……）

それを仏身などとは滑稽だ。だが、ありがたいと思わねばならぬ。これからウーが遣わされるのは後進の国。今でこそ黄の文化文明を取り入れ、そこそこの発展を遂げていると は聞くが、百年前には「未開の地」と見なされていた場所である。文明、経済、兵力、すべてにおいて世界の中心を自負する黄からすれば蛮族の国だ。どんな扱いを受けるかもわからない異郷で、たとえ見てくれ一つでも、好かれる要素は多いほうがいいに決まっていた。

（それも、生きていくのなら、だが……）

蒼茫たる大海を見つめているウーの唇は、うっすらと笑んでいるように見えた。見慣れぬ作りものめいた外見に加えて、黄の皇子で特使という身分が、余計に彼を近寄りがたいものにしている。そのせいで、彼の美しい翡翠の水底に沈んだ深い絶望に気づく者はいなかった。

海のように凪いだ表情の下、ウーは、たとえば、と考えた。

（たとえば今、あの波間に身を投げたら、何か問題が起こるだろうか）

――いや。

（きっと何も変わらない）

どころか、母国では吉報と伝えられるだろう。下賜品同然に蛮族へ下げ渡されたとはいえ、ウーは仮にも黄の皇子だ。意地汚く生き恥をさらすより、高潔な死を選ぶほうが、誇り高き黄の皇子にはふさわしい。この八年、常に無言で求められていたことが、とうとう具現化しただけのことだった。

（わかっている）

伏し目がちにうつむくと、長い睫毛が褐色の頬に濃い影を落とした。

仲春吉日に黄の都、西京（シージン）を発って（た）四月（よつき）。東の港で外洋船に乗り換え、大洋へと出帆して九日を数えた。この長旅でも最大の難所と言われる航路は、今のところ、拍子抜けするほど順調だ。まるで人知を超えた何かの手によって招き寄せられているようだ。このまま追い風が吹き続ければ、明日には島に着くだろうと、水手の長（おさ）が言っていた。

島（ダオ）はその字のとおり、四つの大きな島と無数の小さな島からなる島国だ。ウーたち一行は、入国後まず西の鎮守府で長官に拝謁をし、そこからさらに船で首府平和（ピンファ）に向かう手はずになっている。内海を抜け、中の港まで一月（ひとつき）。そこから川をさかのぼることさらに一月。風待ちなども含めると、平和京までまだおよそ三月（みつき）ほどの旅程を残している。道のりはまだようやく半ばを過ぎたところにすぎない。

(はたして平和までたどり着けるか……)

元より死と隣り合わせの旅路だった。黄に伝わる史書によれば、過去十数回行われた島からの朝貢使節は、あるときは厳しい海路で波間に沈み、あるときは陸路で賊に襲われ、たびたび失敗を喫している。このたびの朝貢使節も、往路で船が二艘沈んだと聞いた。その使節に随行を命じられた時点で、死を賜ったも同然なのだった。

体のいい厄介払い。あわよくば黄からの特使、賓客として、蕃地の中枢に食い込むことができるかもしれぬ。さもなくば、せいぜい「下賜品」として蛮族に仕え、それすらできぬなら潔く死ね――と、父帝の命はつまりそういうことだった。

たとえ今なんらかの事故でウーが死んでも、咎める者も咎められる者もいないだろう。死を望まれていると知りながら、目の前の海に飛び込めない。これは生への執着だ。そんなものが自分にあることを、ウーも今回初めて知った。しがみつくまでもない、まともな人間扱いすらされない、塵芥のような命を、それでも自分は捨てられない。

(憐れだ)

生き続けることによって受ける試練は、もしかしたらここで死ぬよりつらいかもしれぬというのに、それでも生きていたいと願うのか。

陽光はじける千重波から目をそらし、ウーはひっそりと柳眉を寄せた。

*

ウーが生まれた黄は、大陸の東の大国である。広大な国土とゆたかな経済力、長大な歴史に裏打ちされた高度な文明。いずれを取っても、「世界の中心」を自負するにふさわしい。

その黄国皇帝李輝煌（リフィファン）の第五子第二皇子として、ウーはこの世に生を受けた。母ヤシュムは西域から訪れた隊商がともなっていた踊り子だった。その艶色したたる美貌と肉感的な肢体、ただよう色香に惑わされた輝煌によって、彼女は半ば攫（さら）うように後宮に迎えられ、ウーを産んだ。

母は、黄では「卑（ベイ）」と呼ばれる人種だった。

この世の人間は、男女の別の他に、「尊（ツン）」、「凡（ファン）」、「卑」の三種に分けられる。すべてに長じる貴種の「尊」、世の大半を占める「凡」、そして、産むこと交わることにのみ特化した「卑」だ。三月（みつき）に一度、獣のように苛烈な発情期を迎える「卑」は、体から放つ色香で「尊」を惑わせ、交わり、孕（はら）む。その動物的で野卑な振る舞いから、名のとおり「卑しく不道徳な性」として、激しい差別の対象となっていた。

それゆえ、母に与えられた「侍（じ）」という身分が、皇帝の正妃には数えられない低いものであったことも、彼女やその息子であるウーが他の妃のみならず後宮の女官らにすら蔑まれ、絶え間ないいやがらせを受けていたことも、しかたのないこととされていた。幼いウーですら、それらを当たり前のことと受け止めていたのだ。まことに、刷り込みとはおそろしいものである。

ただ、「卑」の唯一にして最大の長所は、非常に高い確率で「尊」の子を産むことだ。さいわい、ウーは幼くして花のごとく見目うるわしく、才気煥発、学芸に秀で、とくに音楽においては他の皇子皇女の追随を許さない才能を発揮していた。誰もが「卑」の侍の腹から生まれた彼を疎むと同時に、彼自身は「尊」だと信じて疑わなかった。そのため、後宮におけるヤシュムとウーの生活はかろうじて安全に保たれていたのである。

だが、それもウーが初めての発情期を迎えるまでのことだった。皇子として饗宴に参列していたウーは、琵琶の演奏中に突然発情し、場を大混乱に陥れた。あってはならない「卑」の皇子は、発覚と同時に、同席していた諸卿らにも一気に露見してしまったのである。

時に、ウー、齢十歳。彼はただちに西京のはずれの離宮に幽閉された。以来、成人の儀を受けることも許されず、十八になるこの年まで童形のまま、学問と音楽の師を除いてはほとんど人に会うこともなく育った。父帝にとっても、黄という国にとっても、「卑」の皇子などという存在は恥ずべきもの、秘すべきものでしかなかったのだ。

このたび、島から訪れた朝貢使節に、「特使」として随行することを命じられたが、実際は体のよい厄介払いにすぎないことは、ウー自身が一番よく理解していた。長い黄の歴史を繙（ひもと）いても、未（いま）だかつて黄が島に特使を置いた例はない。その上、派遣の期間は無期限、もし帰国するならば先の朝貢使節で伺いを立て、許しを得てからと言われている。二度と戻るな、未開の蕃地で野垂れ死んでしまえという無言の命だった。

（それはよい。西京にいたところで、死んでいるも同然だった）

ウーは、細く小さく息をついた。ゆらゆらと揺れる船の上、空と海とを映した瞳もまたゆらめく。

唯一ウーにやさしく、尽くしてくれた母はすでに亡い。冷たい母国にも父帝にも、皇子という身分にも未練はなく、帰りたいとも思わなかった。だが、冷遇され続けた母国を出、これからは自由を謳歌（おうか）できるかといえば、事はそう簡単ではない。

これから向かう島は、蛮族の国だ。少なくとも、ウーはそう聞かされて育った。これまで四月、命がけの旅を共にした大使以下使節の人々を見るかぎりでは、素朴ながらもまじめで親切な人柄だと感じている。だが、それはウーが黄の皇子で特使という身分にあったから、そして、「卑」であることをひた隠しにしていたからだ。

もし、黄に捨てられた皇子であると知られたら。万が一、「卑」であると露見したら、どのような処遇を受けるのか。正直なところ、想像もつかなかった。蛮族と見なしてきた相手に蔑まれ、貶められるだけでも耐えがたい。ましてや「卑」として陵辱されるようなことになったら……。

ウーは目蓋をきつく閉じ、ゆっくりと開いた。とめどもないため息がこぼれる。

誇り高き黄の皇子としては、今ここで海に身を投げてしまうのが最良の選択なのだろう。

頭ではわかっているのにできない自分は、あさましい「卑」そのものだった。

（もしも、辱められるようなことがあれば、そのときこそは……）

ひそかに胸に抱いた守り刀を握ると、嵐のようだった心がわずかに凪いだ。

大海は青く深く、果てしなく続いている。

二　瑞穂国平和京

遣黄朝貢使節――彼らの呼び名によれば「遣黄使」の一行が島の都平和に戻ったのは、色なき風が頰を撫でる季秋の頃だった。仲春に西京を発って実に七月。同行者の五分の一を失う過酷な旅の果てである。

「ウー様、こちらへ。瑞穂国の都、平和でございます」

朱に塗られた南の楼門、その窓辺にウーを導き、大使が言った言葉を、笠原幸臣という青年が黄語に通訳してくれる。

幸臣は、西京からここまで、言葉をはじめ、ウーの身の回りを世話してくれた若き留学生だった。筋骨たくましく、見上げるような大男だが、見た目とはうらはらに博識でおだやかな気質のため、ウーは心を許している。

「ミズホノクニ、ヘイワ……」

呟(つぶや)きながら、そうか、と思った。ここはもう黄ではないのだ。とうとう島の——いや、瑞穂国の都までたどり着いてしまった。

（もうこの国を「島」と呼んではならないな）

「島」という呼び名は、黄人が、東の「蛮族の国」を蔑んで呼ぶ名だ。曲がりなりにも友好の徴(しるし)として遣わされたウーが口にしてよいものではない。

眼下に広がる首府は、西京を小さくしたように見えた。整然と東西南北に走る路(みち)。大塔のそびえる東西の寺院。目の前に伸びる大路の果てには、宮城(きゅうじょう)だろう、高い甍(いらか)が並んでいる。西京を知っているウーの目にはどうしてもこぢんまりと見えてしまうが、乱れなく整備された都を見れば、ここが「蛮族の国」ではないことは一目瞭然だった。

率直に言って、驚いた。だが、思い返してみれば、大使以下礼節をわきまえた遣黄使の人々を、遠路はるばる西京まで寄越すだけの技術と文明が、この国にはあるのだ。

（認識を改めねばならぬ）

この国に入ってから幾度もくりかえしたその実感を、今もまた噛(か)みしめつつ、ウーは翡翠の瞳で、これから住むことになる都を見晴るかした。

平和京は、東、北、西の三方を山に囲まれ、東の山裾には大きな川が流れている。秋の日の白い陽光が、すべてを明るく照らしていた。

「うるわしい都ですね」

ウーの言葉に、大使、副使をはじめ、背後に控えていた瑞穂の高官らが一様に表情を明るくする。彼らにとってウーは黄からの賓客であり、黄の西京に生まれ育ったウーに都を褒められることは、黄に自国の文明を認められたも同然なのだった。「島」に——瑞穂国に入ってしまっても、ウーが懸念したように、彼らのウーに対する敬意が変わることはなかったのである。

七ヶ月、数々の苦楽を共にした彼らを振り返り、ウーは泰然とした笑みを浮かべた。幼き頃から芙蓉(ふよう)、芍薬(しゃくやく)、牡丹(ぼたん)の花と称(たた)えられてきた美貌がほころぶさまに、その場の全員が息を呑(の)む。

「皆様、長旅お疲れ様でした。うるわしき平和の都まで無事で共に来られたことをうれしく思います」

ウーの言葉を理解した者たちは即座に涙し、残りの者らもまた幸臣の通訳によって感涙した。

微笑の下で、皮肉なことだなと思う。西京にいたときよりも、今のほうがよほど皇子らしく扱われている。複雑ではあったが、彼らの素朴さがありがたくもあった。笑みを深めて小さくうなずく。それから、「幸臣殿」と彼を呼んだ。

「はい」

「取り急ぎ、教えていただきたいことがあるのですが……」

ウーの依頼に彼は目を丸くし、「もちろんでございます」と破顔した。

平和京に入ると、一行はまず宮城へと上った。

瑞穂国の宮城は、数百年の昔から、黄の宮城を模して造られるのがならわしである。それは「内裏(だいり)」と呼ばれ、土塀で囲った中に諸官省と帝(みかど)の住まい、そして後宮が置かれていた。

(これは……)

南の門から内裏に入り、ウーはわずかに目を瞠(みは)った。礼節を欠かない程度に、あたりに視線をめぐらせる。

楼門から眺めたときには、記録に残る百年ほど前の黄の宮城に似て見えたが、間近に見ると、随所にこの国独自の文化が見られることがわかった。かつて瑞穂国は黄を盟主と仰ぎ、たびたび遣黄使を送って、その文化を取り入れていたが、百年ほど前、都を平和に遷(うつ)してからは、やや距離をおくように変化していた。そうして黄への従属と依存をやめた結果、かつての黄の文化を土台に花開いたのが、この瑞穂国独自の建築と文化というわけだ。

異郷でありながらどことなく母国の面影を感じさせるたたずまいは、ウーの心をやわらげた。

「本日はこちらの局にてお休みください」

官省の建物の一つだろう、大きな殿舎に案内され、薄絹の間仕切りで仕切った一部屋に通される。しめやかにただよう香の薫りは、深く、ウーの心を打った。黄でも香を焚く習慣はあるが、あちらの香は華やかであるぶん主張が強い。それに比べて、やさしく包み込むようなさりげなさが、しみじみと趣深かった。

間仕切りの際に端座し、幸臣が言った。

「お疲れのことは存じますが、明朝、正殿にて帰朝報告の儀がございます。ウー様にも、黄国の特使としてご出席願いたく存じます」

「帰朝の……ということは、公式な場なのですね？」

「はい。大使による帰朝報告と節刀の返上がございまして、主上はもちろんのこと、諸卿の皆様がご列席なさいます。ウー様には、黄国の特使としてご列席、ご挨拶いただきたく……」

ウーは「承知しました」とうなずいた。主上の御前に上がるとは、到着早々大役である。が、予想していたことなので動揺はなかった。

「それでは、わたくしはこれにて下がらせていただきます。もし何かございましたら、女房に……女官のことでございますが、彼女らにわたくしを呼ぶようお申しつけください。いつでも参上いたします」

そう言って深く頭を下げ、幸臣は退出していった。

日が傾き、「女房」が、格子戸を閉めにやってきた。彼女に、そのままにしておいてくれるよう頼む。低い軒先には、こぢんまりとした庭があり、開放的な雰囲気が好ましかった。長旅のあいだ、狭い船上はもちろんのこと、宿に泊まっても、側(そば)には常に誰かしらの気配があった。こうしてゆったりと一人でくつろぐのも、実に七月(ななつき)ぶりのことである。

慎(つつ)ましい広さの庭は、一見華やかさに欠けるが、よく見れば、無造作に放置されているかに見えた草むらが、実はそれらしく整えられたものだとわかった。どこかで蟋蟀(こおろぎ)が鳴いていて、それがまたしみじみとした風情を添えている。

庭が夕焼けに染まる頃、運ばれてきた夕食は、朱塗りの高坏(たかつき)に盛られていた。高く盛られた米を中心に、焼き魚、干し肉、茹(ゆ)でた野菜が数種類。味付けは自分でするらしく、塩、味噌(みそ)、醬(ひしお)、酢などが添えられている。宮廷の晩餐(ばんさん)としてはいささか質素に感じられるが、ウーには十分だった。母国の離宮で口にしていたものとあまり変わらない。塩気の強い焼き魚を肴(さかな)に酒を飲み、目を見開いた。

（おいしい）

原料は米だろうか。もったりと濃厚で舌にからむような甘さの濁り酒は、ふしぎと品良く、ウーの舌に合った。

一膳のみだが、高坏の塗りはつややかでむらがない。皿や酒杯は素朴な土器(かわらけ)だが、同じいる。
く塗りの角盆に置くと余白が美しい。合わせられた提(ひさげ)はおそらく銀で、よく磨き込まれて
（なるほど）
それらをじっくり、一つひとつ観察し、ウーは得心した。わざとらしくなく、さりげな
い心遣いこそが、この国ではよきものとされているのは知っていたが、宮城ではこのよう
になるらしい。
西京の華やかさと、平和の慎ましさ、それぞれに愛する人がいるだろう。正直なところ、
平和の様式に物足りなさを感じないと言えば嘘(うそ)になる。だが、ウーはそのよさも理解でき
た。
（ここで生きていくならば、これらを愛さねばならない）
そして、それはウーにとって、さほど難しいことではなさそうに思われた。
日が落ち、女房らの手によって燭台(しょくだい)に火がともされる。折しも、東の山の端からは、
ほのぼのとあたたかな色味を帯びた大きな月が上ってきたところだった。月の美しさは、
黄も瑞穂も、馬上も船上も変わらない。虫の音に誘われ、ウーは懐から笛を取り出した。
西京で愛用した琴も琵琶(びわ)も持参することはかなわなかったが、笛だけはここまで連れてく
ることができた。長旅を共にした旧友に唇をあて、息を吹き込む。初めはそろそろとしの
びやかに、虫の音、風の音にまぎれるように……。

しばらく吹いてみたが、誰も止めには来ない。咎められることはなさそうだと判断し、ウーは一度演奏を止めた。簀子縁（すのこえん）に出て、居ずまいを正す。重陽（ちょうよう）を過ぎたばかりの今、日中はまだ日差しが厳しいときもあるが、日が落ちると風は涼しく、白菊はさえざえとした月の光に照らされて、雪か霜（しも）かという風情だった。その情趣にふさわしい「白菊」という曲を、手持ちの中から選び出す。

黄では、音楽は皇族、貴族にとって当然かつ最高の教養とされていた。中でも笛と琵琶、箏（そう）の琴は男の楽器だ。ウーはいずれも師から秘曲を授けられるほどにきわめたが、表立って披露する機会はついぞ与えられぬままだった。師たちが彼の腕前を惜しみ、深く嘆いてくれたのが、せめてもの救いである。

異邦の秋の趣深さ。月の変わらぬ美しさ。冬へ向かうもの悲しさ……。それらは、ウーの人生の孤独と悲哀に響き合う。思いを込め、切々と吹き続けていると、どこからともなくもう一筋、笛のしらべが聞こえてきた。

はっとした。

（うまい）

音楽に一家言持つウーの耳にも美しい音色だ。だが、ウーの笛に同じ笛の音を重ねてくる、その真意とは？

（聞くに堪えぬということか）

察して笛を下ろそうとしたウーだったが、ふと、聞こえてくる旋律が自分の旋律に戯れかかるように動いていることに気づいた。

(これは……)

あちらは意図してそのように吹いているらしい。ならば、自分はこのまま吹き続けてもいいのだろうか？　戸惑いながらも、注意深く、即興の演奏に応じてみる。相手の笛は、ウーの呼応に喜ぶように、さらに声音を高くした。

なよやかで繊細なウーの笛に対し、相手の音色や奏法は骨太で凜々(りり)しい印象だった。おそらく奏者は男性だろう。だが、無骨、無粋かと言えばそんなことはなく、即興の技術も奏法も、荒削りながらも洗練されている。相手も互いの特性を聞き分けたらしく、おのずとその対比を聞かせる掛け合いになった。

(楽しい)

ひときわしみじみと美しい旋律を奏でながら、ウーは胸をふるわせた。幼少から糸竹(しちく)に親しんできたものの、誰かと音色を合わせて演奏するのがこんなにも楽しいということを、ウーはずいぶん長いこと忘れていた。

幼少の頃は、他の皇族、貴族と同じく、親族の家に伝わる楽器や奏法を教わった。その頃には、つたないなりに、彼らと合奏をした憶(おぼ)えもある。だが、離宮に幽閉されてからは、ウーの師は西京でもっとも達者な楽士に変わった。音楽を生業(なりわい)とする師らの身分は低く、

本来ならば皇族、貴族と直接会話を交わすことも許されぬ身である。彼らは熱心にウーを指導してくれる一方で、絶対的な一線を越えることはけっしてなかった。ウーにとっての音楽は、長いこと、彼一人のための慰みにすぎなかったのだ。だから今、ウーはこの思いがけない合奏に、心が躍り出すような、躍る心を攫われてしまうような、鮮烈な楽しさを味わった。

ウーの笛を力強く支え、時折からかうように戯れかかる。彼の笛の音すべてが心地よく、楽しく感じられる。ウーもまた、彼の笛に寄り添うように吹きながら考えた。

(こんな笛を吹かれるのは、どのような方だろう)

これほど巧みな演奏だ。ウーよりずっと年上かもしれぬ。だが、時折あらわれる荒削りな部分は、彼の若さを表しているようにも思える。いずれにしても、ウーとの相性がこの上ないことだけは確かだ。

どれほど夢中になっていただろう。もはや曲はすっかり即興のものになっていた。どんなに楽しくても終わりは訪れる。どちらからともなく終曲の雰囲気となり、互いに離れがたいような余情を残して音はとぎれた。

(いやだ。寂しい。やめないで)

いったいどこの誰なのか。知りたい。できることなら、音楽について語ってみたい。だが、ウーには相手を知るすべもない。

見上げると、月はすっかり山の端を離れている。体の酔いは醒めていたが、心は美しい音曲に充ち、まるで夢の中のようにおぼつかない心地がした。

この国がどのような国なのか、書物と伝聞で得た知識でしか知らない。遅れた蛮族の国、属国「島」。だが、そのように蔑む気持ちは、ウーの中では薄らぎつつある。

これから自分がどのように遇されるのか、どのように生きていくことになるのか。不安に思う気持ちはもちろんある。だが、誰とも知らぬ人と笛の音を交わしたことで、それが少しだけやわらいでいた。

翌朝である。

殿舎内では、まだ暗いうちから人の動く気配がしていた。帳で仕切られただけの室内は、なんとなくに人の気配を感じて、あまり居心地のよいものではなかったが、旅の仮寝には比するべくもない。ひさしぶりによく寝た気分で、ウーもそっと体を起こした。

今日は遣黄使の帰朝報告の儀——黄の特使であるウーにとっては、来朝の挨拶がある。主上をはじめ諸卿のお出ましになる場だ。旅のあいだは楽な服装で過ごしてきたが、今日はそうもいかなかった。

（せめて官服があればよかったのだが……）

黄から持参した服を並べて、ウーは思わずため息をついた。

成人の儀をすませていないウーは、皇族のための礼服はおろか、諸卿が着用する官服も、どころか冠ですらも着用を許されていなかった。あまつさえ髪は童形のまま、背中に下ろした姿である。

(……しかたない)

曲がりなりにも黄の皇族として、瑞穂の主上、皇族、諸卿らの前に立つのだ。母国でも、皇子と呼べるような生活はしてこなかったが、かつての盟主国の特使という身分にある以上、誇りだけは捨てたくなかった。せめてもと、手持ちの服からもっとも格式の高いものを選ぶ。

黄色の絹の裏衣に、大きな花の地紋のある白の表衣を重ね、金糸で刺繍を施した黄金色の褙子を羽織る。帯も黄色。腰の下まで伸びた髪はよく梳かしつけ、後頭部の高い位置に束ねた。飾りに、これも黄色の絹を結んで垂らす。手には笏の代わりの扇を持ち、なんとか見られる姿にはなった――と、自分では思うが、どうだろうか。

着替えの物音を聞きつけたのだろう。どこからともなくさやさやと衣擦れの音が近づいてきて、なよやかな女の声が簾の向こうから告げた。

「おはようございます。お目覚めでいらっしゃいますか。あさがゆをお持ちいたしました。もうしばらくしましたら、かさのしちいがお迎えに上がります」

旅のつれづれに幸臣から瑞穂の言葉を教わっていたので、彼の通訳なしでも大半は理解できた。ほっとしながらたずねる。

「ありがとう。すみません、『あさがゆ』とは？」

「こちらのお食事のことでございます」

「ああ……では、『かさのしちい』は？」

「昨日、ご一緒にいらした方のことでございます」

「ありがとう。わかりました」

どうやら、「あさがゆ」は朝食、「かさのしちい」は幸臣のことらしい。

（この国で暮らしてゆくのだ。幸臣殿にお願いして、もっと言葉を学ばなくては……）

考えながら朝粥（あさがゆ）を食べていると、その幸臣がやってきた。簾の向こうで「ウー様」と呼ぶ。彼は、旅中と変わらず黄語で言った。

「おはようございます。お目覚めでしょうか」

「おはようございます。起きています」

「昨夜はよく眠れましたか」

「おかげさまで」

簾を挟んでの会話が続きそうだったので、「よろしければ、簾の中へ」と呼んだ。

「それでは失礼いたしまして……」

膝でにじるように簾をくぐって入ってきた幸臣もまた、旅中とは異なるあらたまった服装をしている。深縹（ふかはなだ）の袍（ほう）に黒の冠、手には木製の笏を持ち、堂々とした若い官吏に様変わりしていた。

「よくお似合いですね」と、ウーはほほ笑んだ。

一方の幸臣は、ウーの姿を見た瞬間、手足が動くことを忘れたかのように固まった。

「幸臣殿？」

やはり官服でないのはまずかっただろうか。不安になったウーが声をかけると、彼ははっとした顔で平伏した。

「失礼いたしました。その、ウー様が、あまりに貴いお姿なので……」

口の中でもごもご言う。ウーは思わず笑ってしまった。

「旅のあいだは、お互い、気軽な服装ばかりでしたからね」

「それはそれでよくお似合いでございました」

「ありがとう」

ウーは莞爾（かんじ）とほほ笑んだ。彼の素朴な反応は、いつもウーの気持ちを軽くしてくれる。

幸臣は額を床につけた姿勢のまま、「おそれながら」と口を開いた。

「これから帰朝報告の儀でございますが、ウー様は冠や笏をお持ちにならないのでしょうか？」

「やはり気になりますか？」

元々、袍や冠、笏といった宮廷の服装は、黄から瑞穂に伝わったものである。黄の特使であるウーがいずれも持たないのは不審に思われて当然だろう。

ウーは心を決めた。いずれ話さなければならないことではあった。

「わけあって、わたしは加冠を受けておりません。ゆえに、礼服も冠も笏も持ちません。童形のままでお見苦しいことと存じますが、なにとぞお許しいただきたい」

成人していないということは、正式な成人男子として認められていないということだ。つまり、黄の特使という身分も名ばかり、実体はなきに等しいと、ここに至って打ち明けたわけである。

ウーはやや緊張した面持ちで幸臣を見つめた。彼の反応は、これから自分が受ける待遇の目安となるだろう。

はたして、彼はことさらに表情を変えるでもなく、「さようでございましたか」と受け入れた。ウーのほうが拍子抜けしてしまうような、こだわりのない態度だった。

「……わたしが成人していなくてもかまわないと？」

思わず念を押してしまう。彼は深くうなずいた。

「ウー様が黄国皇帝陛下の第二皇子であらせられ、我が国への特使でいらっしゃることには、なんら変わりございません。堂々と御前に上がられるがよいと存じます」

親身な言葉に、ウーは深く感じ入った。ほっと肩の力を抜いてほほ笑む。

「ありがとう。そうします」

幸臣は再び何かに魅入られたかのように動きを止め、ウーの顔を見つめた。

「幸臣殿?」

「いえ……っ。失礼いたしました」

そう言う彼の頬が赤らんで見えたのは、ウーの気のせいではないだろう。ウーは見て見ぬふりで視線をそらした。七月の旅が育んだ幸臣との関係はおだやかで心地よかったが、立場の上でも、感情の面でも、彼の恋慕には応えられない。ウーにできるのは、ただ気づかぬふりをしてやるくらいだ。

定刻が近づき、ウーたちは他の遣黄使らと合流して正殿に向かった。

瑞穂国の宮城の中心をなす正殿は、これまた一昔前の黄の正殿を模して建てられていた。壮麗雄大な正殿と、広大な前庭。正殿中央にしつらえられた階の下に、遣黄使一同はかしこまって並んだ。ウーもまた黄の礼に則って、右の拳を左手で包む「拱手」の構えを取る。黄人としては、最上級の敬意の表現である。

正殿には簾が下ろされていたが、垣間見たところによると、正殿中央の奥まった場所には一段高くなった場所があり、八角形の小屋のようなものが安置されていた。聖獣の描かれた黒塗りの台座に丹塗りの高欄、黒光りする柱や屋根には金の装飾が施され、金の鳳凰

が八方を睨(にら)んでいる。主上の御座所である。八方に紫黒の絹が垂らされているため、主上の御尊顔を拝することはできない。

その両側、簾の内側にも外側にも、諸卿らがずらりと並んでいた。彼らの視線が、前庭に並んだ遣黄使——とりわけ、黄の特使であるウーに注がれる。

異邦人に対するあからさまな興味と、色の違う肌や瞳に対する本能的忌避感。値踏みする視線——。

黄国人は自らの国を世界の中心だと考えているが、瑞穂国の中央でもその傾向はあるらしい。彼らにとって、ウーは賓客であると同時に蕃客でもあるというわけだ。致し方ないことだが、心地よいものではない。

一方で、それらと同じくらい、ウーの顔を目にした瞬間、ぽかんと魂を抜かれたような表情になる者も多かった。思わずといったように手を合わせた者と、たまたま目が合う。彼は顔を赤らめながらも、畏れるようにうつむいた。

(そういえば、わたしの姿は御仏に似て見えるのだったか……)

ウーも、幼い頃に目にしたことがある。その昔、西京よりはるかに西、母の故郷のあたりで造られたという仏像は、確かにウーら母子とよく似た面差しをしていた。

(なるほど)

信心深い人々には、この異人の姿も尊く映るということか。

異国の古い仏像がたたえる、典雅で慈愛に満ちた微笑を思い出し、口元だけでほほ笑んでみる。おお、と、抑えたどよめきが広がった。

（……？）

ふと、目見のあたりに強い視線を感じ、ウーはわずかに顔を上げた。主上の御座所のすぐ下手、左側の殿舎だ。簾越しにもはっきりと伝わる、他とは異なる強さと熱量だった。

「！」

簾越しにもかかわらず、はっきり、目が合ったと認識した。その瞬間、ぞわっと甘美なさざなみが体の奥で生まれ、全身の肌をあわ立てる。どこからか、麝香に白檀を重ねてありったけ焚いたような、強烈に甘く高貴な香りが押し寄せてきた。

（なんだ……!?）

ウーは目を見開いた。

儀式用の香だろうか。匂いを嗅ぐとたちまち体の熱が高まった。下腹の奥が疼く。鼓動が走り、汗が滲み、喉が渇く。烈火のごとき飢餓感が全身を襲った。嘘だ。今それが起こるはずはない。だが、これは——。

「……っ」

視線を振り払うように面を下げた。間違いない。

（「尊」だ）

「尊」、「凡（ファン）」、「卑（ベイ）」――人間を三種に分けた、そのもっとも貴い種。すべてに長じ、圧倒的な力でもって他を支配する貴種が、あの簾の向こうにいる。

　黄でもめったにめぐり会うものではなかったし、離宮で接する人々にも、遣黄使の中にもいなかったので失念していた。だが、ここは瑞穂国の中枢たる宮城だ。「尊」がいてもおかしくはない。

（薬を飲んでくるのだった……！）

　この場で後悔しても遅い。

　ウーは「卑」だ。「卑」は「尊」に、「尊」は「卑」に強く惹（ひ）かれる。互いに作用する強烈な誘惑香を放ち、発情し、交わる。その動物的で下劣な本能は、薬でしか抑え込めない。西京から平和までの旅のあいだ、生理周期的な発情は二度訪れた。そのたびに、ウーは黄から持参した薬を服用し、なんとか場をしのいだのだった。周期的には、次の発情までまだ間がある。それゆえ、すっかり油断していたのだが――。

（だめだ）

　何があっても理性を手放してはならぬ。誇り高き黄人として、黄の皇子として――いや、人間として、「卑」の本能は恥ずべきもの、発情は忌むべきものだ。

かつて、初めて発情を迎えたときの悪夢が脳裡（のうり）をよぎった。

暮春上巳（ぼしゅんじょうし）。桃花の宴に出席していたウーの体を、突然、猛（たけ）りくるう炎のような飢餓感熱病のように体が熱くなり、甘美かつ卑猥(ひわい)な感触が下肢からあふれた。

　予想だにしなかった発情を、誰一人――ウー自身も止められなかった。

　黄の宮廷には、父帝輝煌(フィファン)をはじめ、複数の「尊」がいた。彼らはウーの放った発情香にあてられ、発情し、ウーに迫った。威厳に満ち、賢帝とあがめられていた父帝までもが、だ。

　恐怖した。捕まれば犯されるのはわかっていた。それを自分の体が望んでいるのも。ウーは、母ヤシュムに引きずられるようにして場を逃れ、納戸にこもって陵辱を逃れた。

　だが、汚らわしき「卑」に発情を誘われ、人ならざる姿をさらすという辱めを受けた父帝はじめ「尊」の怒りは大きかった。禁忌である「卑」の子を産んだ母ヤシュムは、絞首ののち城外に頸(くび)をさらされ、あってはならない「卑」の皇子ウーは都のはずれに幽閉され、以後なき者とされた。

　母を殺した父を恨んでいる。冷たかった黄に未練はない。だが、自分に対する仕打ちについては、しかたのないことだと思っていた。「卑」は、人を、人でない、けだものにしてしまう。その名のとおり、卑しい、忌むべき存在なのだ。

　この場で――後進の国と見なしていた瑞穂の人々の前で、あの日と同じ惨状をくりかえすわけにはいかなかった。そんな辱めを受けるくらいなら死を選ぶ。懐に抱いた守り刀を意識する。

「……っ」

呼吸を浅くし、体にわだかまる熱をやり過ごした。持てる精神力のすべてを注いで本能の誘惑にあらがう。ウーは強く唇を噛んだ。

（なぜこんなことに……）

ウーに世の道理を教えてくれた学問の師によれば、「卑」の発情は生理周期的なものであり、それ以外にあるとすれば、強い「尊」が意中の「卑」を我が物にしようとするときだけとのことだった。簾の奥の「尊」が誰だか知らないが、まさか瑞穂国のやんごとなき方が、初対面のウーを誘うなどありえない。この距離で、しかも簾越しに視線が合うだけで体に変調をきたすなど、本来ならありえないのだ。これが不運な災難だとしたら、相手は今の状況をどう思っているのだろう。

簾の奥の視線は、今もなお、執拗なほど熱心にウーを見つめ続けていた。顔、首、鎖骨、肩から胸……視線の舐めた場所がちりちりと火に炙られているようだ。目を合わせなければ、なんとか平静はたもてるが、落ち着かない。見ないでくれと、祈るような気持ちで思う。

帰朝報告の儀が始まった。ウーがひたすら耐えている間に式次第はとどこおりなく進み、大使の帰朝の辞に続いて、ウーが来朝の辞を奏上するくだりとなる。

（集中しろ）

本能を組み伏せろ。自分は「卑」だが、黄の皇子にして特使である。

ウーは拱手の姿勢のまま一歩前へ出ると、深く頭を下げて声を張った。

「かけまくも畏き瑞穂国の大王に恐み恐み白す……」

瑞穂の言葉でよどみなく話し始めると、列席の諸卿がどよめいた。

過去のことになりつつあるとはいえ、黄が瑞穂の先達であった時間は長い。その黄の皇子であるウーが、瑞穂の言葉で来朝拝謁の辞を奏上したことは、瑞穂の人々に衝撃と好感を与えたようだった。

(あらかじめ準備しておいてよかった)

宮廷儀式でのあらたまった言葉遣いを教えてくれた幸臣に、心の中で感謝する。

無事に来朝の辞を奏し終えると、取り次ぎを介して、主上から歓迎の言葉があった。日を改め、饗応の席を設けてくださるらしい。ウーは深く感謝を述べた。母国よりもよほど皇族らしい扱いを受けている。

なんとか無事に儀式を終え、主上の御前を辞す。ほっとすると同時に、脂汗が背筋を伝った。口上に集中していたせいで意識の外にはじかれていたが、あの視線はまだ執拗にウーを追ってきている。それを感じなくなったのは、ウーが門をくぐり、南庭を退出したあとだった。

「……」

ふーっと、深いため息がもれる。なんとかやりきった。その安堵と、体にくすぶる甘い熱で、ともすれば崩れ落ちてしまいそうだった。

（あの視線は、いったいどなたの……）

誰があれほど熱く自分を見つめていたのか。気にはなったが、深く知ろうとは思わなかった。

うなじを焼く熱い視線。甘美な指先で本能をじかに撫でられるような、ぞわぞわと落ち着かない感覚。ともすれば惹かれてしまいそうになる体。そのすべてが、ウーにはそらおそろしく感じられた。

（わたしは、二度と、人であることを捨てるわけにはいかぬ）

それがウーの、人としての矜持だった。

ウーに対する饗応の宴は、三日後の夜と決まった。

（ありがたいことではあるのだが……）

幸臣から知らせを受け、ウーは小さく眉を寄せた。

帰朝報告の儀でのできごとを思うと、おいそれと浮かれる気持ちにはなれない。

「……ご遠慮申し上げることはできませんか？」

考えた末、うかがうようにウーが言うと、幸臣は困った顔になった。

「昨日の帰朝報告の儀とは異なり、このたびの饗応は黄の特使でいらっしゃるウー様のために開かれるものでございます。しかも、主上直々の催しですので……」

「……そうですよね」

彼の言うことはもっともだ。逆の立場なら、ウーも出席しろと言う。

「それでは、ご出席でお返事をしても？」

「そうしてください」

こうなっては、発情を抑える薬を飲んで出席するほかないだろう。凭几（ひょうき）――瑞穂では「脇息（きょうそく）」と呼ぶらしいそれにしどけなく身をあずけ、ウーはため息をついた。昨日、「尊」の発情香を浴びて以来、どうにも体が重く、熱を持てあましているように感じられる。

「何か気がかりなことがおありですか？」

幸臣にたずねられ、ウーは「いえ」と首を横に振った。だが、彼以外にきける相手はいないと思い直す。

「……あるといえばあるのですが、おおっぴらに話すにははばかられて……」

「伺いましょう。けっして他言いたしません」

そう言って、幸臣は膝で一歩、ウーのほうへ詰めてくる。小山のような外見に似合わぬ、彼のこうした気遣いが、ウーには好ましく感じられた。「ありがとう」とうなずき、視線を庭の菊へと移す。重い口をようよう開いた。

「昨日の帰朝報告の儀でのことですが……、簾の中に、どなたか、『尊』の方がいらっしゃいましたか？」

黄でも瑞穂でも、「尊」、「凡」、「卑」の第二性については基本的に秘すべきものという考え方が一般的だ。他人のそれを暴く不躾（ぶしつけ）な質問だが、幸臣は動じなかった。

「いらっしゃったはずでございます。主上や東宮様をはじめ、親王様方や公卿の皆様の中にも数名いらっしゃると伺ったことがございますので」

「……そうなのですね」

それでは、あの視線の主を特定することはできないのか。安堵する気持ちが大きいが、どこか残念に思う気持ちもないわけではない。理性では近寄るべきではないとわかっているのに、自分はあの「尊」について知りたいのか、それとも遠ざけておきたいのか。自分自身の気持ちが、ウーにもよくわからなかった。

「軽々しく語ることでないので、話していませんでしたが……」と、さらに重くなる舌を叱咤して打ち明けた。

「わたしは、忌むべき『卑』の身です」

ウーの告白に、幸臣は一瞬、なんと答えるべきか迷ったようだった。だが、「はい」とだけうなずく。これといって驚いたようすもない。

ウーは顔をこわばらせた。

「気づいていたのですか」

「はっきり知ったのは昨日でございますが……。『凡人(ただびと)』の……黄では『凡』と呼ぶのでしたか、わたくしには感じ取れませんでしたが、やんごとなき殿上あたりでは、昨日の儀式で、ウー様からえも言われぬよい香りがしたと、もっぱらの噂(うわさ)でございまして……」

ウーは絶句した。そんな、まさか。信じたくない気持ちでいっぱいになる。

自覚はなかった——が、そうだったかもしれない。あのときは、見知らぬ「尊」の熱烈な視線と、暴力的な誘惑の香りに耐えるだけで精一杯だった。無意識に自分も発情香をもらしていたというのも、ありえない話ではない。

だが、黄の国を背負って出た場で、卑しくも発情した匂いを撒(ま)き散らしていたなど、到底耐えられることではなかった。消え入りたいほどの絶望に襲われる。ウーは思わず脇息に伏した。

「それは……、無意識とはいえ、主上もお出ましの席で、大変な失礼を……」

かくなる上は、自分で身の始末をつけるほかない。懐の守り刀に手を伸ばしかけたが、幸臣は「いえ」と首を横に振った。

「それ自体はとくにかまわないのです。むしろ皆様、お喜びになっていらっしゃるくらいで」

「……喜ぶ？」

　意味がわからない。首をかしげたウーに、幸臣は丁寧に説明してくれた。

「ウー様はご存じないようですが、『尊』、『凡』、『卑』についての捉え方は、黄と瑞穂では大きく異なっております」

「と、言うと……？」

「畏れながら、黄では『卑』を、卑しき者と見なしていると聞きおよびました。ウー様も、ご自身でそういった発言をなさっていらっしゃいますね。ですが、瑞穂ではまったく逆なのでございます。『稀人』は……瑞穂では『まれなる人』の意で『卑』を『稀人』と呼びますが、『稀人』は、多くの『貴人』……黄で言うところの『尊』の子を産む、稀有な存在として尊重されております」

「……まさか」

　最初は、幸臣が「卑」であるウーを慮ってそのようなことを言ったのかと疑った。だが、彼の表情はしごくまじめだ。

「……本当なのですか？」

「誓って真実でございます」

　幸臣は実直にうなずいた。

「黄でも同じかと存じますが、瑞穂でも『稀人』は大変に少なく、めったにお目にかかることのできない貴重な方々でございます。ゆえに、やんごとなき殿上あたりの『貴人』の皆様におかれましては、『稀人』のつがいを得ることがなによりの幸福であり名誉であるとされております。昨日は、偉大なる黄国から、御仏のように慈悲深く、うるわしくきよらなる『稀人』がお越しになった、そのえも言われぬ香りに浴する機会を得たと、それはもう皆様たいそうお喜びのごようすで……」

「………」

言葉が出ない。母国では実父にすら憎まれ、疎まれ、幽閉され、なき者とされていたウーである。突然真逆のことを言われても、にわかには信じがたい。

何かでふさがったような喉から、ようよう声を押し出した。

「昨日は……簾の奥のどなたかに、……その、……強く、誘われたような心地がして……、それで、気がついたら、そのようなことに……」

「殿上のどなたかが、ウー様をお見初めになったのですね」

「……そんな、まさか……」

本当に？　そんなことがありえるのだろうか？

混乱するウーを案じるように、そしてどこか痛むように、幸臣は太い眉を寄せた。

「黄での暮らしは、さぞかしおつらかったことと存じます。ですが、ここは瑞穂国。これ以後はどうか、ご自身は『稀人』として、『貴人』に愛を乞われるお立場なのだと思し召し置きくださいませ」

幸臣の言葉に、ウーはただただ絶句するほかなかった。

とはいえ、物心ついてからこちら、身に染みて叩き込まれてきた自意識をそうそう簡単に変えられるものではない。

「ウー様、いかがなさいましたか？」

簀子縁の高欄に身を寄せかけ、ふと息をついたウーに、幸臣が声をかけてきた。宮中の言葉を学びたいと彼を呼んだのに、つい気がそぞろになってしまっていたようだ。

「少々休憩いたしましょうか」

「そうだね」

彼の気遣いに素直にしたがう。気がつけば、彼が講釈を始めてから二刻ほどたっていた。

幸臣が女房を呼び、「何か菓子を」と申しつける。運ばれてきた梨子を口に運びつつ、庭を眺めた。どこかに木犀があるらしく、甘く清浄な香りがただよっている。蜻蛉飛ぶ、のどやかな秋の午後である。

「秋風起兮白雲飛、草木黄落兮雁南帰……」

思わず古詩を諳（そら）んじると、幸臣が「佳人をお望みですか」と返した。

ウーが口ずさんだのは、はるか昔、黄が「漢」と呼ばれていた頃、その武帝が作った秋の詩だ。「秋風に白雲が飛び、草木が黄葉して雁（かり）は南方へ帰る秋の日、花咲く蘭（らん）のような、香り高い菊のような佳（よ）き臣下がほしいと望む……」と続く。彼はそれを知っていて、先のようにたずねたのだった。まことに博学な男である。

ウーはにっこりとほほ笑んだ。

「『佳人』はあなた一人で十分です。ただ、秋の風情をなぞらえただけですよ」

幸臣は「畏れいります」と頭を下げた。

「この国では、今は詩よりも歌を好むとか」

「和歌のことでございますね」

「そちらもいずれ教えてくれますか」

ウーの申し出に、幸臣は視線を泳がせた。

「わたくしには、歌詠みの才はございませんので……」

謙遜（けんそん）だろう。それでもウーは驚いた。

「幸臣殿ほど博識な方でもですか？」

「歌詠みには歌詠みの才がございます。いずれウー様には、ふさわしき歌詠みをご紹介いたしましょう」

「わかりました。お願いします」

そんな話をしていると、ふと殿舎の表のほうで人の出入りする気配がして、さやさやと女房がやってきた。

「ご機嫌うるわしゅうお過ごしのことと存じます。はるのみやさまの御使いより、こちらをおあずかりいたして参りました」

ウーは空色の目を瞬(まばた)かせた。「ご機嫌うるわしゅう……」と言うのは、定型の挨拶なので覚えた。「使い」もわかる。紙を結わえつけられた菊花を差し出されているところを見ると、使いの者からこれを受け取ってきた……ということなのだろうが。

「はるのみやさま」

理解できなかった言葉を口の中で転がすと、幸臣がそっと耳打ちした。

「東宮、皇太子様のことでございます」

「……それは……」

平和に来たばかりのウーは、もちろん彼とは面識がない。困惑し、思わず幸臣の顔を見た。彼もまた困惑の表情を浮かべている。

おそるおそる、女房から菊花を受け取る。楚々(そそ)とした白菊で、中央がほんのり黄色い。

菊の放つ清浄な香りがウーを包んだ。

「……これは?」

「高貴な方に文……手紙を送る際には、このようにするのが、この国のならわしでございます」

——ということは、結わえつけられている薄紙が手紙か。菊からはずし、開いてみる。透けるように美しい薄紙には、黒々と力強くあざやかな筆跡で、次のようにしたためられていた。

菊花開雲居
暗香聞枕辺

詩の二連だが、ウーの管見にあるかぎりでは、黄の詩集に該当する詩句はない。とすれば、この国の書物……あるいはもしや東宮の御製なのだろうか。「宮中に菊の花が咲いたようだ。その香りがどこからともなくわたしの枕辺にまでただよってくる」という二連の横には、瑞穂国の文字を交じえて一言書きつけられていた。

「これはなんと書いてあるのですか?」

たずねられた幸臣は手紙を受け取り、大きく目を見開いた。手紙を持つ手がぶるぶると震え出す。

「幸臣殿？　どうなさいましたか？」

「……失礼しました。よもやまさか御真跡とは思わず……」

震え声で答えるが早いか、彼は捧(ささ)げ持つように手紙を持ち替え、押しつけるようにウーに差し戻してきた。

黄でもそうだが、やんごとなき方々は自らものを書くことはめったになく、手紙などは側仕えの人間が代筆するのが一般的だ。東宮の直書、しかも御製の詩とあらば、幸臣が動揺するのも無理はなかった。

「……それで、かの方はなんと？」

「『解語の花をめでたく』と仰せにございます」

「……」

今度はウーが沈黙する番だった。

「解語の花」とは「人語を理解する花」、すなわち花のような麗人を表す言葉だ。その昔、秦の始皇帝が寵姫楊貴妃(ちょうきようきひ)を指して呼んだ故事に由来する。詩文中の「菊花」と「解語の花」がいずれもウーを指しているとすれば、非常に熱烈な恋文のように思える――が、なにぶん、瑞穂の言葉にも作法にも自信がない。

「つまり、これは……？」

困惑を深めてたずねたウーに、幸臣は低頭して答えた。

「畏れ多くもかしこきあたりにおかれましては、ウー様をお見初めになられたものと存じます」

(やはり恋文か)

ウーは本気で頭を抱えた。

「……なぜわたしなのでしょうか?」

会ったこともない瑞穂の東宮に、そのようなものをもらう理由がない。

(……いや、帰朝報告の儀で、わたしをご覧になった可能性はあるのか……)

高欄の上から浴びせられた、あの数多の視線の中に、この筆の主である東宮もいらっしゃったのだろうか。もしくは——。

「……」

心身のやわいところをじかに撫でるような熱い視線を思い出し、ウーはごくりと唾を飲んだ。

(いや、ありえない)

思い上がった妄想を慌てて打ち消す。いやしくも「卑」のウーを相手にそのようなこと、想像するのも畏れ多い——と、身に染みついた習慣で否定し、その理屈がこの国では通用しないことを思い出した。

（……本当に、東宮様が……？）

そんな、この身を求められるようなことが？

黙り込み、ひそかに動揺していると、幸臣がおそるおそる進言してきた。

「畏れいりますが、すみやかにお返事なさるべきかと存じます」

「そうなのですか？」

「もし、これが他のどなたかからでしたら、何度か文をいただいたのち、代筆にてお返事差し上げるのが通例でございます。しかし、畏れ多くもかしこき御真跡をいただいて、お返事申し上げぬわけには……」

「なるほど。わかりました」

ウーはうなずいた。が、さて、返事と言われてもどうしたものか。

「参考までに、どのようにお返しするのが、この国の作法に則っているのでしょうか」

ウーの問いに、幸臣は答えに窮する顔になった。「それは……」と言ったのち、しばらく考えて、続ける。

「……このようなやりとりは、和歌にて行われるのが一般的です。多くの場合、男君から贈られた歌に用いられている言葉や題材を用いて女君もまた歌を詠んで返すのですが、このたびはウー様が黄からいらっしゃったことをかんがみて、このように詩を贈ってこられたのだと……」

幸臣の言葉に、ウーは思わず沈黙した。煩雑な作法にも閉口するが、それ以上に「男君」「女君」の指すところが生々しく感じられたからである。

八年前のあの日。目の色を変えて摑みかかってきた父帝の、諸卿らの、理性を失った顔をまざまざと思い出した。思えば、簾の奥から送られていた熱烈な視線もまた、それらと同類だったのではないか。

呼び方はどうあれ、尊く優れた人々をけだものに変えてしまういやしい自分。その自分を犯そうと群がるけだもののような男たち。そのどちらもが、ウーにとっては汚らわしく、疎ましく感じられる。

「……少し」と、呻くように声を押し出した。

「少しだけ待ってください」

どうか、と呟くウーを、幸臣は痛ましいものを見る目で見つめている。

翌日、黄の特使ウーの饗応の宴は、帰朝報告の儀が行われた正殿ではなく、主上の日常生活の場である別殿にて設けられた。

ウーは、今夜は赤い襟に黒地の裏衣と、白糸と金糸で織り上げた表衣を選んだ。大きな七宝紋が地に織り込まれており、斜めに弧を描く裾の下から白裳がのぞく、略式ながらも華やかな装いである。帯は赤。髪は耳から上だけを取って高い位置にまとめ、残りは垂らした。飾り布は赤の絹だ。冠をつけないので、いずれにせよ男の装いとしては見苦しいだろうが、せめても身ぎれいに整えたつもりだった。

帰朝報告の儀と異なり、今夜はウーも高欄の上、主上の御座所の手前に下ろされた簾——この国では「御簾」と呼ぶのだそうだ——の前まで通された。正式な賓客の扱いである。席まで簀子縁を歩いていくと、すでに着座していた諸卿らが、息を呑んでウーを見上げた。ほうっとこぼれるため息は、ウーの身なりを非難するものではないように感じられる——が、実際のところはどうなのだろうか。

ウーが席に着いてしばらくすると、そよそよと衣擦れの音がして、御簾の奥にかしこきあたりがお出ましになったことがうかがえた。居並ぶ諸卿らが一斉に頭を垂れる。ウーも当然それにならった。御簾の奥から、先日南庭で嗅いだのと同じ、麝香と白檀を織り交ぜたような甘く高貴な香りがただよう。そして、忘れもしない熱い視線——。

ウーは深く頭を下げたまま、睫毛をふるわせてそっと目を閉じ、ゆっくり開いた。

いる。「尊」——いや、「貴人」だ。御簾の奥から、ひたとウーを見つめている。

(薬を飲んできてよかった)

ひそかに胸を撫で下ろした。帰朝報告の儀でのできごとから、念のため今夜は発情を抑える薬を飲んできた。おかげで体が熱くなることはなかったが、視線の指先で敏感な神経を直接撫でられるような感覚は変わらない。冷静なぶん、視線のたどるところがよりはっきりと感じ取れる。視線も香りも、やはり御簾の中からのように感じられた。ということは、その主は主上のお側にはべることを許された方だ。

(やはり東宮殿下なのか?)

頂戴した手紙に、頭を悩ませながら、なんとかうまく受け流す返事をした。その後は何もなかったため、つい安堵していたが、この熱烈な視線では、諦めてもらえたようには思えない。

ウーはひそかに唇を嚙んだ。黄で「卑」を理由に蔑まれていたときも、「稀人」として望まれている今も、ウーの尊厳をないがしろにされているのは同じことだった。ただ、卑しき者として憎まるか、けだもののように交わり子をなすことだけを期待されているかの違いである。そこに、ウー自身に対する愛や情はない。

(屈するものか)

本能に躍らされ、陵辱されるくらいなら、自刃して果てるまで。幸臣にも告げていない決心は、今や守り刀と共にウーの護身符のようになっている。

宴が始まり、取り次ぎを通して、主上から歓迎の言葉を賜った。丁重に御礼を申し述べる。今までこのように晴れがましい場に出たことはなかったが、朝廷での礼儀作法は十歳までに一通り教え込まれている。とくに困ることもなかった。

盃(さかずき)が公卿らの席を一巡すると、「あとはくつろいで楽しまれるように」とのお言葉があり、場はくだけた雰囲気になった。

音曲に合わせ、諸卿の舞が披露される。初めこそ、舞にも楽にも黄の影響が見て取れる、格調高いものが多かったが、時間の経過と共に酒が入り、さらに場がくだけてゆくと、瑞穂国独自の旋律や歌詞をともなった歌、雑芸なども混じるようになった。

興味をそそられ、つい意識を取られていると、上座にいた男性に話しかけられた。霜雪をおいた髪と髭(ひげ)の、いかにも殿上人然とした風格ある公卿である。

「ウー殿は、音曲がお好きでいらっしゃるか？」

「はい」とうなずく。重ねてたずねられた。

「ご自身でも楽器はなさるので？」

「手習い程度でございますが」

「楽器は何を？」

「琵琶と箏と笛でしたら……」

根掘り葉掘り聞き出すと、彼は「それはよい」と破顔した。

「何か一曲、お聞かせ願えませぬか」

予想された展開だ。おまけに、二人の会話に聞き耳を立てていたのか、方々から「拝聴したい」「是非に」「是非に」と、追随の声があがった。

「いかがですかな?」

公卿はゆったりと笑んでいる。どう答えるべきか、ウーは悩んだ。彼の表情に他意はないように見える。だが、真に思うところがなければ、このような席で、このようなことをいきなり持ちかけるだろうか?

(わたしに恥をかかせたいのか)

なぜそのような悪意を向けられているのかわからない。が、彼の側には、彼なりの事情があるのだろう。周りで盛り上がっているのは、彼に追従している者が半分、残り半分はウーに対する好奇心といったところか。

断ることもできた。そのほうが奥ゆかしく、好ましく映るだろうとわかっていた。だが、いずれも黄に名だたる名手から直々に手ほどきを受けたウーとしては、師らの名誉のためにも受けねばならぬ。

「はばかりも多うございます。一曲かぎりでございましたら承りましょう」

うなずくが早いか、ウーの前に琴が一台持ち込まれた。紫檀の胴に十三の弦。螺鈿(らでん)の装飾も美しい、極上の箏の琴である。

弦の張りを確かめ、音律を整えると、ウーはおもむろに箏をつま弾き始めた。宴の初めに披露された、黄からの渡来楽の旋律をなぞる。基本はウーもよく知る黄の曲なのだが、この国で演奏されているそれには、随所に独自の改変が見られた。おそらく瑞穂に伝わり、長い年月伝習されているうちに、少しずつ変化したのだろう。その差異を丁寧に拾っていく。

誰もが耳に馴染(なじ)みのある曲だ。それゆえに、ウーの見事な弾きぶりは、場に集った全員に伝わった。よどみなくゆたかに響く音に、あちこちから感嘆の声がもれる。

だが、ウーはそこでやめるつもりはなかった。幾度か同じ旋律をくりかえす中で、大きく曲調を変化させる。同じ曲だが、現在、黄で演奏されているものだ。なよやかにやさしく変化している瑞穂の曲調に比べ、絢爛(けんらん)豪華な技巧がふんだんに盛り込まれている。初めは戸惑っていた諸卿らだったが、幸臣が隣に座る某(なにがし)かに二言、三言、耳打ちしたのをきっかけに、水紋が輪を広げていくように新たなさざめきが広がった。

ウーはさらに曲調を変えた。素朴で枯淡、どこかに西域の風を感じるそれは、この曲が生まれた頃の古譜を、琴の師が再興したものだ。単調にも聞こえるが、楽器を美しく響かせるウーの手にかかれば、余白すらも滋味にあふれ、味わい深い。もはやざわめく者もなく、全員が息を呑んで聴き惚(ほ)れていた。

一曲を三通りに弾きこなし、ウーは最後に再び瑞穂の曲調でくりかえした。一度目は聞いた音を再現するのに神経を傾けなければならなかったが、二度目ともなると余裕をもって弾きこなすことができる。

この国の音楽も好きだと思った。やさしく、どこかうら悲しく、さみしい響きがあって、しみじみと心に訴える。

弾き終えると、ウーは姿勢を整え、くだんの公卿に向かって頭を下げた。黄式の拱手ではなく、この国の礼に則ったかたちだ。

「すばらしい。見事な演奏だった」

ウーに演奏を勧めた彼は、笑みの滲む声音で言った。思うところはあるのだろうが、場を魅了したウーを褒めずにすませるほど矮小ではないらしい。裏にある駆け引きを感じ、ウーは腹の内で苦笑した。

(難しいお方だ)

国の中枢に老獪な人間が集まるのは、黄でも瑞穂でも同じということか。

頭を下げつつ考えていると、ふいに御簾の奥から声が響いた。

「めでたや」

男の声だ。誰のものか、たった一言、けっして大きな声ではなかったが、雲居のすみずみまであまねく行き渡るような、ふしぎな響きを持っていた。

(……もしや……)

主上直々のお言葉か。

ウーが思いあたるより早く、公卿たちが血相を変えて平服した。ウーも慌ててそれにならう。

その声が発されたと思しきあたりから、今度は別の声がたずねた。

「この上なくすばらしい演奏だった。箏はどなたに教わったのか？」

こちらは先ほどの声よりも若く張りがある。ウーは頭を低く下げたまま答えた。

「西京の飛（フェイ）という楽士でございます」

「琵琶と笛もすると言ったか？」

「どちらも手慰み程度でございますが……」

「笛を」と、その声が言うと、御簾の裡（うち）でなんらかのやりとりがあり、ややしてどこからともなく笛が一本ウーの前に差し出された。一般的な竹製ではなく、つるりとなめらかな灰白色をしている。

（もしや、牙（げ）の……⁉）

さしものウーも息を呑む。公卿らがどよめいた。牙の笛である。はるか南方の国に住むという、「象」という巨大な動物の牙から削り出したというそれは、黄でもめったに目にすることのない逸品だった。

「……たいそうめずらしいお品でございますね」

「主上が、そなたに貸したいとおっしゃっている。一曲という約束だったが、もう一曲、笛を所望したい」

「……承知いたしました」

とても断れる状況ではなかった。諸卿らが固唾を呑んで見守る中、おそるおそる牙の笛を手に取る。職人によって丹念に磨き上げられたそれは、おそろしいほどなめらかで、ふしぎとあたたかな手触りだった。

ふと、御簾の裡から一条の笛の音が聞こえてきた。はっとする。聞き覚えのある音と旋律だった。

荒削りながらも、凛々しく品のある巧みな吹きぶり。曲は、ウーが平和京に来た最初の夜、誰とも知らぬ吹き手と合奏を楽しんだ「白菊」だ。

（……まさか……）

——まさか、あの夜の相手もこの方だったのか？

予想外のことに打ち震え、目を見開く。身じろぎすらできないウーの手を取りうながすように、笛の音はしきりに誘いかけてくる。

「……」

愕然として微動だにしないウーに、諸卿らが不審げな視線を送ってきた。

（……いけない）

今は曲に集中しなくては。

揺れ動く心を無理やり落ち着け、ウーもなんとか吹き始めた。秘曲「白菊」。秋の夜にふさわしい、孤愁を感じさせる旋律が、松の枝を抜けてゆく。

あの夜同様、相手の笛は若々しく凛々しい吹きぶりでウーを導いた。ウーもまたなよやかにそれに応える。互いが近くにいるぶん、相手の息づかいさえもが伝わるように感じられ、掛け合いはよりしっくりと馴染んだ。二筋の笛の音は一筋に撚り合わされ、天高く月まで澄み上るようだ。

（……ああ……）

吹きながら、ウーはふしぎな高揚感に包まれた。笛吹きとして相性がよいというだけではすまされぬ、魂で響き合うような陶酔に呑み込まれる。心地よい。体の芯が熱くなり、じわりとどこかが濡れるような錯覚に陥った。誘惑に耐えるように眉根を寄せたウーの顔を、公卿らが魅入られたように見つめている。

やがて一曲を吹き終えると、御簾の裡から、喜色と高揚を抑えきれない声がかかった。

「すばらしい！　比類なき糸竹の者よ！」

ざっと御簾を上げる音がする。全員が息を呑み、平服した。主上はもちろん、宮様方も、下々の者には御姿を見せないのが通例だ。にもかかわらず、いきなりの行動に、誰もが喫驚している。もちろん、ウーもその一人だった。

衣擦れの音がして、彼が目の前まで来たことがわかった。

「ウー殿。顔を上げてくれ」

直々の言葉に、ウーはわずかに顔を上げた。あざやかな、昇る朝日の色が目に入る。黄丹──瑞穂の東宮だけが身にまとう袍の色だった。

「ウー殿は黄の皇子であると聞いた。皇族同士、そう遠慮なさることはない」

「は……」

──と言われても、実のところは、八年ものあいだ、人の寄りつかぬ離宮に捨て置かれ、成人も許されなかった身だ。特使とは名ばかりで、黄から迎えの予定もなく、体よく母国を放逐されたらしいことは、瑞穂の人々にも察しがついているだろう。いくら瑞穂では「稀人」が重用されるとはいえ、目の前の御方と対等などとはとても言えない。

だが、東宮はウーの遠慮を許さなかった。「ウー殿」と重ねて呼ばれ、ウーはおそるおそる顔を上げた。

「──」

息を呑む。視線を合わせた瞬間、質量をもった閃光のような衝撃が、ウーの体を貫いた。じわっと体の奥が潤み、何かがあふれ出すのを遠く感じる。諸卿らの何人かがはっとウーのほうを見たが、それどころではなかった。

(この御方だ)

一度視線を交わしただけでわかってしまった。帰朝報告の儀で、ウーを熱く見つめ続けていた視線。あれは間違いなく彼のものだ。黄でのことを思い返しても、彼ほど圧倒的な「尊」に、ウーは会ったことがなかった。

「……っ」

はく、と、喘ぐように唇を開け、閉じた。薬で発情を抑えている今でさえ、目が合えば鼓動が走り出す。じわじわと熱されていた体に火が着き、燃え上がる。いけないとわかっていても、彼から視線をはずせない。

東宮はまだ年若い青年だった。すっきりと涼やかな顔立ちに、曇りのない凜々しい目元。眼差しは強く、潑剌とした印象を与えるが、彼を包む雰囲気はまろやかで、すこぶる品がよい。ウーより少し年下だろうか。その若さも輝くばかり。この大胆な行動も、なるほど彼なら許されるだろうと思わせられる。あざやかな朝焼け色の袍は、宵闇の中、まるで彼自身が光を放っているかのようで、眩しいほど貴いごようすだった。

ウーと目が合うと、彼はうれしげに口角を上げた。たったそれだけで、心の臓を撃ち抜かれたような衝撃がウーを襲う。体はもちろん、心までもが、彼の視線を受け止めたこと、彼に笑みを向けられたことに歓喜している。「尊」に求められることを最大の喜びとする、たわいもなく愚かでけなげな「卑」のさがだった。

「ようやくお会いできたな、白菊の君」

東宮はウーをそう呼んだ。

黒々と力強く潔い筆蹟が眼裏に浮かぶ。

菊花開雲居
暗香聞枕辺

あの手紙でウーを解語の菊花に喩えたのは、やはりほかでもない、この方なのだった。

彼は柔和な笑みを浮かべて言った。

「あなたの吹く笛の音を耳にし、帰朝報告の席であなたの御姿を垣間見て以来、こうして言葉を交わすときを、今か今かと心待ちにしていたのだ。どうかこのあと、わたしの御所で、黄のこと、糸竹のことなど聞かせてほしい」

(ああ……)

めまいのようなものを感じながら、ウーはきつく目を閉じた。

このやんごとなき「貴人」の誘いが真に何を意味しているか。それに「稀人」の自分が応じれば、どういうことを意味するのか。よくよく考えて答えなければならない。わかっている。わかっていても、鮮烈に甘く高貴な彼の香りに取り巻かれると、すべての思考がぐずぐずに溶けくずれてしまう。

深い酩酊に朦朧としながら、ウーはかろうじて頭を下げた。

「……承りました」

その答えが正しいのか、過ちなのか、わからない。意味のある言葉を発することができただけでも、今のウーには奇跡のようだった。


東宮御所は、後宮の一角、内裏の中でも主上のお住まいからはほぼ対角の位置にあった。こぢんまりと整えられた前庭には、梨の木が一本、すっくりと立っている。

足腰のおぼつかないウーを自ら支え、攫うようにして、東宮は自身の御所へ戻ってきた。別殿からここまで、彼は誰も側に近寄らせず、彼以外には指一本としてウーに触れることを許さなかった。気の立った若獅子のような彼におそれをなし、殿上人らはただ遠巻きに二人を見送った。


用向きをたずねに来た女房に人払いを申しつけ、東宮は端近に腰を下ろした。今夜も月はほのぼのと明るく、宵闇に彼の貴い御姿を浮かび上がらせている。

「無理をさせたな」

「……いえ……」

「これでようやく、あなたと二人きりになれた」

そう言うと、彼はとげとげしかった空気をやわらげ、くつろいだ笑みをウーに向けてきた。何か答えなくてはならない。だが、彼から立ち上る甘い香りに、頭はふんわりと霞がかかり、もはや座っているのもやっとだった。

東宮は、ウーに比べるとまだしも余裕がありそうに見えたが、それでもけだるげに、汗の滲む額を拭った。優艶なしぐさと共に、濃い彼の匂いが押し広がる。

「……っ」

ウーは息も絶え絶えに、簀子縁にくずおれた。

「大丈夫か？」

「……失礼を……」

「よい。わたしが強引にことを運びすぎた。貴人という貴人がこぞってあなたを望んでいるのは知っていたが、まさか主上までもがあなたにご興味を示されるとは思わなかったのだ」

「……、おかみ……？」

ぼんやりと、ウーはきき返した。

「おかみ」。「おかみ」とはなんだ？　まさか「主上」か？

「……まさか」

まさか、そのような………。

ふわふわとしたウーの反応に、東宮は困ったようにほほ笑んだ。

「父上の歓声を聞かなかったのか？」

そう言われても、主上に直接お言葉をかけていただいた憶えはない。

（……いや）

「めでたや」という感嘆の声が耳によみがえった。

（ではやはり、あの御声が……）

「いくらわたしでも、主上からご寵愛を賜る方を奪うわけにはいかぬからな。さすがに焦った」

それで、強引に御簾から出、ウーを攫ってきたらしい。

若さゆえの怖いもの知らずを成功させた東宮は、後宮の甍の向こう、主上のいらっしゃるあたりに視線を投げた。あちらにはまだ人が残っているらしく、秋の夜のしじまに遠くざわめきが伝わってきている。

秋の夜風が「貴人」の発する香りを洗い、ウーの卑しい体に宿る熱を冷ましていく。少しだけ正気が戻ってきて、ウーはなんとか居ずまいを正し、平伏した。

「そうかしこまらずにくつろいでくれ。あなたは黄の皇子にして、我ら瑞穂にとって大切な客人だ」

「いえ……」

どう答えるべきか、ウーはためらった。慎重に答えたいと思うのに、体も心もふわふわとして、なにもかも夢うつつだ。まとまらない思考を、苦労してかき集める。

「……すでにおわかりのこととは存じますが、わたくしは、かように卑しくあさましき身でございますので……。黄では、やんごとなき方々と直接言葉を交わすことはおろか、お側に近づくことも許されませんでした……」

ウーの告白に、東宮は「そうなのだな」とうなずいた。

「おつらかったことだろう。だが、ここは瑞穂国だ」

その瑞穂をいずれ背負って立つ東宮は、きっぱりと言いきった。

「わたしが、あなたの顔を見たいと言っている」

「……」

そう言われては断れない。ウーはゆっくりと顔を上げた。目が合うと、やはり心臓がごとりと音を立てる。

正面から見つめる東宮の瞳は黒々と深く、だが、月と灯明の光をはじいて輝いていた。なみなみならぬ熱情を込めてウーをのぞき込んでくる彼もまた、本能という名の熱病に冒されている。

眼差しの強さに耐えきれず、ウーが視線を落とすと、彼は感に堪えずといったようすで呟いた。

「あなたは、まことにうるわしい」

「殿下には見慣れぬ姿でございましょう」

「確かに、瑞穂の人間とは違っている。だが、異なることの何が悪い？　秋空のようにきよらかな目も、若鹿のような褐色の肌も、緑なす黒髪も、御仏さながらの顔立ちも、何もかもすべてがうるわしい。白も黒も赤も黄も、あでやかな色がよく似合う……。あなたは、まさに『解語の花』と呼ぶにふさわしい」

こうも真正面から褒められてはかわしようがない。ウーは含羞にうつむいた。

「どうされた？」

「……おそれながら、今までそのように褒めていただいたことがございませんでしたので……」

「あなたほど美しい方が？」

率直な疑問の声だったので、ウーは思わず笑みをこぼした。目蓋を伏せると、睫毛が頬に影を落とす。

「いずれおのずからお耳に入ることもございましょうが……、母国でのわたくしは、とても皇子と呼べるような者ではございませんでした。『卑』であるために離宮に捨て置かれ、存在しない者には必要ないと加冠すら許されず……。ですから、今宵のようにご立派な方々の御前に出ることにも、褒められることにも慣れておりません」

「なんと」と東宮は言葉を失った。

「皇子も特使も名ばかりで……お心をかけていただいても、きっとお役には立てません。どころか、ご迷惑をおかけするのではないかと心苦しく……」

「よい。わたしが、あなたといたいのだ」

　さえぎり、東宮は庭のほうへ視線をやった。さやかな秋の月の光が、茂みの白菊を浮かび上がらせている。

「あの夜」と、思いをはせるようにゆっくりと、東宮は口を開いた。

「あなたが吹く笛の音を聴いた瞬間、あなたに会わねばならないと感じた。運命というのが本当にあるのだと思わずにはいられなかった」

「あの夜に……？」

　顔も名も身分もわからぬ相手と笛の音を合わせた。たったそれだけで、この方は運命を感じたとおっしゃるのか。

　一方の当事者であるウーには実感がなく、思わず目を瞬かせる。だが、東宮は確信を持った声で続けた。

「あの曲……『白菊』を、音を合わせて吹けば吹くほど、わたしとあなたが離れがたいものであるとわかった。二筋の音が深く交わり、一筋になるのを聞きながら、わたしたちもまたこうあるべきだと感じた。翌日、帰朝報告の儀であなたの姿を垣間見て、その直感が間違いではなかったと確信した」

「……殿下……」

「ウー殿」と、彼はウーに向き直った。黒々とした瞳は再び燃え上がらんとしている。

「わたしは、『貴人』と『稀人』は惹かれ合うものという決めつけが好きではない。情もかけぬ相手の香に惑わされ、発情して交わるなど、けだものの行いだ。人は人らしく、理性にもとづいて行動するべきだ」

視線とはうらはらの潔癖な物言いに、ウーはうなずき、理解を示した。

犯される側の「卑」はもちろん、犯す側の「尊」のあいだでも、肉体を突き動かす原始の欲望を厭い、身をまかせるのをよしとしない者は多い。ほかでもないウーもまたその一人だ。だから、彼の言うことはよくわかった。血の衝動に負けて種をほしがり、交わり、孕む、人ならざる劣情を、あらがえない身のさがを憎んでいる。

——今も。

東宮の熱い視線を感じ、その体から立ちのぼる香りを浴びていると、じわりと体の奥がほどけて潤む。はしたない体がわずらわしかった。発情を抑える薬など、彼のように強い「貴人」の前には、気休め程度の効果しかない。我知らず唇を噛む。

ウーとて、黄でのように蔑まれたいわけではない。だが、本能のままに交われ孕めと言われるのも屈辱だった。交わるなら、せめてそこに情がほしい。心がほしいと思うのは、人間として当たり前のことではないか。

ウーの激しい葛藤を汲んだように、東宮もまたうなずき、「……だが、」と、迷いの多い口調で言葉を継いだ。

「あなたを知ってからは、そのような理由なき反発こそ、もの知らぬわたしの愚かさだったのではないかと思えてしまうのだ。どうあってもあらがえぬ、他の何を捨ててもほしいと願わずにはいられない相手を知らなかったわたしは幼く、ただ世を知らなかっただけなのでは、と……」

ウーははっと顔を上げた。視線が合うと、東宮は、弱ったような笑みを浮かべた。

「そう思わずにはいられないわたしを、あなたは愚か者と軽蔑するか？」

息を呑み、胸に手をあてた。押し広がる彼の香りに鼓動がはやり、血が沸き立つ。たった今「憎んでいる」と断じたばかりの劣情に、体が昂められていく。反発か、くやしさか、それとも歓喜か。名状しがたい感情に胸が締めつけられる。息苦しい。

（だめだ）

必死であらがおうとする。

だが、東宮が——このやんごとなき「貴人」が、ウーに惹かれる自分を認めようとしている今、「稀人」のウーに、その誘惑に打ち克つ手立てなどあるわけがないのだった。「貴人」が「稀人」の誘惑にあらがえないのと同様に、「貴人」が欲すれば「稀人」はなすすべなく喜んで犯される。それが「貴人」と「稀人」のさがなのだ。現に今、意思に反して捕われようとしているにもかかわらず、ウーの中に東宮に対する嫌悪感はない。あるのは、ただ「彼がほしい」という、おかしくなりそうなほど甘美で強い希求だけだ。

あえぐように「殿下」と呟く。

一歩こちらへ膝行った東宮の体から、ぶわりと甘く高貴な香りが立ちのぼった。全力で誘惑されている。この若くやんごとなき「貴人」に。ウーはもはや身じろぎすらできず、じっと彼の目を見つめ返した。

この「貴人」を許せるか？　自分に触れるにふさわしい人間と受け入れることができるか？

せめても最後の判断は理性にゆだねたことにしておきたい。そう考えるずるい自分を、理性までもが甘やかす。

実際のところ、東宮は「蛮族」などとはとても呼べない、知性と理性の人であり、ウーが十八年で出会った誰よりも、気高く、品良く、きよらに美しく、ウーを強く求めていた。

そして、ウーは「特使」という名の、瑞穂国への下賜品でもあるのだ。

東宮の熱い手がウーの頰に触れた。肩に下ろした髪に触れ、指先でもてあそぶ。甘く熱をおびた声がたずねた。

「白菊の君。花はすでにうつろったか？」

それは先日、ウーが送った返歌についての問いだった。

東宮から贈られた詩の二連を、上の二句に見立てて詠んだ句は、

開きそめし　花のうつろひ　待ちてな折りそ

「まだ咲き初めの菊花のこと、うつろい色づくのを待って、今は手折らずにおいてくださいませ」という表の意味に、「わたくしもここに来たばかりでございますれば、わたくしの気持ちが自然と深まるまでお待ちください」という裏の意味を込めた。

ウーは「待て」と言った。

そして、彼は時を待った——十分とは言えないかもしれないが。

もう一歩、東宮がこちらへ膝行る。そうっと手に手を重ねられ、ウーはきつく目を閉じた。

人ならざる本能の衝動を憎んでいる。蛮族に陵辱されるくらいなら自ら死のうと考えていた。だが、今花を手折ろうとする運命の手を、ウーはどうしても振り払えない。

それでも肉体に屈することを拒むように、ウーは深くうなだれた。

四　三日夜

ウーを抱き寄せ、首元に鼻を埋めると、東宮は深くその香りを吸い込んだ。

「いい香りだ」と彼は言った。

「茉莉花の蜜のような……わたしから一切の理性を引き剝がしていく。わかっていても、あらがいたくない。けだものに落ちてもあなたがほしい」

熱烈な言葉と共に、彼からもまた強力な誘惑香が立ちのぼる。麝香と白檀を重ねたような、高貴で鮮烈に甘い香り。今は麝香に似た香りが強く前に出て、ことさらに官能的だ。吸い込むと、ウーの体もまた急激に昂ぶった。下腹の奥がじゅくりと疼く。ウー自身さえ知らない体の奥の空隙を、花芯を濡らす蜜のような何かが伝い落ちる。未知の感触がおそろしく、ウーは自分を支える腕にすがった。

「殿下……」

「英明と呼んでくれ」

「……それは……」

ウーはためらった。黄でも瑞穂でも、諱はみだりに口にしてよいものではない。主君か親、つまり彼の場合は主上によってのみ呼ばれる名だ。

だが、彼は「よい」と言いきった。

「わたしが、あなたに呼んでほしいのだ。ウー殿」

「……ひであきら様」

ウーが呼ぶと、英明親王は心からうれしそうにほほ笑んだ。熱に浮かされた目でウーの顔をのぞき込む。

「何も怖いことはない。わたしにすべてゆだねてくれ」

ささやいた唇が、ウーの唇に触れる。やわらかく、だが、深く。夢中になって花の蜜を吸う小鳥のように、唇を啄み、舌を吸われる。流し込まれる唾液が甘い。それはまるで発情香を混ぜた蜜のようで、飲めば飲むほど体が熱くなり、ウーの理性をとろかしてゆく。

ウーはあっという間に目元も頰も上気させた。

口の端からあふれた唾液を舌で追いかけながら、彼が浮かされたようにささやく。

「あなたは、何もかも甘い……」

ウーは乱れた呼吸の合間に、「……あなたも」と声を押し出した。

「わたしも？」

「ええ」

「そうか」

愛おしそうに目を細めた彼が、再び唇を合わせてきた。夢中になって応えるうちに、ウーの体は簀子縁に横たえられ、衣の帯は解かれていた。長い黒髪が簀子に散る。上下する胸を熱い手にさぐられて、ウーは小さく身じろぎした。

いやだったわけではない。逆だ。もはや、そんなやさしい、間接的な触れ方では足らなかった。もっともっと、彼の思うように触れてほしい。遠慮などせず、早く、圧倒的な力で押さえつけ、一息に奪ってほしい――だが、そんなあさましいことはとても言えない。

相反する体と理性の訴えに、ウーは柳眉をきつく寄せる。

彼を両腕の中に閉じ込めて見下ろす東宮は、今や興奮した若獅子のようだった。上気し、汗の滲んだ顔。双眸はギラギラと光り、腕の中の獲物をどう食い殺してやろうかと考えている。

その獣性を振り払うように、彼は乱雑なしぐさで頭を一振りし、再びウーを見下ろした。黒い瞳の奥底に一筋だけ残った気高い理性の光は、せつなくなるほど美しかった。

「咲き初めの白菊のようなあなたも、気品に満ちてうるわしかったが、うつろい、色づいたあなたは壮絶に艶めかしくわたしを誘う」

あなたももうそのつもりだね、よいね、と、念を押されている。

ウーの理性はどう答えるべきか知っていた。「いけません」と言わねばならない。だが、理性的であることになんの価値がある？　体はこれほど熱く彼を求めていて、心もまた彼ならばと傾いている。そんなことより、しとどに濡れて待っている空隙を、早く、早く埋めてほしい——。

本能に対するせめてもの抵抗に、はっきり答えはしなかった。だが、眉を寄せ、きつく目を閉じた表情から、ウーが本能に屈したことを察したのだろう。東宮は、どこか痛ましげな表情でウーの衣に手をかけ、前を開いた。

「……これは……」

呟いた彼の手が、ウーの首元に巻かれた金属の細い帯に触れる。普段は服で隠れる場所、うなじを守る金の環だった。

「貴人」と「稀人」——「尊」と「卑」は、交情中に「尊」が「卑」のうなじを噛むことで、「対(ドウイ)」という関係になる。「対」を持った「卑」の発情香は、「対」の「尊」にしか作用しない。交わりを持つのは「対」の相手だけ。精神的にも肉体的にも深い絆(きずな)をともなう「対」は、「卑」にとって憧れの関係である。だが、実際には発情香によって理性を失った「尊」に、望まぬ「対」関係を結ばれることも多々あるため、黄では「卑」は金属製の帯でうなじを守るのが習慣となっていた。

ウーのうなじを守っているのは繊細な透かし彫りがほどこされた金の環だ。西域の首飾りにも似たそれは、ウーの褐色の肌によく映える、本来の用途を忘れさせる美しい工芸品だが、うなじ部分にある留め具は小さな鍵で開閉するようになっていて、おいそれとははずせない作りなのだった。

「体は許しても、『つがい』は許さぬということか」

口惜しげに東宮が呟く。

「『つがい』……?」

「わたしにここを許してはくれないのだな」

言いながら、うなじの帯のふちを、人差し指でたどられる。敏感な部分に触れられ、ウーはあえかな声をもらした。

「……愛らしい……」

熱のこもる声音で呟き、汗ばんだ肌を撫でられた。

「ここは……尖(とが)りのほうが淡い色になるのだな」

「あっ……!」

なだらかな胸の上、花芽をつままれ、声がうわずる。ふふっと笑い、東宮はそこに唇を寄せた。

「本当に、あなたは、どこもかしこもが甘い……」

「あっ……、あ……っ、んっ……」

甘噛みされると、鋭い快感が腰の奥へ落ちていく。ウーは衣の袖を握りしめ、首を何度か横に振ったが、それで耐えきれるはずもなかった。はしたなく腰が揺れるのを止められない。

「こちらがよいのか?」

快感の通り道をたどるように、東宮の手が肌をすべり下肢へ達する。花芽と同じ可憐な色に染まり、蜜をこぼして勃ち上がっているそこを、そっと手のひらに包まれた。

「あ……? あ、あ、あああ……っ」

ウーは湖のように潤んだ瞳を見開いた。

「卑」の発覚と同時に「尊」のいない離宮に幽閉されて以後、ウーの周りには老いた女官が数名と、男としてはすでに枯れた老師たちしかいなかった。人肌を知らぬきよらかな童のままの体に、東宮のもたらす刺激は鮮烈に過ぎた。二度ほどやわくこすられただけで、腰の奥から甘美な熱の渦が湧き起こる。

「あ……、何、……いや、こわい……っ」

「だいじょうぶだ。体にまかせておけばよい」

首を横に振って泣くウーを抱き留めて、東宮は三度ウーに口づけた。甘い、発情香を混ぜ込んだ糖蜜のような口づけに朦朧となる。道を教えるように、もう二度ほどやんわりとこすられて、ウーは声もなく花心から蜜を噴きこぼした。

「──っ！……っ、……っ」

褐色の肌を汚す白濁に呆然とする。わけがわからず取り乱し、「なに……」と泣くウーのようすに、東宮はようやく異変を感じたようだった。

「ウー殿、どうされた？」

「これ……、これは………？」

「気持ちよかったのだろう。達しただけだ」

「たっした……？」

泣き濡れた顔で首をかしげるウーに、東宮は愕然とした顔になった。

「まさか、知らぬのか？」

「……存じません……」

「今まで未通のままだったと……？」

「存じません。寝て起きて、こういったもので寝間着を汚していたことはございますが……」

「………」

ウーの答えに、東宮はしばし呆然と声を失った。

やがて、「なんという……」と呟く。あきれられたのかと思ったが、彼は感きわまったようにウーを抱き寄せた。

「なんという、奇跡のような御方か……」

深く強く抱きしめられると、駆け足のように速い鼓動が伝わってくる。彼はウーの顔をのぞき込み、額に張りついた髪を除きながら、万感のこもった声で言った。

「だいじょうぶだ。わたしがすべて教えよう」

彼が再び花心に触れる。桃のような色に染まり、先端から蜜をこぼすそれは、いつにも増して敏感だ。それをそっとあやすような、先ほどに輪をかけて、やさしく丁寧な触れ方だった。

「ここにご自身で触れたことは……？」

「……ありません」

「では、こちらも？」

もう片方の手が、ウーの秘められた蕾に触れる。ウーは、声もなく首を横に振った。なんとなくでも知っていた前の刺激に比べ、そこは触れられるだけでぞわりと虫が這うような感覚が湧き起こる、真に未知の場所だった。おそろしいのは、花弁をくすぐる東宮の指を、そこが当然のように許したことだ。

「……っ」

花弁をかき分け、その奥に指をもぐり込ませて、彼もまた驚いたようにウーを見つめた。

「……わかるだろうか。あなたのここは、すでにほころんで、わたしを待ってくれている」

「あ……、あ、うそ……っ」

思わずそう口走ったが、自分のそこが彼の指を迎え入れて歓喜していることは、ほかならぬウー自身が知っていた。

信じられない。彼の誘惑香にあてられて、じゅくりと溶け潤んだ場所。蜜が伝った空隙が、確かにその奥にある。彼の言うとおり、そこはもうすでにぐずぐずにとろけてせつなく疼き、散らされる瞬間を待っていた。

「あ、あ……」

目を見開いて、自らの体に戸惑うウーを、東宮はどこか痛ましげな表情で見つめた。

月はいつしか朧雲(おぼろぐも)の陰に隠れ、すべては闇の中。深い酩酊を誘(いざな)う、濃密な麝香と白檀の香りがあたりを満たしている。

男君が体を起こし、衣擦れの音が続いた。熱い手がウーの腿(もも)を割り開く。と、

「あ」

驚くほど熱いものが秘蕾(ひらい)に触れた。まろくぬめるそれが何か、考える前に体が開く。秘蕾がじゅくりと濡れてほどけた。

「許せ」と一言。

男君はたくましい陽根でもってウーの秘蕾を開き、花弁を散らした。

「あ………！」

見開いた瞳から雫がこぼれる。歓喜の涙だ。痛みはなく、ただただ、あるべきものを、あるべきところへ迎え入れた圧倒的な安堵と喜びがウーを包んでいる。

彼は、二人が離れがたいものであると言った。二筋の笛の音が深く交わり、一筋の曲を奏でるのを聞きながら、自分たちもまたこうあるべきだと感じた、と。それを今、ウーも体の実感として理解した。

「ウー殿」

だいじょうぶか、と案じる東宮の声が遠い。

ウーは恍惚とうなずいた。彼の陽物を受け入れた箇所はしとどに濡れて、襞はみだらにうごめいている。その蠢動がもっともっと奥へ奥へと彼を誘っていることに気づき、ウーは身が焼けるような羞恥を覚えた。それすらも快感に変えて受け止めた秘所が、ぐちゅりとはしたない音を立てる。彼を欲しがる自分の全身から、強烈に甘い、茉莉花の蜜を煮詰めたような香りが立ちのぼり、彼を誘うのを、ウーは初めて自覚した。

「ウー殿……」

ウーの発情香を間近に浴びた東宮が、は……っと、熱い息をこぼす。

「ひであきら様」

ウーが呼ぶと、彼はこらえきれぬようすで荒っぽく両手でウーの腰を摑み直した。

「ああ……！」

ごつっと一突き。巨きな陽物が最奥を叩いた。彼はそのまま抜くことはせず、せり上がった双袋さえも中に埋めようとするように強く腰を送ってくる。

ウーは官能の忘我に上り詰めた。受け入れている箇所の法悦が全身を浸し、自分のすべてで彼を包んでいるように感じる。圧倒的な多幸感に支配され、頭も舌も痺れたようで、声は言葉にならなかった。

男君は全長をウーに収めたまま、たくましい腰の動きで最奥を突いている。

「あっ、あっ、あ……？」

幾度も最奥を叩かれているうちに、下腹に重く甘苦しい感覚が生まれた。何かがもったりと重く下がってくる。男君のたくましく張り出した亀頭がそれに接した瞬間、目の前に火花が散った。

「あああっ」

「……ああ」

当惑するウーを見下ろし、東宮が獰猛な笑みを浮かべた。

「ここで」と言いながら腰を回し、ウーにその場所を意識させる。

「あなたは、わたしの子を孕んでくれるのだな」

「……っ⁉」

ウーは「卑」だ。交わり、孕み、子をなす性。だから、体のどこかに子を孕む場所があるのは知っていた。だが、今までの人生で、そんな箇所を意識したことは一度もない。

自分が「孕む性」なのだと、まざまざと感じた。その器官の入り口は、甘えかかるように東宮の尊い御持ち物に吸いつき、彼の子種をねだっている。淫靡に過ぎる感触と、さらなる蹂躙の予感に、全身があわ立った。

「いや……っ」

「許せ」

二度目の言葉と共に、東宮はウーの腰を強く摑んで引き寄せた。

一撃。

「あああああっ」

ぐぷっと、体の奥がこじ開けられる音がした。頭上でかしこき「貴人」が低く呻く。ウーを隙間なく埋め尽くしたものの根本がぷくりと膨らむ。

「あ……あ……！」

おそろしい感覚に、ウーは目を見開いた。うつろな瞳から、空色の雫がいくつも落ちる。ウーの秘蕾の内側で丸く膨らみきった根本は、二人の体をしっかりとつなげ、ウーのそこに栓をした。

それが何を意味するか。

「……っ」

小さく呻いた東宮が、先端を子宮にめり込ませ、熱い子種を注ぎ込む。放出は長く、ウーの小さな器官はすぐにいっぱいになってしまった。あふれる。だが、栓をされたそこから種がもれることはない。行き場を失い、内側を遡る感触に、ウーは背をよじって逃れようとしたが、両腰を摑む熱い手が、強引に彼を引き戻した。

「あああ……っ」

正気でいられたのはそこまでだった。

二度、三度と注いでも終わらぬ抽送に、ウーはまず理性を、次いで意識を手放した。

体はひどく疲れているのに寝苦しく、眠りは浅かった。遠くでさやさやと衣擦れの音がする。ウーはうっすらと目を開けた。あたりはほんのりと青く、夜明け前あるいは宵の口の気配である。どちらなのか、ウーはすぐにはわからなかった。

いつからそこに移動したのか憶えていないが、ウーは四方に帳をめぐらせた寝台に横になっていた。隣にやんごとなき御方のぬくもりがある。東宮はウーより早く目覚めていたらしく、ウーの意識が完全に浮上したのを見はからって、声をかけてきた。

「お目覚めか、白菊の君」

ささやきながら、髪をかき上げた生え際のあたりに口づけられる。

「……」

おはようございます、と答えたつもりが、かすれた空気音にしかならなかった。当然である。交情が始まったときから数えて、おそらく二晩。かしこき「貴人」の御持ち物は常にウーの中を満たし、二人はわずかな水を口にした以外交わり続けていた。

離宮でのつれづれに読んだ医学書で目にしたことはある。「尊」の中でもとくに強い「尊」のものには、栓となる箇所があるのだと。陽物の根本が膨らむのは「卑」を確実に孕ませるためであり、膨らむ期間は長いもので二晩ほど――つまり、東宮の御持ち物は「尊」の中でもとりわけすばらしくたくましい、ということらしい。

自分たちの狂乱ぶりをまざまざと思い出し――といっても、おぼろげに記憶がある部分だけだったが――ウーは顔に血を上らせた。羞恥に堪えず、顔をそむける。

おそろしく消耗していた。全身が重い。とくに腰から下は、自分のものではないように重だるい。脚を使ったわけでもないのに、なぜか脚までがこわばって鈍く痛んでいる。おまけにわずかな身じろぎで、幾度となく貴き種をいただいた場所から、とろりと何かが伝い落ちてくるのがわかった。

「……っ」

両手で顔を覆ったウーに、東宮はふっとお笑いになったようだった。昨夜までの雄々しさ、荒々しさが嘘のようにやさしい手つきで、ウーの髪を撫でる。

「白菊は、羞じらう姿もかわいらしい」

そう言って品よく含み笑う声で何をささやき、ウーを撫でる手で何をしたのか。ウーにはとても耐えられなかった。

東宮はしばらくそうなさっていたが、空がすっかり白むと体を起こし、床を出た。「朝粥は?」とたずねられ、ウーは伏せたまま首を横に振った。

「ならば、あとで薬湯を持たせよう。少し熱があるようだ」

言われてみればそのとおり、肌の下にもやもやと熱がこもっている。全身のけだるさもそのせいらしい。荒淫が原因なのは明らかで、ウーはますます顔を隠した。

戻ってきた東宮が、寝台のふちに腰掛け、そっとウーの背を撫でる。

「側にいて差し上げたいところだが、わたしはこれから朝議がある」

――ということは、そろそろご出立になるのだろう。

「わたくしは……」

このあとどうすればいいのか。急に心細くなり、ウーは思わず顔を上げた。視線が合うと、東宮は「やっと顔を見せてくれたな」とほほ笑んだ。黄丹の袍に着替えた彼は、夜の空気をきれいに払拭し、きよらなる皇太子ぶりを取り戻している。

「あなたは一日こちらで休むといい」

「……ですが……」

ここは後宮の中である。東宮と一緒ならまだしも、男のウーが一人でいていい場所ではない。それに、饗宴半ばで席をはずしたきりのウーを、幸臣が案じているだろう。

だが、東宮はウーの反論を許さなかった。やや強引な口調で命じる。

「あなたには、今日からこちらに住まいを移してもらう」

「え……？」

「父上にも、他の『貴人』にも、あなたを奪わせはしない。ここにいれば、父上にも簡単に手出しはできない。だから、あなたにはここにいてもらわねばならぬのだ」

そう言うあいだ、彼は激しい若獅子の顔をのぞかせた。言葉と口調に表れた独占欲にウーは戸惑う。

(これではまるで……)

まるで「対」――「つがい」を守る「貴人」のようだと、畏れ多いことを考えたとき。

「あなたは今日から東宮妃となるのだからな」

傲然(ごうぜん)と言いきった東宮に、ウーは言葉を失った。

「と……っ」

(東宮妃⁉)

空色がこぼれ落ちそうなほど大きく目を見開き、ゆるゆると首を横に振る。

「そんな……、そんな、無理です」

「なぜ?」

「なぜ、って……」

なぜ、この御方はそれが可能だと思われるのか。そちらのほうが、ウーにはわからない。

「わたくしは、黄人で、男で……」

「卑」で、と続けようとして、言葉を呑み込む。この瑞穂では、ウーは彼ら「貴人」に愛を乞われる「稀人」なのだった。

「……形ばかりとはいえ、黄の特使の役目を得て、瑞穂に参りました身でございますれば……」

ウーが述べ並べた理由を、東宮は「かまわぬ」と一蹴した。

「愛する人を愛するのに、国も身分も関係ない」

「……」

一瞬何もかもを忘れ、心を攫われそうになる。ためらいなく「愛する人」と呼ばれたウーは頬を染め、彼を見つめた。

実際のところ、東宮を取り巻く人間関係がそう単純であるはずはなく、身分や家柄、その他にも、さまざまなしがらみがあるに違いない。だが、彼が是と言えばそれが事実に思えてくる、彼にはそういう強さがあるのだった。

　東宮は、強い眼差しでウーを見つめた。

「ましてや、あなたは黄国皇帝陛下の皇子。身分に申し分はない。『稀人』であれば、男でも子はなせる。わが国では、『稀人』の后が立てば、後宮に他の妃は置かなくてもよいとされているくらいだ。世継ぎは、あなたが産んでくだされぱよい」

「世継ぎ」という言葉の重さ、生々しさに、ウーは再び絶句した。

「そうして黄と我が国の絆が深まれば、あなたの特使としての役割も、十分果たせたと言えるのではないか？」

「……」

　返す言葉もなく視線を落とし、ウーは寝台の上でうつむいた。

　ウーとて、彼とのことを、一夜かぎりと思っていたわけではない。彼が「理由なき反発こそ、もの知らぬわたしの愚かさだったのではないか」と吐露したのと同様に、ウーもまた彼を受け入れて感じた喜びを、泣きたいほどの離れがたさを、「本能のせい」で片づけ、退けることは難しいと感じている。

　できればもっと彼を知りたい。彼にも自分を知ってほしい。

　だが、そのような手順をすべて飛ばして「東宮妃」だの「世継ぎ」だのとは、あまりにも拙速でついていけない。

どうにも飲み込めない、もやもやとしたものが、ウーの心をふさがせる。自分が何にわだかまりを感じているのか、それすら自分でもよくわからないまま、ウーは黙ってうなだれた。

東宮が朝議にお出ましになってから、ウーはしばらく寝台でうとうととしていたが、やがて衣擦れの音が簀子縁を渡ってくる足音に身を起こした。

「ご機嫌うるわしゅう存じます。宮様から、薬湯とお召し物と文をおあずかりしてまいりました」

帳の外から、やわらかな口調で女房が言う。ウーは「ありがとう」と礼を言い、受け取りに立とうとした。が、膝も腰もろくに力が入らない。

「……すみません。立てないので、こちらまでお持ちいただけますか」

ウーが言うと、女房は「失礼いたします」と、帳の内側へ体をすべり込ませてきた。落ち着いた年頃の、ふっくらとした雰囲気が慕わしさを感じさせる女房である。

彼女はまず薬湯の入った碗(わん)をウーに差し出した。

「お加減がすぐれないとうかがっております。まずは、こちらをお召し上がりくださいませ」

塗りの台にのせられた陶器の碗からは、なんとも言えない匂いがただよっている。おいしいものではないだろうが、飲めばいくらか楽になるかもしれない。そう思い、おそるおそる口をつけたことを、ウーは後悔した。これは一息に飲まねば飲めぬ薬だ。思いきって碗をあおる。

口に残る渋みとえぐみに顔をしかめていると、「お下げいたします」と碗を下げた女房が、「よろしければ、お白湯(さゆ)もお召し上がりになりますか」ときいてくれた。ありがたくいただく。

白湯を飲み、ウーが人心地を取り戻すと、女房が今度は衣と文を差し出してきた。

「お許しがあればお召し替えなどもお手伝いするように、仰せつかっておりますが……」

「ありがとう。お願いします」

ウーは素直にうなずいた。

東宮から贈られたのは、瑞穂国の装束だった。ウーには着方がわからない。寝台のふちに腰掛けたウーに、女房が一つひとつ説明しながら着せかけてくれる。

もっとも内側に、いわゆる下着である大帷子(おおかたびら)。その上の単衣(ひとえ)は、東宮が寝所に残していかれたものを着る。緋色(ひいろ)の袴(はかま)を穿(は)き、紫と緑、二枚の上着を重ねて着て、共布の帯でゆったりと止めた。

「直衣(のうし)という日常のお召し物でございます。上着の色の重ねは、四季折々の事物になぞらえたものでございまして、表が紫、裏が青のこれは『移菊（うつろいぎく）』でございますわね。本来なら、もう少し先のお色目なのですけれど……」

ウーの髪を下（さげ）みずらに結いながら、女房がいぶかしげに言う。「いえ、いいんです」と、ウーは顔を赤らめた。

かつて咲き初めの白菊になぞらえたウーを抱いた翌朝に、「移菊」の襲（かさね）を贈ってくる。「あなたの気持ちも体ももうわたしのものでしょう」と言わんばかりの東宮の行動を、強引と取るか、熱烈と取るかは、受け取り手次第だろう。

「……単衣が、その、宮様のものなのは、何か意味が……？」

ウーがたずねると、女房は美しく重ねた袖の陰で、ほほと笑った。

「この国では、契（ちぎ）りを交わされた方々が、明けての朝にそうなさるならわしでございます」

ずいぶん遠回しな言い方だが、つまり、彼女はこの三日三晩ここで起こったことを知っているのだ。それに気づいて、ウーは激しく動揺した。

（……いや、当たり前か……）

思えば、東宮もウーも発情香を隠しもせず、縁で体を重ねたのだった。二人とも我を忘れていたとはいえ、野卑な振る舞いをしたものだ。匂いも声も、きっと後宮の隅々まで届いただろう。二人のあいだのできごとを、後宮の全員が知っているに違いないと思い至り、ウーは羞恥で気が遠くなりそうだった。

「……申し訳ありません。たいそうはしたないまねを……」

消え入りそうな声でウーが詫（わ）びると、彼女は「何をおっしゃいますやら」と笑った。

「宮様は、昨年の夏、流行病（はやりやまい）で御息所（みやすどころ）様を亡くされて……今でこそお元気を取り戻していらっしゃいますが、まことに愛情のこまやかな方でございますので、当時はずいぶん深くお嘆きになり、長いことふさいでいらっしゃいました」

「……そうなのですか？」

今の東宮からはそのようなようすはまったく感じなかったので、ウーは内心驚いた。女房は深くうなずき返す。

「つい先日喪が明けて、いくつか御縁談もございまして……今度こそお幸せになっていただきたいと、お側にお仕えする者は皆、心から願っておりました。そうしましたところ、宮様が御方様をお連れになりましたので、皆それはもう喜んで……しかも、大変に稀なる貴い香りに浴する機会を得たものですから、皆歓喜に堪えず過ごしております。まったくお気に病む必要はございません」

「……そうですか」

だが、ウーは男だ。「稀人」などと呼ばれ、東宮のご寵愛をいただく機会を得た今も、自身に流れる血の本能を疎む気持ちは変わらない。天子のご寵愛を得るために育てられた姫君ではないのだ。発情や交情を他人に知られるなど、恥ずかしいものは恥ずかしい。

（……ああ、そうか）

ウーは大きく目を瞠り、二、三度ゆっくり瞬きをした。朝からずっと心をふさいでいたわだかまりの正体に思い至り、視界が晴れたような気がしたのだった。

黄に生を受けて十八年。そのほとんどを、「卑」は忌むべき性、秘すべきもの、恥じるべきものと教えられ、ウー自身もそう考えて生きてきた。

瑞穂に渡って、ウーの立場は一変したが、昨日まで徹底的に否定してきたものをいきなり受け入れろ、誇りに思えと言われても無理な話だ。ウーにとって、「卑」の自分は、尊敬していた父をけだものに変えてしまったおそろしい化け物であり、やさしかった母を死なせる原因となった忌むべき存在である。その「卑」の本能のままに交わることは、あの幼き日に自分を犯そうとしたけだものたちに犯されるのと同じことだった。

本来なら愛をかわす尊い行為を、汚らわしいものと考えてきた。たとえ貴い方のご寵愛をいただくのでも、後宮の寵姫たちのように「身の栄え」とは考えられない。「稀人」だからと望まれるのは、本能のままに交われ孕めと言われているようで受け入れがたい。このたびは互いの発情香に翻弄され、東宮のお気持ち一つを拠り所にして押しきったが、結局のところ、ウーの心は、根本のところが、まだそこまで大きく変えられてはいないのだった。

開きそめし　花のうつろひ　待ちてな折りそ

気持ちが変わるまで待ってほしいと訴えた、あの文こそが、ウーの真実を突いていた。

東宮がきらいなわけではない。体を交えていたときも、今も——彼の中にひそむ獣性を知った今でもなお、彼は蛮族でもけだものでもないと理解している。「けだものに落ちてもあなたがほしい」と求めてくれた、「愛する人を愛するのに、国も身分も関係ない」と言いきった、若く潔く愛情深い彼を愛しいとさえ思う。

彼の求愛を受け入れがたく思う原因は、ただひたすらにウーの中にある。

（変えられるものであれば変えたい）

そうすることで、あの愛しい「貴人」のご寵愛を、正面から受け取ることができるのなら。

（……あの方に、わかっていただけるだろうか……）

空色の瞳を揺らめかせ、ウーは手元の文に視線を落とした。東宮から贈られてきた文は、今朝（けさ）はほのかに色づいた白菊に結わえつけてある。

薄様を開くと、このたびも御真筆で、

と、書かれていた。これはウーにも見覚えがある。「長恨歌」の一句だ。始皇帝が、国を傾けるご寵愛を賜った楊貴妃と一夜を過ごす一節である。「楼閣での饗宴が終われば、春のごとき酔い心地を二人で味わう」――つまり、東宮は大胆にも、このたびの二人を皇帝と貴妃になぞらえているのだった。込められた意味は、「国を傾けてしまいそうなほど深くあなたを想っています」といったところか。

ウーはうろたえ、赤面して紙面に突っ伏した。言葉遊びだとわかってはいるが、いろいろとあやうきに過ぎる。

ウーの表情や振る舞いから、文を見ずとも内容は察せられたようで、女房はころころとかろく笑った。

「どうぞお早くお返事差し上げてくださいませ」

「……やはりそういうものなのですか?」

「『後朝』と申しまして、共寝の朝の文は、早ければ早いほど愛情が深いと言われます。宮様に恥をかかせるわけにはまいりません」

――と言われても、二人の「愛情」にはまだ大きな齟齬があり、ウーの望みを東宮が受け入れてくれるかもわからないのだが。

それでも、ウーは立場上、彼に恥をかかせるわけにいかないと理解していた。それに、あの溌剌とした東宮が人前で恥をかかされる姿を想像すれば、やはり気の毒になってしまう。ウーは女房に頼んで硯（すずり）と筆を用意してもらった。

問題は返事である。初めの文のときには幸臣がいたが、今頼れるのは目の前の女房しかいない。

「すみません。『秋の夜は長いと申しますが、あっという間に明けてしまいました』と、和歌の句でお返事したいのですが……」

ウーが言うと、女房は戸惑うでもなく、「承知しました」とうなずいた。迷いなく懐紙にさらさらと何事か書きつけ、ウーに差し出してくる。

「こちらでいかがでございましょうか。秋の夜長は名のみなりけり……『秋の夜は長いと申しますが、それは名ばかりのことで、とても短く感じられました』という意味でございます」

（なるほど、幸臣殿が言っていた「歌詠みの才」とはこれか）

当意即妙な反応に感服する。

「ありがとう。そちらにさせていただきます」

ウーは彼女の筆を手本に、早速返事をしたためた。黄から瑞穂に伝わった真名はともかく、瑞穂国独自のかなはさっぱりわからない。やはり近いうちに誰かに教わらねばと思いながら筆を運ぶ。

「これで大丈夫でしょうか」

念のため彼女に確認してもらうと、彼女は「なんと」と感嘆した。途端に不安になってしまう。

「何かおかしかったでしょうか?」

「いえ……、失礼いたしました。御方様の水茎がたいそう美しかったもので……」

「水茎?」

「筆蹟のことでございます。『水茎の跡』とも申します」

「そうなのですね」

うなずいてから、字を褒められたのだと思い至り、ウーは「ありがとうございます」とつけ足した。

西京の離宮では、余りあるほど時間があった。余暇を埋め、寂しい心を慰めるのには、読書や管弦だけでは足りず、名筆と名高い書画を写して過ごすこともあったので、そのおかげかもしれない。

そのウーの目から見て、目の前の女房の筆は大変なめらかに美しく、品のよい風情が感じられた。

「わたしは瑞穂に来たばかりで、和歌もかなもわかりません。もしよろしければ、教えていただきたいのですが……」
おずおずとウーが申し出ると、
「わたくしがでございますか？」
女房は目を丸くし、「宮様次第でございますわね」と、かろく笑った。

さて、後朝の文の返事をしたウーは、再び寝台に横になった。眠りの気配は遠かったが、座っているには体がつらい。備前と名乗った先の女房が蔀戸を上げていってくれたので、御帳台の内からも明るい庭が見えた。秋風が通り、熱を溜め込んだ体に心地よい。

一度、備前が食事をうかがいに来てくれたが、食べられそうにないので断った。心も体も、まだいっぱいだったのである。

夢とうつつを行き来しながら横になっていると、表のほうから簀子縁を歩く足音が聞こえてきた。

「白菊の君。お加減はいかがか？」
帰宅の挨拶もなく寝台の帳にすべり込んできた東宮は、気遣わしげな表情と声ながらも、その目はきらきらと眩しくて、ウーは思わず相好をくずした。彼の率直な気持ちと行動が愛おしく感じられたからである。

(闊達で好ましいお方だ)

そう感じた自分のこともまたうれしく思いながら、ウーは体を起こした。

「おかえりなさいませ」

「よい。食事も食べられていないのだろう」

とっさに支えてくれた彼に、ウーはひかえめにほほ笑んだ。

「そろそろ体の向きを変えたいと思っていたのです。外の空気も吸いたいので、よろしければ、縁までお連れいただけますか?」

腕か肩を貸してほしいと言うつもりだったのだが、「わかった」と応じた東宮は、軽々とウーを抱き上げた。思わず「わっ」と声がもれる。

「やめ……っ、怖いです!」

「はは、摑まっておけ」

屈託なく笑いながら、東宮はウーを縁まで運んだ。本来、こんなことを頼める身分でも、頼まれる身分でもないのだが、体を重ねたことで気安くなった部分は確かにある。気恥ずかしく、くすぐったい。けれども、けっして不快ではない。簀子縁に下ろされるのが、少しもったいないと思うほどだった。

「お力が強くていらっしゃるのですね」

ウーが感心して言うと、彼は「あなたは少し軽すぎる」と眉をひそめた。

「もう少し肉をつけてもらわないと、そのうち壊してしまいそうだ」

「あなたは、そんなご無体はなさらないでしょう」

おだやかなウーの言葉に、彼はばつが悪そうな表情になった。高欄に上体をあずけたウーの腰をそっと撫でる。

「そのつもりだったのだが、自分で自分が信じられなくなってしまった。わたしは、わたしが思っていた以上に我慢が利かぬけだものだったらしい……」

その手が思いのほかやさしく、心から悔やんでいる声音だったので、ウーは二夜にわたる蹂躙と今朝の拙速を許すことにした。

「わたくしは、『卑』と蔑まれ続けてまいりましたが、それでも、けだものに体を下げ渡すようなまねはいたしませぬ」

ウーが言うと、彼はますます肩を落とす。

「本当にすまなかった」

「わたくしが、わたくしを差し上げたのは、誇り高き瑞穂国の東宮殿下だったはずですが？」

彼はようやくウーと視線を合わせてきた。

「だが、今朝は怒っていただろう」

「そうですね。今朝は、あなたがあまりにも強引だったので」

「……それは」と、彼が釈明しようとするのを止めた。

「怒ってはいませんが、戸惑っていたのです。わたくしも、どうしたらよいか、自分の気持ちがわかりませんでした」

ウーの言い分に、彼は彼なりの答えを探していたようだったが、最後に口に上ったのは、「すまぬ」だった。

気性の荒い若獅子はどこへ行ったのかというありさまだが、油断してはならない。あの獣性は今も彼の中にひそんでいる。みだらに雄の種をほしがるけだものが、今もウーのどこかにひそんでいるように。

それでも、こうしてきちんと話ができることがうれしかった。自分たちはけだものではない、人だと思える。

ウーは、高く澄んだ秋空を振り仰いだ。はるかかなた、同じ空の下にあるはずの母国を眺めるように。

「瑞穂へ来ることが決まったとき、刀を一振賜りました」

「標の太刀だな」と、東宮がうなずく。

標の太刀とは、使節として任命を受けたしるしの刀のことだ。帰朝報告の儀では、遣黄使の大使が主上に返上していた。だが、ウーが父帝から賜ったものはそれとは異なる。

ウーは首を横に振った。

「蛮族に犯されるようなことがあれば、辱めを受ける前に自決せよという意味でございます」

東宮は涼しい目を大きく見開いてウーを見た。無理もない。彼は生まれてから今まで一度も、「蛮族」などと貶められたことはなかっただろう。もちろん、実の父から死を賜ったこともないはずだ。二重の衝撃は、確かに彼を傷つけた。

瑕（きず）なき玉のごとき彼に、小さな瑕をつけたことを、ウーはひそかに喜んだ。そういうゆがんだ部分が自分にはある。

「わたくしは、十歳で『卑』だとわかってから十八まで、生まれてこなかったものとして扱われていました。加冠を許されず、諱も字（あざな）も与えられず、挙げ句、蕃地と見下す島国へ下賜品のように下げ渡され、犯されて生き恥をさらすくらいなら潔く死ねと刀を賜った。すべて、わたくしが『卑』であったからです」

「……」

東宮は何事かを言おうとして、やめた。彼は賢明だ。今彼が何を言おうとも、ウーの過去を否定することも、慰めることもできない。

「わたくしが『卑』だと判明したのは、十歳の桃花の宴でございました。その夜、わたくしは初めて発情期を迎えたのでございます。発情香を撒き散らし、父をはじめとした『尊』の方々をけだものに変えてしまった。そのときには命からがら逃げ延びましたが、代わりに母が死を賜りました。母は『尊』の子を産むはずの『卑』でしたが、生まれたわたしが『卑』だったとわかったからでございます」

東宮はもはや声もなく、ウーの言葉に耳を傾けていた。聞きたくもないだろう耳の汚れを、ウーのために、語るのがウーだから聞いている。そこには確かに愛があった。

「あなた方瑞穂国の人々は、わたくしを『稀人』と求めてくださいます。蔑むこともなさらない。ありがたいことだと思っています。けれども、わたくしは十八年、黄で生まれて生きてきました。いきなり『あなたは尊い』と言われても、染みついた考えはそうすぐには改められません。『稀人』だからと求められても、けだもののように交われ孕めと命じられているように感じられるのです。それでは『卑』と変わりません」

ウーは静かに東宮を見つめた。翡翠の瞳は、高く澄んだ秋空を映し、透きとおるようだった。

「お願いがあるのです」

「聞こう」

「このたびのことは、酒で酔った上でのこと、互いに発情した結果といたしましょう。その上で、もし、あなたがまだわたくしを求めてくださるなら、今度こそ、わたくしがわだかまりを捨て、わたくしの気持ちが真にあなたに染まるまで、お待ちいただけないでしょうか」

「……」

痛むような表情でウーの願いに耳を傾けていた東宮は、ややして、「それはいつだ？」とおたずねになった。

「わかりません」と、ウーは答えた。

「……あなたに、わたしの気持ちを告げることは？」

「していただけるなら、うれしく存じます。こんなお願いをして、信じられないかもしれませんが、あなたのことは本当に慕わしく思っているのです。このたびご寵愛をいただいたのも、確かに合意の上のことでした。これからも、望んでくださるならお側におりますから、どうか……」

機が熟すのを待ってほしい。東宮という人を知り、自分という人を知ってもらう。その上で、心から彼を愛しいと思えるまで。

ウーは口にはしなかったが、それはそう遠いことではない気がした。あとはそう、白菊が移ろい、色づくまでくらいのことだろう。

東宮はしばし黙考していたが、ふっと困ったように眉を寄せて笑った。率直で少年のような彼には似つかわしくない、大人びた表情だった。

「わかった。それであなたの心が得られるなら、わたしは受け入れ、尽くすだけだ」

そう言って、彼は誓いのように、ウーの額に口づけた。

　ウーが笛を楽しむ気力も使い果たしてしまったので、秋の日の午後は碁を打って過ごした。ウーは高欄に身をあずけ、時折うとうととまどろむこともあった。

　何度目かのうたた寝から目覚めたとき、東宮は碁盤ではなくウーを見ていた。物思いの色濃い声音で、「ウー殿」と呼ぶ。

「はい」

「あなたは諱も字もないと言ったが、それでは『ウー』は幼名か？」

「はい」と、ウーはうなずいた。

「第五子でしたので『五』と……」

「気に入っていらっしゃるのか？」

　たずねられ、ウーは苦笑した。気に入るも入らないも、名とも呼べないその幼名だけが、この世でウーを表す唯一の記号だ。ここ数日、目の前の方から「白菊の君」とは何度か呼ばれたが。

　やんわりと首を横に振ると、東宮は真剣な表情で言った。

「それなら、わたしがあなたに名を贈っても？」

　思いがけない申し出に、ウーは瞳を瞬かせた。

「一度とはいえ、あなたはわたしと契ったのだ。もはや童とは言えまい。加冠はすぐには難しいが、名なら今すぐ贈ることができる」

「……まことでございますか……」

もう一度、ウーは呟いた。それほど信じられないことだった。十歳で止まったウーの人生を、生きた人として動かす名を、この方が与えてくださるのか。

ウーの反応に彼は目を丸くし、せつなくなるほどやさしい笑みを浮かべた。

「どんな名がよい？」

「あなたからいただけるなら、どのような名でも」

「言ったな。本当に名乗れよ」

軽く笑って、彼は「翠玉」と言った。

「すいぎょく……」

「こういう字だ」

東宮はウーの右手を取り、その手のひらに指で書いた。翠。玉。

「黄語でなんと読む？　おかしな意味ではないだろうな」

「翠玉と……宝玉の一つですね。透きとおった、美しい緑色の石です」

「よし」と、彼は、久々に晴れ晴れと笑った。

「黄王家は李姓だったな。たった今から、李翠玉があなたの名だ。字は『白菊』となさるがよい」

「……」

それを聞いた瞬間、覚えず、ウーの双眸から——二つの翠玉から涙がこぼれた。母が縊られ頸をさらされたあの日から、発情期に苦しんだ夜にも、「島」へ行けと命じられたときにも、目の前の人に蹂躙されても流れなかった涙が、止めどもなくあふれてくる。

「ウー……いや、翠玉殿」

瑞穂の音でその名を呼んで、東宮は困ったように行き場のない手を泳がせた。

「……あなたを抱きしめても?」

翠玉は思わず笑ってしまった。あれほど強引で傲慢な一面をもっているくせに、今の彼はまるで純朴な少年のようだ。

「どうぞ。……どうか」

抱きしめてくださいと、両腕を差し出すと、東宮は強く翠玉を胸に引き寄せた。やさしい白檀の香りが翠玉を包む。

「ありがとうございます」と、声を絞って、翠玉は泣いた。

その晩、東宮は寝所で翠玉と餅(もち)を食し、これをもって露顕(ところあらわし)とした。

高貴なる「稀人」李翠玉が、新たなる東宮英明親王妃として知られた夜である。

五　奸計

初冬になった。

天はますます高く澄み、紅葉が山から里へと駆け下りてくる。数日前、北の奥山には雪が降った。昼前には溶けてしまったが、今年の初雪はずいぶんと早いらしい。女房たちが、慌てて火鉢を用意してくれた。

瑞穂国では、例年初冬朔日（さくじつ）に、衣類や調度品を夏のものから冬のものへと入れ替えるのだそうだ。それに合わせて、梨壺（なしつぼ）の東宮御所では新しい東宮妃の衣類や調度品が誂（あつら）えられた。

通例であれば、妃の里が後ろ盾となって盛大に行われる入侍（にゅうじ）だが、翠玉の里ははるか大海のかなたである。いくら身分は高くとも、瑞穂においては寄る辺なき身。ややもすると、妻とすら認められぬ境遇だが、そこは彼を深く愛する夫が譲らなかった。後見人には夫である英明親王が自らなり、膨大な量におよぶ衣類と調度品を用意したのは、妃の里である黄からの帰化人とその末裔たちだった。

朝廷の中央でこそあまり目立った活躍はないものの、ひとたび市井に目を向ければ、名だたる高僧から、仏師、医師、薬師、貿易船の頭領、織物や陶磁器などの職人たちまで、元黄人には実にさまざまな才や技巧を持つ人が大勢いる。彼らは独自のつながりをもっていて、東宮と縁ある高僧の呼びかけに応じ、故郷を同じくする翠玉のために少しずつ協力して、入侍を守り立ててくれたのだった。

何もかも異例尽くしの入侍となったが、おかげで梨壺の東宮御所は摂関家から入侍があったときにも増して華やかになったばかりでなく、どことなく異国情緒ただよう空間になっている。それが若く見目うるわしい東宮夫妻によく似合っているのだと、宮仕えの女房たちのあいだではもっぱらの評判だった。

「白菊様、少しお休みになられては？」

備前に声をかけられて、翠玉は裁縫の手を止めた。

黄でもそうだが、瑞穂国でも、裁縫は妻の重要な仕事の一つだ。黄にいた頃は嫁ぐつもりなどなかったので、裁縫も女官にまかせきりだったが、曲がりなりにも東宮妃となったところへ、「妻の教養」と言われると、「できません」「やりません」とは言いにくい。まずは試しに大帷子から……と、入侍の際に献上された反物から扱いやすそうな生地を選んで縫い始めたのだが、これがなかなか難しいのだった。

今日の翠玉は下みずらに、表に白、裏に濃蘇芳(こきすおう)の直衣を重ねた蘇芳菊の装いである。普段は気にかけたこともなかったが、この袍も誰かが縫ってくれたのだ。改めて見ると、縫い目は細かくまっすぐで美しい。翠玉はほっとため息をついた。

「めずらしいな。縫いものか？」

ちょうど外から戻ってきた東宮が、御簾をくぐって入ってきた。翠玉を囲んで談笑しながら手を動かしていた女房たちが、慌てて几帳の後ろへすべり込む。

東宮は、今日は表に蘇芳、裏に黄色を重ねた、櫨紅葉(はじもみじ)の直衣姿だった。まるで山の彩りが、風に乗って雲居にまで吹き込んできたかのようなあでやかさである。

「おかえりなさいませ」と、翠玉は縫いかけの大帷子を脇に置いた。

「今から休憩にするところです。菓子など、ご一緒にいかがですか？」

「もらおう」と、東宮は翠玉の隣に腰を下ろした。

「すごいな。あなたは針仕事までできるのか？」

さりげなく隠そうとした大帷子をのぞき込まれ、翠玉は首を横に振った。

「いえ、それがまったく……。思い立って教わっているのですが、難しいですね」

「どうなのだ？」

問いかけられ、裁縫を教えてくれている小鈴(こすず)という女房が、うわずった声で答えた。

「御息所様は、何をなさってもご熱心であらせられて……」

「和歌とかなの次は裁縫か」と、東宮は朗らかにお笑いになっている。

当代一の歌詠みとして名高い備前を師に、翠玉は東宮も驚く速さで和歌とかなを修めつつあった。

元より詩文についての知識は文章博士に勝るとも劣らず、真名においては能書家の誉(ほま)れ高き僧を唸(うな)らせる達筆ぶり。糸竹については言わずもがなである。七月の旅のつれづれに幸臣から学んだ瑞穂の言葉は、すでに会話に困らない域に達し、東宮から贈られた詩に和歌で返す機転もある。次々と思いがけない才能を発揮するのを小気味よく感じたらしく、近頃の東宮は、次に翠玉が何をしてみせてくれるのか、わくわくとおもしろがっているふしがあった。

翠玉は眉尻を下げて東宮を見た。

「まことに残念でございますが、わたくしに裁縫の才はないようです。手先が不器用なので、針目が不格好になってしまって……」

「それもよい」と、東宮は目を細めてうなずいた。

「あなたほど多才な人もそうはいない。一つ二つ欠けているところがあるほうが、かえって人間味もあるというものだ」

「……御召し物を縫って差し上げたかったのです」

悄然と呟くと、東宮は瞠目し、破顔して、「白菊」と抱き寄せてきた。愛情を隠さない行動に、どきりとする。

あの日から、二人は契りを交わしていない。今のように東宮が翠玉を抱きしめたり、時に口づけたりすることはあるが、閨を共にしていても、体をつなげることは一度もなかった。

「待ってほしい」と翠玉は言い、彼は「それであなたの心が得られるなら」と受け入れた。

「貴人」と「稀人」。本能にまかせて交わり子をなすことはたやすい。けれども、人間らしく心から結ばれたいと望んだ翠玉に、彼は応えてくれている。それがとてもうれしく、同時に少し申し訳ない。だから、せめて妻として彼のためにできることをと、思ったのだが。

彼の手に自分の手を添え、「すみません」と謝る。

「何がだ?」

「詩歌管弦などよりも、裁縫のような手業に優れているほうが、何かとお役に立てたと思います」

すると、東宮は「それは違うぞ」とおっしゃった。

「わたしは、縫い子がほしくてあなたを妃にと望んだわけではない。あなただから、すべてがほしいのだ」

翠玉はほんのりと頬を染めた。胸の奥がくすぐったい。思わず彼の腕に額を寄せると、ほのかに甘い、白檀に似た香りが鼻先をかすめた。発情香よりずっとやわらかな彼の匂いが、翠玉はとても好きだ。本能に訴えられているわけでもないのに、なんだかたまらない気持ちになってしまう。

ほほ笑ましいやりとりに、几帳の向こうの女房たちがくすくすとさざめく。

二人のあいだに閨事がないことは、ここにいるすべての者が知っている。あの夜以来、二人の茵からあの濃密な発情香がただよってきたことは一度もないからだ。だが、この仲睦まじいようすを目にして、不仲を疑う者はいない。梨壺の女房たちは、皆、閨事の有無など些細なことと言わんばかりのなごやかさなのだった。

そんなわけで、露顕から約半月、東宮夫妻はこれ以上ないほど睦まじく日々を暮らしていた。ことに、東宮英明親王が翠玉にかけるご寵愛は、海よりも深いともっぱらの評判である。それは、東宮が彼を妃に迎えて早々に自分の代では後宮を置かぬと宣言したことに象徴されていた。

瑞穂国の内裏には帝の後宮として用いられる殿舎がいくつもあり、今上帝をはじめ、歴代の帝のほとんどが複数の后妃を後宮に置いている。理由は多々あれど、もっとも重要な目的は、確実に優秀な世継ぎを得ることだ。ゆえに、多産で「貴人」を多く産む「稀人」

が立后すると、建前上、後宮を置く必要はなくなる。

とはいえ、現在の後宮は、政治権力の均衡と密接に関係している。諸卿の中には、娘を后妃として入内させ、宮廷での権威を高めたいと目論む筋が少なくない。彼らにとって、後宮廃止はすなわち外戚の地位を得る機会を失うということだ。そういった不満に対し、「御息所の里は黄であり、このたびの入侍によって国内の除目に影響はない」と押しての宣言である。

紛糾する殿上の御方々を睥睨し、東宮はこうおっしゃったという。

「わたしは白菊しか望まぬし、白菊以外に夜伽はさせぬ。娘を咲かぬまま枯れる花にしたくなければ、入内など望まぬことだ」

東宮英明親王の、白菊御息所への比類なきご寵愛を表すできごとだった。

宮仕えの女房たちは、「比翼連理とはまさにこのこと」と賞賛と羨望で沸いているが、当然承服できない者もいる。

初冬十八日、宮中で催された残菊の宴。咲き残った最後の菊を愛でつつ、詩歌をたしなむ酒宴である。

その宴席に、翠玉は招かれていた。「妃」としては異例だが、彼は同時に黄の特使であり、当代においては詩も書も他に見ぬ才の持ち主である。「是非に」と請われてのことだったが、その要請には他の意図もあるようだった。

「法としてそういう特例があるとはいえ、本当に後宮を置かなかった主上など、天地開闢以来およそ七十におよぶ御宇でも聞いたことがございません」

主上や東宮、諸卿らの前で、おそれることなくその話題を口にしたのは、黄特使ウーの饗応の席で、ウーに箏の演奏を勧めたあの公卿だった。

男の名は藤原真在。五つある摂関家のうち、もっとも隆盛を誇る家の当主で、内大臣に就いている男だ。

やんごとなき風格に満ちた男は、今宵もあの夜と同じく、おだやかな笑みを浮かべている。

「白菊御息所におかれましては、ご自身の国を遠くお離れになりましても、まこと身の栄えはこの上なきことでございますな」

朗らかな笑い声に、他の諸卿らが追随する。御簾の内、翠玉は重たげな睫毛を揺らして、ゆっくりと瞬きした。

歓迎の饗応のとき、ウーには彼の笑みの下にある真意が読めなかった。だが、後宮に暮らして半月、女房たちの噂話などから、宮廷における権力関係を垣間見てきた翠玉には、彼の言葉にこめられた悪意がよくわかる。

翠玉の夫である英明親王の前妃有子は、内大臣と政敵関係にある右大臣の娘だった。彼にとっては都合のよいことに、流行病で前妃が亡くなり、新たに東宮妃として娘を入侍させる話が決まりかけていたところへ、突然あらわれたのが翠玉だったというわけだ。

(正妃の座をかすめ取られた上に、入内すらもかなわぬとなれば、さぞかしおもしろくないことだろうな)

先ほどの彼の言葉は、祝言に見せかけて、裏を返せば「母国に見捨てられた皇子など、後ろ盾のない、頼りない身のほどをわきまえて、でしゃばらず、おとなしくしておけ」という意味だ。

(これを聞かせたいがための出席の要請か)

あいにく、翠玉にはどうにもできないのだが。

この場の全員が知っているように、このたびの入侍は東宮が強くお望みになってのことである。後宮廃止の宣言についても、東宮がお一人でお決めになったことであり、翠玉が入れ知恵をしたわけでも、ましてや頼んだわけでもない。むしろ、あとからうかがって、「よくもそんな無理筋を」と眉をひそめたくらいなのだが。

隣にいらっしゃる東宮から、視線が投げかけられるのがわかった。視線を返し、安心させるように軽くほほ笑む。

父母に愛され、皆に望まれて東宮に立った彼には想像もつかないだろうが、ヤシュムとウーの母子が黄の後宮で味わった差別といやがらせは、こんな上品なものではなかった。

誹謗(ひぼう)中傷罵詈(ばり)雑言は陰でも面と向かってでも日常茶飯事、口にするのもはばかられる物理的攻撃も多く受けた。挙げ句の果ての絞首、幽閉、追放である。

辛酸を舐め続けてきた翠玉にとって、東宮ご自身に不都合が降りかからないのであれば、この程度、今更痛くもかゆくもなかった。不用意なことは言うべきではないし、答える必要もないので、ただ黙っておけばよい。さいわい、内大臣と翠玉のあいだには、以前にはなかった御簾が下がり、歴然とした身分の差として二人の世界を分けている。

翠玉が相手にしていないことに安堵したのだろう。東宮はそしらぬ顔で、「然様。里遠く、頼りなき妃であれば、ぜひとも大臣にもお力添えをいただきたい」と返した。こちらもなかなかの狸ぶりだ。翠玉は笑みを深くした。


だが、思えばそれは宣戦布告だったらしい。

数日後、翠玉は夕食の膳と共に運ばれてきた酒に違和感を覚えた。いつもの女房がいつものように運んできてくれたので疑わず口に含んだが、甘い酒に混じるかすかな匂い——。

(……これは)

翠玉はやおら立ち上がり、唾壺に酒を吐き出した。

「どうした？」

東宮が驚いた顔でこちらを見ている。

翠玉は懐紙で口元をぬぐいながら、けわしく唾壺を見下ろした。銀製の唾壺は、翠玉の吐いた酒に濡れた部分だけが黒く変色している。

言いたくはなかったが、目の前で見られていたのでごまかしようがない。翠玉はできるだけ落ち着いた声音で言った。

「……おそらく毒でございます」

「なんだと⁉」と、東宮が顔色を変える。

「以前同じものを口にしたことがあるので気づきました。……失礼します」

翠玉は東宮の高坏から盃を取り、慎重に顔を近づけた。匂いを確かめ、中の酒を一舐めする。

「翠玉！」

「……大丈夫。こちらには入っておりません」

平静な態度で盃を高坏に返す翠玉を、東宮は呑まれたような表情で見ている。気づいた翠玉は、眉尻を下げ唇をゆがめた。

汚らわしい異国の「卑」が産んだ皇子、あってはならない「卑」の皇子をなき者にしようとたくらむ輩(やから)は、ウーが物心つく前から黄を出るまで絶えなかった。宮廷において、毒殺はもっともよく取られる暗殺手段の一つである。飲食物に混ぜられた毒を口にし、生死の境をさまよったのも、一度や二度のことではなかった。ある程度長じてからは、抵抗力をつけるため、自ら薄めた毒を飲んで体を慣らした。その一つと同じ匂いが、自分の酒からしたのだった。

「……調べさせよう」

衝撃と怒りを隠しきれぬ重苦しい表情で東宮は言った。翠玉以上に動揺している。翠玉は当事者の自分を差し置いて、つい「お気の毒に」と思ってしまった。

瑞穂国とて、宮中の権謀術数は黄とたいして変わらぬように見受けられるが、それにもある程度の濃淡はある。

英明親王は、今上帝の長子として、現左大臣の二の姫である弘徽殿中宮の腹から生まれた。時の権力者を後ろ盾に持ち、きょうだいは皆内親王ばかり。一昨年、彼が東宮に立ったのち、ようやく異母弟が一人生まれたばかりである。

そんなわけで、彼は今まで誰とも東宮位を争ったことがなかった。雲居に生まれ育った人間のさだめとして、はかりごとを知らぬではないだろうが、それでも周りに大事にされて、比較的平和に、おだやかに生きてこられたがゆえの、まばゆい朝日のような闊達さなのである。

(わたくしのような妃を娶ったせいで……)

口にすれば確実にたしなめられるだろう言葉を胸の裡で呟き、翠玉は夫の隣に座った。彼の心を癒やすように、そっと彼の手に手を重ねる。

「……大丈夫だ」

翠玉がおそろしさから身を寄せたと思ったらしい。東宮は翠玉の手を引いて、胸の中で抱きしめてくれた。やわらかな白檀のような香りが翠玉を包み込む。

(あたたかい)

たまらない気持ちになり、翠玉はきつく目を閉じて、夫の背を抱き返した。

疎んじられ、憎まれることに慣れすぎた人生だった。毒を盛られても動じないのは普通ではないのだと、彼を見て改めて気づく。思えば、このように翠玉を抱きしめてくれたのは、母ヤシュムを除いては、この年下の夫ただ一人なのだった。

今更のように冷えた心をあたためるように、翠玉は夫の胸にすがった。

そのようなことがあって、東宮は御息所をともない、平和京の北東、大原(おおはら)の里へ行啓されることとなった。出家し、尼寺で暮らしている祖母を訪ねるため——というのは建前で、実際のところ、しばらく内裏を離れたかったからである。

翠玉に毒を盛ったのは、近頃梨壺に入ってきたばかりの女房だった。とはいえ、ことが起こったときには、すでに行方(ゆくえ)をくらましていたため、真偽のほどはさだかでない。宮中への紛れ込み方や、ことに及んでからの身のくらまし方があまりにあざやかだったので、宮中手引きをした者の存在が疑われたが、そこまで洗い出すことはできなかった。翠玉の身を案じた東宮が行啓を提案し、お心やすまらない東宮のお慰めになればと翠玉が了承したかたちである。

大原では、東宮の祖母の住まう尼寺近くに御泊所を構えた。鄙の賤家の風情だが、手入れは行き届いており、木の葉の落ちる音も聞こえそうな静けさが、冷たく張り詰めた初冬の空気を、より味わい深いものにしている。二人は朝も明けやらぬうちから読経して、山の紅葉の色合いを愛で、雁音に合わせて糸竹を奏でて日々を暮らした。

四日目、今日は祖母のところへ本寺から従兄弟の阿闍梨がいらっしゃるというので、東宮は寺を訪ねていった。

山里は冷たい時雨に濡れている。つれづれに庭を眺め、翠玉はため息をついた。

いつまでもここにいるわけにはいかない。わかっている。ただでさえ、後宮廃止の宣言から、夫と自分の周りには「傾国」の語がちらついているのだ。翠玉はそこまで東宮が暗愚だとは考えていなかったし、いざとなれば自分が諭してでも政はしていただく。けれども、このまま大原での逗留が長引けば、その噂も真実味をおびてしまうだろう。そろそろ内裏へ帰らなければならない。けれども、東宮のほがらかな笑みを見ると、翠玉もこれでよいのかもと思ってしまい、一日また一日と時が過ぎてゆくのだった。

ほとほとと御泊所の木戸を叩く音がしたように覚えて、翠玉は庭からそちらへ視線を移した。

　ややして、女房が一人、翠玉のもとへやってきた。

「ご機嫌うるわしゅうございます。宮様より、お迎えが参っております」

「迎え？」と翠玉は首をかしげた。

「今日は、宮様お一人でとのことだったはずですが……」

「なんでも、吉川阿闍梨（よかわのあじゃり）様が、是非とも御息所様から黄の話をうかがいたいとおっしゃっていらっしゃるそうで……」

「ああ、そうなのですね」

　それはいかにもありそうなことだった。吉川阿闍梨といえば、先の入侍の際にも力になってくれた方の一人である。

「わかりました。わたしもご挨拶申し上げたいので、うかがいましょう」

　翠玉は葉菊の直衣を整えると、軒につけられていた牛車に乗り込んだ。御所から大原まで乗ってきた牛車とは違い、車副（くるまぞえ）の男たちもいなかったが、鄙の仮住まいのことであるからと深くは考えなかった。

　──が。

（しまった……！）

　牛車の中には先客がいた。巌（いわお）のように屈強な男が一人と、人相の悪い男が一人。悪人相の男がニィッと笑う。男二人に摑みかかられ、あっという間に床に押しつけられてしまった。

「いっ……！」

後ろ手に縛り上げられ、痛みに声をあげたところ、口に布を嚙まされた。

「騒ぐな。殺されたくねェだろう」

人相の悪い男が低くくぐもった声で言った。宮中の言葉遣いとはかなり違うが、聞き取れないことはない。ぎ……と、牛車が動き出す。

翠玉は男を睨みつけた。騒いでも騒がなくても、十中八九殺されるに決まっている。悪人相の男は愉快げに顔をゆがませた。

「ハァ、気の強ェお公家さんだな。しかも、どえらい美人ときてらァ」

「そうですかァ？　見てくだせェよ、この目の色。バケモンみてェで気味悪ィですぜ。肌の色だって、これ、皮膚病じゃねェんですか？」

「バーカ。大陸の西の方にゃ、生まれつきこういうなりの人間がいるんだよ」

大男の頭を叩き、悪人相の男が翠玉の顎を摑み上げた。どうやら彼が賊の中心人物らしい。

男はからんだ顎髭をさすりさすり、翠玉の顔をのぞき込んだ。

「しっかし、マジできれェだな。こいつ、例のアレらしいぜ。『稀人』とかいうやつ」

「ええ、マジっすか⁉」と、大男が素っ頓狂な声をあげた。

「あの、ドエロいって評判のやつ⁉　すげェいい匂いで男誘って食うっていう……⁉」

「それそれ。こいつも色仕掛けでやんごとなき方をたぶらかしたせいで、お偉いさんに目ェつけられて、こんな目に遭ってるってわけよ」

「ッハー、すげェな」

にわかに興奮した男の生あたたかい息が頰を撫でた。

「『稀人』なんて本当にいたんですねェ！」

「おれだって実物見るなァ初めてだぜ」

下卑た笑いを浮かべた顔を近づけられ、翠玉は眉をひそめて顔を背けた。ハッと鼻で笑われる。

「いいのかァ？　おれらのご機嫌を取っとくほうが得策だと思うぜ。なんせ長旅になるんだからな」

誰が、と心の中で撥(は)ねつける。だが、「長旅」という言葉は気になった。いったいどこへ連れていこうというのか。

男は獲物をもてあそぶ口調で、にやにやと言った。

「どこへ行くんだって顔だな。いいぜ、教えてやらァ。あんたァ、今から摂津(せっつ)の江口(えぐち)に売られて、男ォ取らされるんだよ」

「摂津」も「江口」も翠玉にはどこだかわからない。だが、「男」のあたりで想像がついた。国が違っても、下衆の考えることは似たり寄ったりである。

じわりと焦りが胸に湧いた。男娼のまねをさせられるなど絶対にごめんだ。だが、こんなときにかぎって、守り刀を置いてきている。落ち着けと自分に言い聞かせた。賊は牛飼を含めて三人。急いてはことをし損じる。

(しかし、どうする)

さいわい、牛車の進みはごくゆっくりだ。飛び降りても死にはしないだろう。問題は、縛られた格好で、男三人から逃げおおせられるかどうかだった。翠玉は、多くの「稀人」がそうであるのと同様に、荒っぽいことは得意ではない。慎重に男たちを観察し、機会をうかがう。

そのうち、屈強な男のほうが、我慢ができなくなったように言い出した。

「ねェ、ちょっとだけ、売る前に試してみねェですか?」

「試すって」と応じた悪人相の男が、いやらしい目で翠玉を見た。

「あっちをか?」

「だって、『稀人』っつったら、すっげェ具合がよくて、突っ込んだら極楽だって言うじゃねェですか」

「……まァな。どうせ客を取らせるんだしな」

「でしょう。その前にやっちまいましょうよ」

「ずりィですよ。おれもやる」

外から牛飼が叫び、人相の悪い男が「しょうがねェな」と言ったことで、三人の意見は一致したようだった。

(下衆どもめ……!)

噛まされた布に奥歯を立てる。こんな男たちに犯されるなど、冗談ではなかった。怒りと憎悪が胸を焼く。「貴人」も「稀人」も関係ない。こういう人間をこそ、けだものと言うのだ。

油断なく男たちを睨みながら、翠玉は夫である英明親王を思った。

一度契りをかわしたあと、気持ちが追いつくまで待ってほしいと翠玉は言った。「貴人」として「稀人」を抱くのでも、夫として妻を抱くのでも、彼が無理やりにでも翠玉を抱きたいと望めば、どうにでもできた。それにもかかわらず、あの方は、翠玉の心が恋に染まるのを、ずっと待ってくださったのだった。同じ茵に入ってさえ、そういう意味ではけっして翠玉に触れなかった。ただ「待ってほしい」という翠玉の願いをかなえるためだけに待ってくださったのだ。

(……わたしは……)

他人より少し多く書物を読み、学び、この世を知っているつもりだった。人間らしくあろうとして、理性にしがみついていた。「卑」の本能をねじ伏せ、理性的であることが、人間的であると信じ込んでいた。

だが、本当にそうだろうか。

「理由なき反発こそ、もの知らぬわたしの愚かさだったのではないか」と東宮は言った。翠玉にもまったく同じことが言えるのではないか？

あの夜。本能に押し流され、たった一度、男に肌を許したとき、翠玉はこんな嫌悪は抱かなかった。あの心優しく気高き「貴人」は——そして「稀人」の翠玉さえも、けっしてこの目の前の賊どものような、真のけだものではなかった。

本能に翻弄されたことは確かだ。未知のことに戸惑い、泣かされもした。けれども、獣のような交わりの中にさえ、同意と思いやりは存在した。こんな、頭から踏みつけにされるような屈辱は、ついぞ味わうことはなかったのである。

そうでなければ——本当にあれがけだものの所業だったなら、今頃翠玉は自害している。ましてや彼の妃であることなど受け入れられるわけがない。

（……ああ、そうだ……）

翠玉は誰に命じられたわけでも、脅されたわけでもなく、彼の側にいた。ただ、「待ってほしい」と彼に願った。逃げようとも、死のうとも思わなかった。翠玉は、初めから自ら望んで彼の側にいたのだ。

（ああ、吾が夫の君。わたしの「貴人」……！）

ここで翠玉が攫われたら。もし、この男たちに犯されたなら。万が一、はかなくなってしまったら、彼の嘆きはいかばかりだろう。明朗でおおらかな方ではあるが、翠玉より繊細な一面ももっている。すでに一度妃を喪った彼を、再び悲嘆の底に落とすわけにはいかない。

（生きねば）

何がなんでも、あの方のところへ生きて無事に帰らねばならぬ。一瞬でいい、逃げ出す隙を見つけなければ――。

（……いや）

どうしても隙が見つからなければ、作ればいいのだ。

翠玉には、一つ、思いあたることがあった。十歳の、すべての運命が変わった桃花の宴。翠玉を逃がしてくれた母は、けだものの目をして迫る男たち相手にどうしたか。

（……よし）

翠玉は翡翠の目を閉じて、深く胸の奥まで息を吸った。細く、長く、ゆっくりと吐く。

その目を開くと同時に表情を変えた。視線をやわらげ、ふんわりと笑みを浮かべる。かつて、黄の宮廷においては、芙蓉、芍薬、牡丹の花と謳われ、瑞穂においては白菊の君と呼ばれている、尊い花がほころぶさまに、男たちは息を呑んだ。

「どうした？　ご機嫌を取ってくれる気になったのか？」

男の浮かべる下卑た笑みに、艶然と笑みを深くする。

どうすればいいのか——母のようにできるかを、翠玉は知っていた。あの「貴人」を、自分の夫を、全身で求めるだけでいい。下腹の、自分でも触れたことがない奥深い場所を意識する。

「……？　なんだ、この、花みたいな……」

「すげェ」

「なんだこれ、めちゃくちゃいい匂いがしませんか？」

男たちが異変に気づいて騒ぎ出す。だが、まだだ。

翠玉は「稀人」の本能を開け放った。熱をおびてどろりと溶ける全身で呼ぶ。自分の、ただ一人の「貴人」を——。

「……っ⁉」

突然放たれた強烈な誘惑香に、賊たちがたじろいだ。その隙を突いて牛車から飛び降りる。

「あっ、こら待て！」

のんびりとしてはいられなかった。「稀人」の誘惑香は男たちの隙を生んだが、それを放った翠玉の体もまた発情に浮かされている。

体が熱い。吐き気もする。ともすれば意識が飛んでいきそうだ。自ら強制的に発情しただけなので、しばらくすれば元に戻るだろうが、休んでいる時間はない。

もつれる脚で必死に走った。劣情に我を忘れた男たちが背後に迫る。――やはり、逃げきるのは無理か。

諦めかけたそのとき、「翠玉！」と呼ぶ声がした。見ると、賊のさらに後ろから、裸馬に乗った人が追ってきている。

（ああ、夫の君……！）

その瞬間の、全身が沸き立つ歓喜を、翠玉は忘れない。

翠玉のただ一人の「貴人」は、青馬に乗り、氷襲（こおりがさね）の直衣を着て、冬の光に照り輝くようだった。

「うわっ」

「ひっ……」

翠玉に摑みかかろうとしていた男たちを馬で蹴散らし、すくい上げるように翠玉を馬上に引き上げる。

ただ一人の「稀人」を奪われかけ、怒りに我を忘れた「貴人」は、腰の太刀をすらりと抜いた。

「クソ……ッ」

刀を抜いて襲いかかろうとした賊たちに、彼は一喝した。

「控えよ」

声を荒らげたわけではなかった。だが、その声は重い力となって、男たちを地に伏せさせる。彼の父、今上帝にもある、彼らの血族独特の力。あらゆる者をしたがわせる声の力だった。

やがて、東宮の従者たちが追いついてきた。彼らに捕らえられるまで、憐れな無法者たちは、一歩たりともそこから動くことができなかった。

六　比翼のつがい、連理の運命

東宮妃翠玉の誘拐は、宮中に静かな動揺を与えた。妃の名誉を慮り、表立っての詮議は行われなかったが、賊の男らの証言と、彼らの使った牛車の出所が手がかりとなり、内々のうちに何人かの貴族らが雲居から姿を消すこととなった。その多くは内大臣派の者だったが、内大臣本人にまではあと一歩、証拠がおよばなかったらしい。

「肝心の大本にまでたどり着いていないのは口惜しいが、このたびのことはここまでだ」

すまない、と詫びた東宮に、脇息に身をあずけながら、翠玉はけだるげに首を横に振った。

事件から四日。吐き気が治まるのを待ってから内裏の東宮御所に戻ってきたが、翠玉の体調は思わしくない。自ら発情香を全開にして放つなどという離れ業を使ったせいか、いつまでも微熱と体の奥が熱れたような感覚が治まらないのだ。そろそろ発情期が近いので、このまま始まってしまうのかもしれない。

翠玉のいる梨壺からは、茉莉花の蜜を煮詰めたような匂いがただよい、内裏中の男も女も「貴人」はもちろん「凡人」までも落ち着かない気分にさせていた。内裏は急遽(きゅうきょ)物忌みとなり、主上や后妃たち、わずかな側仕えの女房たちを残して、ほぼ全員が内裏から出された。

慣れないことはするべきではないと悔やんだが、一方で、東宮がその香を嗅ぎ取り、追ってきてくれなければ、手遅れになっていただろう。それを思えば、このくらいのわずらわしさはしかたないことかもしれない。

人の少なくなった静かな内裏で、二人はひさしぶりに落ち着いた会話の時間を取ることができていた。庭の菊ももう散って、冬はいよいよ年の瀬に向かいつつある。

「そもそも後宮廃止などという無理筋を通そうとなさるから、反発が起こるのです」

たしなめる口調で翠玉が言うと、東宮はあからさまに不機嫌な顔になった。

「しかし、わたしはあなたしかほしくない」

相変わらず、率直にもほどがある物言いだ。思わずぐらりと心が傾く。うれしい、わたくしもですと口走りかけ、いやいやと、翠玉はなんとか自分を立て直した。

「そんなことをおっしゃるから、わたくしが『傾国』などというありもしない汚名を着せられるのではありませんか」

「あなたは、そう言われるのも当然の美しさだが、わたしは政をおろそかにしたことはないぞ」

「当たり前です。それでも、雲居の均衡を保つには、後宮を置くのがもっとも簡単な方法なのですよ」

体のつらさから、つい、ぞんざいな物言いになる。東宮は苦笑した。

「わたしなどより、あなたのほうが、よほど皇太子らしい」

そう言ってから、黄での翠玉の境遇を思い出したのだろう。「すまない。忘れてくれ」と、めずらしく詫びの言葉を口にした。

「かまいません。そういう身の上だったからこそ、深窓の姫君を妃に迎えるよりも、あなたのお立場を汲むこともできます」

翠玉の落ち着いた声音に、東宮がかすかに眉をひそめる。

「あなたは、わたしのことが好きではないから嫉妬してくださらないのだ」

それがあまりに子供っぽい言い方だったので、翠玉はつい「いたしますよ」と言い返した。

「え」と東宮が目を丸くする。翠玉は軽く顔をしかめた。

「それは、わたくしも人間ですから、嫉妬くらいいたします。ですが、たとえば今、前御息所様がご存命でしたら、あなたはわたくしを諦めてくださったのですか?」

前東宮妃の存在を持ち出すと、夫は一瞬迷ったのち、「……いや」と答えた。

「あなたを諦めるなど、わたしにはできない」

「順番が逆なだけで、後宮を置くのもそれと同じことでしょう」

「いや、有子はもういないのだから、その喩えは成り立たない。……それより、翠玉」

「はい」

「あなたは、わたしが他の妻を娶ったら、嫉妬してくれるのか?」

突然、思いがけない質問をされ、翠玉ははっとした。遅まきながら、自らの失言を悟る。

「それは……」

視線をさまよわせる。彼と自分はもうとっくに夫婦なのだから、気持ちがそれに追いついた今、隠す必要などまったくない。気持ちが通じ合った上でのことなら、二人で本能に身をあずけても、不道徳のそしりは受けぬだろう。

翠玉が逡巡（しゅんじゅん）しているうちに、待ちきれなかった東宮が、そっと翠玉の頬に触れた。つい、視線を彼に戻す。

目が合ったとたん、自分の一番奥深いところが、じゅくりと熟れるのがわかった。「あ」と、二人、声をあげる。ふわふわとただよっていた甘い匂いは、世の茉莉花をあるだけこの場に集めたような、爛熟（らんじゅく）の香りに変化した。

「白菊の君」と、東宮は妃を呼んだ。

「はい」

「花は……」と言いかけ、涙を呑んで、男君は震え声でおたずねになった。

「花は、ようやく移ろったか……？」

「すでに」と答える翠玉の唇を、東宮の熱いそれがふさぐ。

恋い焦がれた妃の発情香にあてられて、東宮の体もまた激しく発情している。彼から立ちのぼる濃い麝香と白檀の香りは、容赦なく、だが、どこまでも心地よく、翠玉を酔わせた。

「……っは……」

深く舌をすり合わせ、蜜より甘い唾液を啜る。体は火が着いたように熱く、すでに芯からぐずぐずに溶けくずれていた。

口づけの合間に「大丈夫か？」とたずねられ、かすかにうなずく。

かつてなく激しい発情に正体をなくしかけてはいるものの、苦痛なことは一つもなかった。翠玉だけの「貴人」が側にいてくれる。彼への熱情に浮かされる体を受け止めてくれる。体だけでなく心までも交わることができるのだ。翠玉はもうそれだけで十分なほど幸福だった。

「行こう」

もう立ち上がることすらできない翠玉を抱き上げ、東宮が御帳台に向かう。

そのときだった。梨壺の洗練された女房にはめずらしく、乱れた足取りで、一人の女房が入ってきた。

「大変おそれいります……」

「あとにしてくれ」

東宮のほうもめずらしく彼女の言葉をさえぎった。当然だ。妃に焦がれておよそ一月、ようやく心まで結ばれようというときに、それ以上に大事なことがあるか。

だが、女房は床に伏して許しを請うた。

「そこをどうか……。主上からの御文でございます」

「……主上からの？」

疑念と苛立ち（いらだち）の入り交じった声で呟き、東宮は翠玉を茵に下ろすと、女房が捧げ持つ文を手に取った。乱雑なしぐさで中を検める（あらためる）。

と、そこにはかしこき手による歌が一行。

　ひさかたの雲居に咲ける菊の花　香を尋め（とめ）ゆきて折り見てしがな

「……これは……」

東宮は絶句した。

「どうなさったのです……？」

顔色を失った東宮に、茵の翠玉も体を起こす。

「いや」と、とっさに文を隠しかけ、「……いや」と、東宮はその文を翠玉に差し出した。

備前に和歌を習ってきたおかげで、翠玉にもその意味は理解できた。「宮中にただよう菊の香りを求めゆき、この手に折って愛でたいものだよ」と——。

翠玉も青ざめた。これは恋文だ。主上が親王の妃に文を寄越すなど尋常ではない。

重苦しい沈黙を破ったのは東宮だった。

「……ずいぶんと手が乱れていらっしゃる」

苦しい声で言いながら、震える指で文字をなぞった。

「主上も『貴人』であらせられるが、后妃に『稀人』はおいでにならない……さぞかし、お苦しいのだろう」

翠玉は東宮妃ではあるが、東宮とつがいにはなっていない。それゆえ、翠玉の発情香は、「貴人」であれば誰でも発情させてしまう。だからこその物忌みだったが、突然のことであったため、主上がお住まいをお移りになる時間はなかった。翠玉の発情香にあてられて発情したものの、自らの後宮に「稀人」はなく、思い悩んだ末の文なのだろうと、東宮は言いたいのだった。

「……おいたわしいことでございます」

だが、自分にはどうしようもない。主上が、発情香を撒き散らす卑しき所業をおとがめになるなら、甘んじて受けるよりほかない。

だが、東宮は耳を疑うようなことをおっしゃった。

「主上があなたをご所望になっている。……どうなさる？」

頭を殴られたような衝撃だった。目の前が真っ暗になる。

「どうとは……？」

まさか、主上のものになれとおっしゃっているのか。

信じられない気持ちで夫を見上げる。彼の苦悩の表情に、翠玉は絶望的な気持ちになった。

幾度も首を横に振り、震える声を絞り出す。

「参りません」

「だが、主上のご命令だ」

「畏れ多きことながら、お断り申し上げます」

東宮が顔をゆがめた。

「戯れを言うな」

「冗談でこのようなことは申し上げません」

「最悪、死を賜ることになるぞ」

わずかに声を荒らげた東宮に、翠玉は「かまいません」と答えた。

「元々瑞穂国へ寄越されたときに、父から死を賜ったような身でございます」

「翠玉」

東宮が強くたしなめる。翠玉は、その名の元になった青い瞳いっぱいに涙を溜め、首を横に振った。

「吾が夫の君」と、翠玉は夫を呼んだ。瑞穂国で、自分のつがいを呼ぶ言葉だ。

「わたくしは、あなたのものになると決めたのです。心を決めるのが遅かったために、主上にもあなたにもご迷惑をおかけしてしまっています。主上が死んで償えと仰せになるなら、したがいましょう。けれども、あなた以外の方のものになるくらいなら、今ここで自ら死を選びます」

厳しい口調で言いきってから、翠玉は、白菊の花がほどけるようにほほ笑んだ。

「あなたをお慕いしているのです、英明様」

「……翠玉」

茵にくずおれるように、東宮は翠玉を抱きしめた。愛しい人の匂いにあてられ、それぞれの匂いがいっそう濃密になる。

夫の胸でひとしきり泣き、翠玉は「……すずりばこ」と、声を押し出した。

「硯箱？」

「硯箱を取ってください」

立ち上がれない翠玉を置いて、東宮は御帳台を出た。翠玉の硯箱を取って返す。彼が西京から持ち込んだ、数少ない愛用の品だった。

「これでよいのか？」

翠玉はうなずいた。東宮から受け取り、蓋を開ける。そこには硯や筆、墨などが収められていたが、すべて取り出し、底の隅に爪をかけた。手が震えて、力が入らない。

「底を……箱の底をはずしてくださいませ」

「ああ」

箱を受け取った東宮が、箱の底に力をかけた。底に見えた部分がことりとはずれ、隠れていた部分があらわれる。そこに入っていたのは小さな鍵だった。

「鍵……？」

いぶかしげに東宮が呟く。

翠玉は鍵を持つ夫の手の上から、自分の手を重ねた。

「あなたに差し上げます」

ほほ笑むと、東宮ははっと表情を変えた。自らの手にある金の鍵を、食い入るように見つめる。

「あなた以外の方に差し上げるつもりはありません。……どうかその鍵だけでも、わたくしの気持ちと思って、受け取ってやってくださいませ」

——たとえ、このまま結ばれることなく死ぬことになろうとも。

東宮は唇を引き結び、金の鍵を握りしめた。再び翠玉を抱き寄せる。

「……死を賜るなら共にがよい。比翼の鳥のように、連理の枝のように、死してなお、あなたとわたしは離れられぬ運命なのだ……」

涙を含んだ夫の言葉に、翠玉は「はい」とうなずいた。


帳の中、茵に横たえた翠玉の帯を解きながら、東宮の指は震えていた。恐れなのか、喜びなのか、焦りなのか。すべてだったかもしれない。

翠玉の衣の前をくつろげ、うなじを覆う金の環に、東宮はおそるおそる指で触れた。鍵を開けやすいように、重い体をうつ伏せて、翠玉は髪をかき上げる。

かちり、と、かそけき音がして、環がはずれた。翠玉でさえ、ひさしぶりに聞く音だ。

背後から強く翠玉を抱きしめ、東宮は万感を込めた声で呼んだ。

「翠玉」

彼が贈ってくれた名だった。十歳のときに止まってしまったウーの時間は、「翠玉」の名と共に再び動き出した。瑞穂国の東宮妃、李翠玉として。

たまらなく愛しい気持ちがこみ上げる。彼と結ばれて死ぬのならそれでいいと、心の底から思った。止められない茉莉花の香りが全身からあふれだす。声にせずとも、翠玉が彼を求めていることはしっかり伝わっているだろう。だが、言葉にして伝えたかった。人として、理性ある人間として、翠玉は夫である英明親王を愛し、求めている。羞恥をねじ伏せ、口を開いた。

「英明様。どうか、お情けを賜りたく……」

ふ、と、愛しい人が笑う気配がした。涙を含んだ声が言う。

「情けを乞わねばならぬのは、わたしのほうだ。どうか、わたしをあなたのつがいにしてくれ」

無防備になったうなじに口づけられ、歓喜と期待に肌が震えた。「喜んで」とうなずいた。とろけた心が流れ出すように、花芯からも秘蕾からも蜜がしたたる。

一度翠玉を仰向け(あおむ)にして、東宮は改めてこちらを見下ろした。まだ昼前。帳をすべて下ろしても、御帳台の中は明るい。

「あなたは本当に美しい……」

心からこぼれたような感嘆をもらし、東宮は翠玉に口づけた。そう言う彼こそ、玉の汗の滲む肌は内側から光っているように若々しく美しい。この愛しい人とつがいの契りをかわすのだ。翠玉は胸が苦しくなった。

夢中で互いの舌をさぐり、あふれる唾液を交換する。快感に滲む涙を舐め、汗の浮かんだ鎖骨に吸いつき、赤い花の痕を散らして、東宮は「甘い」とお笑いになった。そっと、蜜に濡れた花芯に触れる。

「あ……！」

「ここもまた甘いのだろう？」

ささやきの意味を理解して、翠玉は「いけません」と腰をよじった。だが、脚のあいだに彼がいるので逃げられない。かえってねだったようにも見え、翠玉は羞恥に目尻を染めた。

東宮が体を下げ、したたる蜜を舐めるように、翠玉の花茎に舌を這わせる。

「いけません、そんなところ……っ」

舌に全貌を包み込まれ、芯から蜜を吸い上げられる。初めて味わう快感に、翠玉は目を見開いた。まるで発情香を混ぜた蜜に、全身とぷりと浸しているようだ。深すぎる官能が、翠玉の思考をとろかせる。芯の奥からえも言われぬ法悦がこみ上げてきて、耐える間もなく噴き上げた。

「ア……ッ。あ、あ……っ」

二度、三度とあふれる蜜を、東宮が端から飲み下す。

「だめ、だめ、いけません、そんなこと……っ」

「なぜ。あなたはこんなにも甘い」

彼も熱にうかされた声で言い、口元を濡らす白蜜を手の甲で拭った。

いたいけに震える、達したばかりの花芯を片手であやしながら、彼はもう片方の手で秘蕾に触れた。くすぐるように花弁を開く。

「翠玉」

熱い目で見下ろされ、翠玉はうなずいた。

「どうぞ、いらしてくださいませ」

許されて、彼は泣きそうに眉を寄せた。直衣を脱ぎ捨て、単衣の前をくつろげて、深く、体を重ねてきた。

彼の尊いものが触れると、翠玉の菊花は自ら開く。くちゅりと蜜に濡れた花弁が彼の先端を包み、やわらかにさざめいて奥へと誘った。痛みはない。自分の体のみだらさに、思わず「申し訳ありません」と口走ると、東宮は少々意地の悪い笑みを浮かべた。

「あなたは、あなたのすべてでわたしを虜(とりこ)にしていることを、もっと誇っていいはずだが」

「……できません」

翠玉は羞恥に頬を染めながら、視線をそらした。

翠玉は男だ。黄でも皇子として扱われていたし、瑞穂でも男装で過ごしている。後宮に入るために育てられた姫君ではないのだ。みだらな体を誇りに思うのは難しい。

東宮はほんの少し困ったように眉尻を下げた。

「気高いあなたが、わたしを受け入れ、悦(よろこ)びに乱れる姿が愛おしい」

ささやきながら、彼は深く腰を進めてきた。彼の尊いものを受け入れる。翠玉はたちまち余裕をなくした。

あるべきものがあるべきところへ収まっていく、圧倒的な安堵は快感と同じだ。頭の奥がじん、と痺れ、ただただ受け入れる悦びに夢中になる。

「あ………」と、翠玉は色づいた声をあげた。もっとも奥、彼を待っている場所から快美が湧き起こり、肉襞が蠢動する。男君は力強い律動で応えた。強く腰を送られて、張り出した先端が最奥に届く。壁の奥、彼の種を受け止めるところが、もったりと下りて、口を開いた。

「……翠玉」

奥深く陽根を差し入れたまま、東宮は翠玉の体をうつ伏せに返した。

「——ッ」

衝撃に声も出ない翠玉の背を、なだめるように撫でてくれるが、そのやさしい愛撫ですら、今の翠玉には強すぎる。「翠玉」と呼ぶ彼の声も、茵にこすれる胸の尖りも、何もかもが甘くとろけるように心地よい。

茵に沈みそうになる腰を引き上げられ、摑んだまま抽送される。後ろから抱かれると、張り出した部分が翠玉のいいところにあたり、行き来のたびに快感が膨らんだ。

「あっ、あああ……！」

ひときわ高い声をあげ、翠玉は達した。花芯からは、透明な蜜がとろりと一筋伝うだけだ。代わりに、男君がこつこつと叩いている壁の向こうから甘いさざなみが押し寄せてきて、翠玉の全身を包んだ。

「あ……、あ……、……」

「かわいらしい。中だけで達するのもうまくなった」

「え……、んっ、……なに……？」

「あなたの、男の部分も、女の部分も、くまなくすべて愛している」

深い情のこもった声で言い、東宮は翠玉のうなじに落ちかかる髪をかき上げた。

「あ……」

本能的な心許(こころもと)なさに肌が震える。けっしていやではなかった。恋を知らなかった翠玉の心は今や深い愛に染まり、人肌を知らなかった体は愛をかわす悦びを覚えた。すべては、彼が教えてくれたのだ。

「英明様」

「翠玉」

たまらなげな声で名を呼ばれた。許せ、と、彼は言わなかった。一突き。陽根で最奥の壁を貫き、蜜の香を放つうなじに歯を立てる。

翠玉はひゅっと喉を鳴らし、目を見開いた。

「――――!」

陽根から、そしてうなじから、流れ込む何かを感じた。あるべきものが、あるべきところへ収まっていく。「貴人」と「稀人」、与える者と受け入れる者というだけでなく、二人の体を形作る何か根源的なものが一気に分解し、混ぜ合わされ、組み替えられ、新たに形作られていく。肉体か魂か、そのどちらもか。自分の一部が彼の一部と取り替えられ、新たな二人に変容する。法悦が翠玉を包み込み、忘我の境地へ押しやった。

「……」

どれほどの時間を要したのか。耳に音が戻ってきた。荒い息と、爆発しそうな脈動が聞こえる。どちらも自分のものだった。

なぜだか世界が明るく見える。知らないうちに立ちこめていた霧が晴れたような、ふしぎな感覚だった。

「……翠玉」

名を呼ばれ、肩越しに振り返る。東宮はまるで声が出たのが不思議だというような表情をしていた。目だけが翠玉に向けられ、ぱちりと瞬く。

「翠玉」

もう一度名を呼んで、東宮が翠玉を抱きしめてくる。

「英明様」

感きわまって肩をふるわせる彼に、翠玉は重い手を持ち上げて彼を抱きしめ返した。

泣きたくなるのは翠玉も同じだ。この世に生まれたばかりの赤ん坊のようにいとけなく頼りない心持ち。その一方で、今まで欠けて乱雑に散らばっていたものが、きちんと整列して一片の欠けもない正円を描いているような、ふしぎな安堵と安定も感じる。

あるべきものが、あるべきところへ収まっている。

二筋の笛の音が深く交わり、一筋の曲を奏でるように。

比翼の鳥が羽を並べて飛ぶように。

二本の木が寄り添い、交わり、やがて一本の木として木理(もくり)を連ねていくように。

二人の体と魂も、分かちがたい何かでつながれている。

「つがい」とはそういうものなのだ。他では代えられない互いの唯一。死してなお切れない深い絆を、二人は手にしたのだった。

「翠玉……」

男君の陽根は、このたびもまた根本が膨れている。愛しいつがいを完全に己のものにしたい、孕ませたいという「貴人」の本能は、「稀人」にとってこの上なくうれしく、愛しいものだ。

「どうぞ」と、稀なる妃はほほ笑んだ。

「どうぞ、すべて、あなたのものになさってくださいませ」と。


二日後、交わりが解けてから、翠玉は筆を執った。

この二日、かしこきあたりからはなんの音沙汰もなかった。こちらから触れないほうがよいのかもしれない。だが、ご迷惑をおかけした身、気の迷いとはいえお心をかけていただいた身としては、やはりお返事申し上げるのがよいだろうと、夫と相談してのことだった。

黄から持参した薄様に、

神無月紫ふかき残り菊　散りてきゆなり香のみ残して

と書きつけた。

お望みになった菊でございますが、もう冬でございますれば、深い紫に染まった残り菊でございまして、香りのみ残して散ってしまいました。申し訳ございません。

愛しい夫への愛に染まったわたくしをお許しいただけないのなら、散って消える覚悟でございます——とこめた文に、返り事はついぞなかった。

解語の花の貴(あて)なる夫(せ)の君

一目彼を見た瞬間に、「わたしのものだ」と直感した。

「見つけた」

思わずそう呟くほどに。

このたびで十九回目を数える遣黄使の帰朝報告の儀。南庭に並んだ使節一行に身を連ねていた彼は、その玲瓏たる美しさで、列席の諸卿らの視線を攫っていた。

新緑の頃のせせらぎをすくって留め置いたような翡翠の瞳。長く腰の下まで伸びたゆたかな黒髪。くっきりと高貴な美貌を、格調高い黄の衣装がさらに引き立て、まるで雲居に百花の王が咲いたようだ。彼は瑞穂では見慣れぬ褐色の肌をしていたが、それすらも南都の古寺に祀られた渡来の秘仏を思わせる顔立ちとあいまって、並み居る諸卿らに畏敬と憧憬の念を抱かせていた。

漠然とした予感はあった。

その前夜、東宮はふしぎな笛の音を聴いた。内裏のどこから聞こえてくるのかもわからない、孤愁をおびた音色はまことにしみじみと美しく、まるで晩秋の月が奏でているかのようで、東宮は強く心引かれた。

誰が吹くとも知れないその笛に、自らの笛の音を合わせて楽しんだ。そのあいだ、このような笛を吹くのは、いったい誰だろうと思いをめぐらせていた。

生まれたときから雲居に住まう東宮が知らぬ楽人——このように巧みに心打つ笛を奏で

る者には、まったく心あたりがない。おまけに、その笛の主に呼ばれているような、相手に会わねばならぬような焦燥に駆られ、今日この儀式が終わったら探させようと考えていた矢先のことだった。

見つけた、と思った。息を止め、じっと見入る。心の臓がうるさいほどに高鳴っている。

彼がほしい——否。彼は自分のものだ。

知らぬうちに蓋のはずれた「貴人」の本能によって、誘惑香がもれ出していた。

瑞穂国今上帝の第一皇子英明親王は、名のとおりすぐれて聡明、朗らかな人柄は人々に愛され、誰もに望まれる東宮である。自分でも順風満帆、満ち足りた人生だと思っていた。昨年、娶ったばかりの妃を亡くした寂しさを除いては。

だが、彼を目にした瞬間、東宮は自らに圧倒的に欠けているものがあることを知ってしまった。

共に空を飛ぶための片翼。並び立ち、支え合って生きるための幹と枝。「貴人」である自分には、運命の「稀人」たる彼がなくてはならない。絶対にだ。

（かならず、あなたを手に入れる）

彼が男であることなど、まったく問題に思わなかった。

十六年の半生を満たされて生きてきた東宮は、このとき初めて、この世の理をねじ曲げてでも希求し渇望せずにはいられない存在を知ったのだった。

一　寵愛

肌を刺す寒さに目を開ける。睦月の末。春は名のみの、一年でもっとも冷え込む時期だ。御帳台の内はまだ暗いが、夜明けが近いらしく、御所では女房たちの立ち働く気配がしていた。

(もう朝か)

物憂い気分で目を瞬く。

翠玉と茵を共にした明くる日は、夜明けが厭わしい。とくにここ一月は新年の儀式や行事、饗宴が続き、なかなか二人の時間が取れないでいる。加えて今朝の冷え込みでは、ことさら腕の中のぬくもりを離しがたかった。

絹糸のように細く散らばる黒髪の上から抱きしめる。茉莉花の香りがふんわりと立ちのぼり、東宮の身と心を包んだ。愛しさに胸が苦しくなり、髪を払って口づける。

「翠玉」

愛しい。愛しい。愛しい。

どうしようもない愛しさが押し寄せてきて、さらに強く抱きしめた。発情香の誘惑などなくとも、ただ彼がそこにいるだけで、東宮はたまらない気持ちになってしまう。

「ん……」と顔をしかめた翠玉が、その美しい翡翠の瞳を長い睫毛の下からのぞかせた。

「……もう朝でございますか？」

「まだ明けぬ。まだ鶏は鳴かぬからな」

頑迷な口調で東宮が言うと、彼はふふっと花がほころぶように笑った。

「そうですね。まだ暗うございますから……」

甘い声でそう言って、東宮のうなじに腕を回し、やんわりと抱き寄せる。おそらく夜明けが近いとわかってのことだ。

この二歳年上の御息所は、時に童のようにいたいけであったかと思えば、時に老師のように東宮を諭すが、多くの場合は兄か姉のようにやさしく東宮を甘やかしてくれるのだった。

「翠玉……」

口を吸いつつ、双丘に手を這わせる。昨夜も暴いたばかりの秘所は、とろりと潤んでやわらかく指を受け入れた。

「ん……っ」

人差し指と中指を根本まで差し入れてかき混ぜると、翠玉はなやましげに柳眉を寄せた。よいか、と、東宮はたずねなかった。勃ち上がった陽根を、菊花の蕾にくぐらせる。

「あ…………！」

つややかな声をあげ、翠玉は背をよじった。あらわになった喉元に歯を立てる。つがいになったあとも、彼の首筋は常に東宮の劣情を誘う。茉莉花の蜜の香りがいっそう強く御帳台を満たした。

「ああ……」

やわらかくからみつき、奥へ奥へと東宮を誘う、けなげな動きに感じ入る。焦がれて焦がれて、身を焼き尽くすほどの恋慕に耐え忍び、やっとのことで身も心も手に入れた。この気高くきよらな菊の花を、自分だけが手折って愉しむことを許されている。

めまいがするほど甘美で幸福な快感に身を浸し、夢中で腰を前後した。すぐに頂点が見えてくる。もっと長く、もっと深く、彼の中を味わっていたいと思うのに、翠玉を抱くときの自分は、あっけないほどにこらえ性がない。すでに彼の中に放ちたくて、陽根が痛むほどだった。

「翠玉。出すぞ」

ささやくと、彼は細い首を横に振った。

「いけません」

「どうして」

「お勤めが……」

政（まつりごと）があるだろうと、翠玉が言うのには理由がある。ひとたびつがいである「稀人」の中で果ててしまうと、東宮の持ち物は栓をするがごとくに根本が膨れ、二日二晩は交わりを解くことができなくなってしまうのだった。

東宮がまぎれもない「貴人」の中の「貴人」であると示す、めでたき事象ではあるのだが、二日二晩となるとさすがに障りも多くなる。その間は当然茵から出られないため、政をほとんどできなくなる上に、抱く東宮も抱かれる翠玉も、かなり激しく消耗するのだ。

それでも、翠玉と閨を共にするようになってから、幾度となく翠玉の中で果てた。彼もそれを許してくれた。互いに唯一のつがいを求めずにはいられない「稀人」と「貴人」としては、それが当然にして最上の幸福なのである。

だが、正月というのは、一年の内でもっとも多忙な時期だ。二日とおかず行事が続く。それらに出席するためには、交情で動けなくなるという事態を避けねばならない。そんなわけで、東宮はこの一月あまり、翠玉の中で果てることを許してもらえていないのだった。

東宮自身は、経験から「今日ならば」と思う日もあったのだが、彼の御息所は理性の人だ。男性である上、複雑な生い立ちから、「傾国」などと呼ばれることを快く思っていない。中で放とうとするたび、やんわりとたしなめられ、しぶしぶしたがってきたが、東宮もそろそろ限界だった。

翠玉の中で放ちたい。彼の中に種を植えつけ、孕ませたい。あらがいがたい「貴人」の本能が腰の奥で渦を巻き、今にもあふれ出しそうだ。「稀人」である翠玉もまた、口ではどう言おうと、本心ではそれを望んでいるとわかっているから、なおさら耐えがたい。

ぬくぬくと翠玉の好いところばかりを押しつぶすように腰を回し、うねうねと甘えかかってくる柔襞を陽物であやしながらねだった。

「頼む、出したい……どうか、ここで……、わたしの種を、受け止めてくれ……」

「や……っ！　ア、だめ、だめ……っ。いけません……っ」

「だが、もう出てしまう」

「口で……っ」と、翠玉は悲鳴のように口走った。

「どうか、上の口に、飲ませてくださいませ……っ」

「……ッ」

みだらな申し入れに、頭の中が焼き切れそうになった。彼の腰を掴んで激しく抽送し、放出の直前で抜き出す。

「翠玉……っ」

膝立ちでねだると、翠玉が体を起こした。子種を受け止めようと、顔を近づけ、口を開く。だが、一度目の放出には間に合わなかった。

「く……っ」

「あ……っ！」

　彼の褐色のかんばせが白濁に汚れる。高貴なるものを汚す、後ろ暗い悦び。そのみだらで美しいさまに、東宮は再び双玉が重くなるのを感じた。両手で捧げ持って招かれるまま、珊瑚色の唇に差し入れる。熱くぬかるむ口腔を進み、やわい喉奥に押しあてて二度目を放った。

「ンッ――……、……ん……、ふ……っ」

　必死に喉を開き、受け止める翠玉の頬を白濁が伝い落ちる。おそろしく長い「貴人」の放出を、翠玉は恍惚とした表情で、余さず喉で受け止めた。こくこくと飲み下す喉の動きがけなげで愛しい。腹から孕めばよいと本気で思う。

　思わず、二度、口から喉を往復させた。苦しいだろうと思うが止められない。陵辱を、翠玉は陶然と受け止めた。もう尽きたと思っていた子種が、もう一筋、ほとばしる。

「……っ、ふ……」

　最初の放出以外すべてを受け止め、飲んでくれた口から、力を失った陽根をゆっくりと引き抜く。翠玉はやんわりと舌を這わせ、中に残っていたしずくまでもきれいに吸い上げ、舐め取ってくれた。

みだらで愛しい最愛の頭を撫(な)でる。

「あと三日……」

三日後の内宴が終われば、宮中における正月の行事は一段落だ。それが終わったら、今度こそ心おきなく彼の中に種を蒔(ま)ける。あと三日の辛抱だ。それでも。

「なお恨めしき朝ぼらけかな……」

夜が明ければ、その日はまた暮れ、夜には再び愛しい妃を抱くことができる。それとわかっていながらも、別れの夜明けが恨めしい――。

翠玉は法悦の表情でぼんやりとこちらを見ていたが、高名な和歌の暗誦(あんしょう)に小さく目を瞬(しばたた)かせ、ふふっと花の笑みを浮かべた。

二 弘徽殿中宮

さて、その日、政をすませて昼過ぎに御所へ戻ると、めずらしく、翠玉のところへ客が来ていた。

弘徽殿(こきでん)中宮――つまり、英明(ひであきら)親王の実母である。今をときめく左大臣の二の姫にして中宮、今上帝にご寵愛(ちょうあい)のしるしである弘徽殿を賜り、次代の国母が約束されている。まさしく後宮の中心である。

その母が、東宮御所の局で妃翠玉と絵巻物を広げ、なごやかに歓談している。てっきり、翠玉が女房たちと過ごしているとばかり思って御簾(みす)をくぐった東宮は驚愕(きょうがく)した。

「母上……なぜこのようなところにいらっしゃるのです」

驚きのあまり、そんなことを口走ってしまう。

後宮の中とはいえ、后妃がよその殿舎へお渡りになることはめったにない。ましてや中宮自らお出ましになるとは、異例中の異例である。彼女と翠玉であれば、東宮妃である翠玉が彼女の住まいである弘徽殿へ出向くのが通例なのだが。

「おかえりなさいませ。ひさしぶりに母と顔を合わせて、最初におっしゃるのがそれですか」

　彼女はまるでここにいて当然といったようすで、幼子にするように、東宮の振る舞いに眉をひそめたのであった。

　齢十三で英明親王を産んだ弘徽殿中宮は、今年で三十になったはずだが、あいかわらず美しい。紅梅の匂の小袿でくつろぐようすは、春の佐保姫もかくやという華やかさである。どういう経緯でこうなったのか、その隣で共に絵巻物をのぞき込んでいた翠玉は、夫を見上げ、「おかえりなさいませ」とほほ笑んだ。こちらは濃青に淡青を重ねた若草の襲の直衣に下みずらという姿だ。若々しい新芽の色が褐色の肌に映えてうるわしい。

「……どういうことなのですか？」

　混乱ぎみにたずねると、弘徽殿中宮は「まずは、お座りになったらいかが？」と言った。したがって、翠玉の隣に腰を下ろす。

「先日、あなたにお話があるからお会いしたいと文を送りましたでしょう？」

「ああ……」

　確かに数日前、そのような文をいただいていた。折悪しく物忌みの日だったので、「また別の日に参ります」と返り事をしたのだが。

「それで、今日はいかがかと思いまして、文を送ってうかがいましたら、あなたは留守なのでまた改めますと、白菊御息所がお返事をくださって。彼にもお会いしてみたいと思っていたのですけれど、弘徽殿にお呼びするのははばかりもあるでしょう？」

同じ後宮内に御所を賜っているとはいえ、内裏の七殿五舎は主上とその后妃たちのお住まいである。后妃の親族らも出入りはするが、彼女らと血のつながりのない男が気軽に出歩いてよい場所でもない。

「それで、母上がこちらへいらしたと」

「絵巻をご覧になりませんかとおうかがいしたら、いらしてくださいとおっしゃってくださったので」

ほほほ……と、扇の内で中宮が笑う。翠玉は特別困ったようすもなく、彼女の隣でにこにこしていた。

「何をご覧になっていたのです？」

翠玉にたずねると、「歌物語の絵巻です」と答える。

「物語もおもしろく、絵もこのようにとても見事で……。このようにすばらしいものは、初めて拝見いたしました」

「そのようにおっしゃっていただけてうれしいわ。また、別の絵巻物もご覧にいれましょうね」

弾んだ声で言う母に、翠玉もうれしげに「はい」とほほ笑んでいる。

もやもやとしたものが胸に広がった。母と妃、二人が仲睦(なかむつ)まじくしているのだ。喜ぶべきところだと思うのだが。

「……あなたが、絵巻物をお喜びになるとは知らなかった」

不機嫌な声が出てしまい、自分でも戸惑う。気の毒に、翠玉は東宮以上に困惑し、うかがうようにこちらを見た。

「瑞穂に来てからは日も浅く、覚えることも多くて、そのような時間はございませんでしたが、黄(ホワン)にいた頃は、つれづれに書物を読むことが多うございましたので……」

「ああ、そうか……」

母国で「卑(ベイ)」と蔑まれ、父帝に疎まれて、離宮に幽閉されていた翠玉は、その余りある時間を、書物を読み、音曲を奏で、書画を写して過ごしていたと聞いている。ならば、物語が彼を喜ばせるのは当然のことなのだ。

「気がつかずにすまなかった。わたしも、あなたのために、何かよき書を取り寄せよう」

そう言うと、母中宮がこらえきれぬように噴き出した。

「何を機嫌を損ねていらっしゃるのかと思えば」

ふふっと扇の陰で笑う。翠玉に目配せし、「お気になさらなくて大丈夫ですよ」と、こちらにも聞こえるようにささやいた。

「宮様は、わたくしにあなたの興味を奪われて、嫉妬なさっていらっしゃるだけです」

それを聞いた翠玉は「え」と青い目を丸くし、じわじわと赤く頬を染めた。

恥ずかしいのはこちらも同じだ。母上め、余計なことをと思ったが、一方で、先ほどのもやもやが腑に落ちた。

「……なるほど。これが嫉妬というものなのですね」

「……っ」

母が肩を震わせて笑っている。元々明るい方ではあるが、これほど笑う姿はめずらしい。

ひとしきり笑ったあと、中宮は扇の陰で目尻に浮かんだ涙を拭いた。

「噂にはお聞きしておりましたけれど、本当に、仲睦まじくていらっしゃること」

思わず隣の御息所を見る。翠玉もこちらを見つめ、面はゆそうな笑みを浮かべた。

「とてもかわいらしい方ね」と、弘徽殿中宮は目を細めた。

「比類なく美しく高貴なる血筋の方とはいえ、男の方、それも里遠く頼りなき方を選ばれたとうかがっていたから、心配していたのです」

「ええ。ですから、母上にも、おじい様にも、お力添えをいただきたい」

瑞穂国の後宮では、后妃の里が妃たちの序列を左右する。自分は翠玉以外の妃を迎えるつもりはないが、それでも寄る辺なき身は心細いことだろう。

そう思い、助力を願うと、母は「もちろんです」とうなずいた。それから、翠玉の手を取って、母が子に言うようにおっしゃった。

「白菊御息所様。どうかこののちは、わたくしを母、わたくしの父大臣(おとど)を祖父と思って、なんなりと頼りになさってくださいませ」

「中宮様……」

翠玉の翡翠の瞳がみるみる潤む。彼は唇を噛んでこらえていたものの、ぽとりと、雫(しずく)が中宮の手に落ちた。

翠玉の父である黄の煌輝帝(フィファン)は、「卑」の皇子である翠玉を疎んだ。彼と同じく「卑」であった母は、「卑」の皇子を産んだ咎(とが)で縊(くび)られたと聞いている。肉親の縁が薄い彼には、母の言葉は幾重もの意味で特別なものだった。こればかりは夫の自分では与えてやれない。

……口惜しいが。

「ありがとうございます」

静かに涙をこぼす翠玉に、中宮はふふっとお笑いになった。

「礼にはおよびません。これで、わたくしも安心して、お腹のややに気持ちを注ぐことができるというもの」

「……は……?」

いきなりの母の思いがけない発言に、東宮は思わず目を見開いた。

「ややですと……!?」

驚愕に凝然とする東宮を、翠玉がふしぎそうに見つめる。

母中宮は、悠然とほほ笑み、まだ膨らみの目立たぬ腹を撫でた。

「懐妊いたしました」

話したいこととはこれかと、ようやく思い至る。

中宮の仕草から会話の内容を理解したのだろう。翠玉は翡翠の瞳を晴れた空のように輝かせ、「おめでとうございます」と言祝いだ。はっとして、東宮も彼にならう。

「ありがとう」と中宮はうなずいた。それから、少し、少女のようないたずらめいた笑みを浮かべて言った。

「でも、これはあなた方のおかげでもあるのですよ」

「わたしたちの……?」

意味がわからない。母の懐妊になぜ自分たちが関係あるのか。

首をかしげた東宮に、母中宮はにっこりとほほ笑んだ。

「あなた方がつがいになったときを覚えていらっしゃる？　あなた方のかぐわしき香りが雲居をあまねく埋め尽くしたこと……」

「……ええ」

覚えているに決まっている。父帝から翠玉へ文が届き、二人で死を覚悟して結ばれた。

つがいとなった歓(よろこ)びは何ものにも代えがたいものだったが、つがいを持たぬ主上への後ろめたさも抱かずにはいられなかった。

二日の交わりが解けてのち、翠玉が送った返り事に、主上から再度の文はなく、東宮が公の場で顔を合わせた際にも、とくに何も言われぬまま今に至るのだが。

「『貴人』のわたくしは、主上のつがいにはなれませんが、お慰め申し上げることはできました。あのとき頂戴したお情けが実を結んだのがこの子です」

うるわしき「貴人」の中宮は艶然と笑み、再び、薄い腹を撫でた。

「ですから、あなた方にお知らせして、御礼を申し上げねばと思って。あのときは、ありがとうございました」

母中宮の言葉に、東宮と御息所は、三度(みたび)、顔を見合わせた。

三 めでたき春

さて、めでたき報せ(しら)に内裏が沸いた数日後、東宮は複雑な面持ちで梨壺(なしつぼ)の御所に戻ってきた。

「おかえりなさいませ。……いかがなさいましたか?」

この日、翠玉は体の調子を悪くして伏せっていたが、夫の憂鬱な顔を見て上体を起こそうとした。それを、慌てて押しとどめる。

「よい。横になっていてくれ」

「ですが……」

「たいしたことではないのだ」

なだめるようにそう言うと、翠玉はやっと上体を元に戻した。茵に散らばる黒髪を、手で梳(す)きながらたずねる。

「それより、お加減はいかがか？」

「あまり……」と答える顔は、褐色の肌のためわかりにくいが、常より血色が悪く見えた。昨日から吐き気を訴え、ろくにものを食べていないのだ。

「昼には何か召し上がったのか？」

東宮の問いに、御息所のそばに侍っていた備前が小さくうなずいた。

「芋粥を一碗だけですが……」

「翠玉」

かわいそうに。代わってやりたい。

こめかみのあたりを撫でてやると、うれしそうに口元がゆるむ。彼は東宮の手を掴まえて、甘えるように口づけた。

「それで、今日はどうなさったのですか？」

「いや……」

具合の悪い翠玉を前にすると、自分の鬱屈が恥ずかしくなった。ごまかそうとするが、翠玉はやわらかな声でうながす。

「英明様」

甘やかされている。東宮は眉尻を下げて苦笑した。

「本当にくだらぬことなのだ。東宮学士と言って、わたしに儒学や文学、史学などを教授してくれる職があるのだが、その東宮学士が新たに一人つくことになった。笠原幸臣だ。

あなたが以前からお気にかけていらっしゃった」

その名前を出すと、翠玉ははっと目を見開き、首をこちらにめぐらせた。

「まことでございますか」

弾む声に苦笑を深める。常ならば、きっと自分は不機嫌になっていただろう。だが今は、彼が喜ぶならそれでいいかと思ってしまう。つくづく自分はこの妃に心を奪われているのだった。

しっかりとうなずいた。

「非情に優秀な学者だと聞いている。黄での修学の成果が認められ、このたび五位に上ることになった」

「それは、まことによろしゅうございました」

「近くこの梨壺に通うことになる。あなたにも会う機会があるだろう」

そう言うと、翠玉は瞳を輝かせて何度もうなずいた。思わず上体を持ち上げて、

「会いたく存じます。笠の七位……いえ、東宮学士には本当にお世話になって……わたくしに瑞穂の言葉を教えてくれたのも彼でしたので」

「わたしのいるとき、御簾越しであれば、お会いになるといい」と許した。

「ありがとうございます」

翠玉があまりにうれしそうなので、複雑な気分が戻ってきてしまう。なめらかな褐色の頬を撫でた。

「わたしのいないとき、一人で会うのはいけないよ。直接顔を合わせるのもならぬ」

そう言って聞かせると、翠玉は東宮の手に手を重ね、素直に「はい」とうなずいた。

清浄なる白菊に喩(たと)えられるほど高貴に美しく、聡明で、詩歌管弦はおろか書画にも通じる多才な妃だが、だからといって高慢になることはけっしてない。こうした駆け引きのないところなどは、まことにかわいらしく感じられる。

彼に比べて自分は……と苦笑した。

「どうかなさいましたか?」

年下の夫の見栄で、これ以上みっともないことは言えないと思ったが、もしかすると、そう考えること自体が虚飾かもしれぬ。思い直し、口を開いた。

「今からとても心の狭いことを言うが、あきれずに聞いてほしい」

「はい」

「わたしの前で、わたし以外の男を気にかけたり、男の名を聞いてうれしそうにしたりは、あまりしないでくれ。嫉妬してしまう」

そう、自分でもよくわかっていなかったが、東宮の胸をもやもやと曇らせているのは、まぎれもない、嫉妬なのだった。

先日、母に指摘されるまで、東宮は自分の中にそのような感情があることを知らなかった。満たされた十七年の半生で、他者を羨むことなど一度もなかったのだ。

だが、翠玉については、彼の心も体も、あらゆる喜びを与える役目も、その瞬き一つまで、自分のものにしておきたい。それを少しでも他者に奪われると、狭量にも嫉妬してしまう。

最初こそ、なるほどこれが嫉妬というものかと、ものめずらしいような気分で自分の心を見つめていたが、そのうち、この心の狭さを知られれば、翠玉に愛想を尽かされてしまうのではないかと思い至った。

さりとて、初めて認識したばかりの感情をうまく操ることもできない。気づいてみれば、うるわしく稀なる妃は、雲居の人々の覚えめでたきことかぎりなく、彼を語る言葉には、尊敬、羨望、恋慕……他にも様々な好意が入り乱れている。来世までをも共にするつがいであるという自負が心の救いではあるが、だからといってなかなか平穏な気持ちばかりではいられないのだった。

翠玉は目を丸くして東宮の顔を見つめていたが、ふふっと花が咲うような笑みを浮かべた。

「あなたのおっしゃるようにいたします」

重ねていた手をきゅっと握られる。

あまりの愛おしさに耐えきれず、東宮は妃を抱き寄せて、彼の唇を深く吸った。

如月に入った。

朝夕の寒さもゆるみ、過ごしやすい季節になったが、翠玉の病は軽くなったり重くなったりをくりかえし、すっきりとは治らなかった。腹の具合が悪いのか、時には嘔吐をもよおす姿を見ていると気の毒で、茵を共にしても、ただただ彼を抱きしめて眠るばかりである。かくなる上は御仏のお力にすがろうと、紫宸殿での季御読経に合わせ、東宮御所でも別に僧侶らを招き、疫病退散の読経をさせた。

その明くる日、白菊御息所の体調をがすぐれないのを聞きつけたのだろう、弘徽殿中宮から文と体をあたためるという薬が届いた。

今日はたまたま調子がよいようで、体を起こし、書物を読んでいた翠玉がたずねてくる。

「中宮様はなんと？」

「あなたがよければ見舞いにいらっしゃりたいとおっしゃっている」

文を見せると、翠玉はさっと目を通し、こちらを見た。

「もしよろしければ、わたくしのほうから御礼にうかがいたいのですが……」

「お渡りになれるのか？」

先日のお出ましから、母中宮と東宮妃の仲のよさは人々の知るところとなっている。今なら翠玉が中宮をたずねていっても咎められることはないだろう。ただ、中宮がお住まいになる弘徽殿は、主上の御座所である清涼殿（せいりょうでん）に近く、東宮御所のある梨壺からは距離がある。今の体調で参上できるのかと案じたが、翠玉はうなずいた。

「今日は日和（ひより）も、体の調子もようございますから、お許しがあるようでしたら、わたくしからうかがいたく存じます。歩けば気分も変わるかもしれません」

それではと、そのように返事をしたためた。母からの再度の文は、「それならば、どうぞお気をつけていらしてくださいませ」というお招きの言葉だった。ただし、御息所一人で、と、念を押してのお召し出しだ。息子である東宮には来るなと言う。

東宮はいぶかしみ、首をかしげた。

「これはいったいどういうことだ？」

翠玉も、「さあ……」と当惑の表情を浮かべている。

「わたくしにもよくわかりませんが……中宮様には何かお考えがおありなのかもしれませんね。おっしゃるようにいたします」

そう言って、彼は備前をともない、東宮御所を出ていった。

春の日永に梅の香がただよい、どこからか琴の音が聞こえてくる。つれづれに、翠玉が読んでいた書を開いてみたが、目がすべり、内容は頭に入ってこなかった。彼がそばにいないとたちまち気もそぞろになってしまう自分にあきれる。それもまた、彼と過ごす日々が満ち足りているからにほかならないが。

もしこのまま翠玉の病がよくならなかったらと思いをめぐらせ、後悔した。すでに一度、妃に先立たれた身ではあるが、もし万が一彼に遅れることがあるなら、そのときは髪を下ろし、浮世を捨てて、御仏の道に生きるほかないだろう——それも、生きる気力があるならだが。

どのくらいそうして物思いにふけっていたか。気づくと、春の陽も西に傾いていた。翠玉はまだ戻らない。

遅いなと思っていると、さやさやと衣擦れの音がして、女房がやってきた。

「ご機嫌うるわしゅう存じます。弘徽殿の御方より、お召しでございますが……」

「今からか？　もしや御息所に何かあったのか？」

「そういったごようすではございませんでしたが……」

では、どういうことなのか。来るなと言ったり、来いと言ったり、さっぱりわけがわからない。いよいよ不審に思ったが、行ってみないことには埒があかぬ。東宮は身なりを整え、弘徽殿へと向かった。

弘徽殿は、中宮の懐妊以来、常に晴れ晴れしく栄えめでたきごようすであるが、今日はことさら華やいだ雰囲気がただよっていた。御簾の内には女房たちが多く集まっているらしく、楽しげな声がもれ聞こえている。翠玉も中にいるはずなのだが、このきららかな雰囲気についていけているのだろうか。

「ご機嫌うるわしゅう存じます。お呼びとうかがい、参上いたしました」

御簾の外から声をかけると、きゃあきゃあと賑やかだった声がぴたりとやんだ。さやさやと女房たちが几帳の奥へ下がる音がして、「どうぞ、お入りくださいませ」と、母の気に入りの女房が答える。

「失礼。なんのお呼び出しで……」と言いながら御簾をくぐり、東宮は思わず言葉を飲んだ。菫の襲の小袿姿の母中宮の横に、もう一人、見慣れぬ姫が座っていたからである。

「失礼」

とっさに扇を広げて顔を隠しながらも、ついその姿を垣間見た。

顔は扇で隠しているので見えないが、赤の裏衣に透ける白の表衣を重ね、ふわりとかろやかな桜の襲の小袿を着ている。緑なす黒髪は長くつややかに広がり、それはそれは、桜の花のように、まことに匂いやかなようすだった。

東宮は戸惑った。佳人ではあるが、突然、見も知らぬ姫に引き合わされる理由がない。事と次第によっては面倒なことになる。

「母上、これはいったい……」

どういうことなのか。翠玉はどこへ行ったのか。困惑と、説明がないことへの苛立ちを滲ませ、母を見やる。

と、弘徽殿中宮は、扇の陰で品良くおかしそうにお笑いになった。

「ね、申しましたでしょう。きっとおわかりになりませんよと」

いたずらが成功して喜ぶ子供のようにころころと笑いながら、桜の姫に話しかける。

「もうよろしくてよ、御息所様」

「――は……?」

驚いて見やると、桜の姫はおずおずと扇の陰から顔をのぞかせた。

「……翠玉」

驚いた。恥ずかしげに顔をそむけ、髪の陰に隠れようとしているが、その花のかんばせは、見間違いようもない、東宮最愛の妃である。

清きせせらぎの瞳は、恥ずかしさからかうっすらと潤み、常にもまして美しい。褐色の肌にはくっきりとした色目が似合うと思っていたが、内側から桜色が匂うような、今のような淡い色目の装いもまた、彼の清楚で可憐な内面をうかがわせ、驚くほど似合っている。

「ああ……、まさしく解語の花だ」

思わず呟くと、翠玉はほっとしたような、羞恥を必死でこらえるような、なんとも言えぬ表情でこちらを見た。

「おかしくはございませんか」

消え入りそうな声で言う。羞じらう花の姿に、心の臓を摑まれる心地がした。

「何を言うかと思えば」と、ほほ笑んだ。

「京中の桜をすべて集めても、今のあなたにはかなうまい」

うず、と腕が動く。抱きしめたい。これほど美しく可憐な妃を持つ歓びを、全身で彼に伝えたい。

ちらりと母を見やる。母は扇の向こうでやんわりと目を細めた。

「お急ぎにならないで。御息所様が、あなたにお話があるそうよ」

「話?」と、翠玉を見る。

彼は羞じらいに堪えずといったようすで再び扇を開いてしまった。その向こうから、そっと伝える。

「御子を授かりました」

か細く頼りなげな声音だったが、その言葉は東宮の耳にはっきり届いた。

東宮は固まった。目を見開き、まじまじと桜の装いの妃を見つめる。と、同時に、この女君の姿の意味を理解した。彼の内の「女」の部分の話だからである。

ようよう動くようになった口から、言葉が勝手にまろび出た。

「まことか」

「まことでございます」

「――よくやった！」

今度こそ翠玉を抱き寄せた。人目も場所もわきまえず、ぎゅうぎゅうと彼を抱きしめる。

「そうか……、そうか……！」

歓喜に堪えず、それ以上の言葉が出てこない。

母中宮が言った。

「ここしばらく、御息所様のお加減がすぐれないとうかがって、気にかかっておりました。わたくしが懐妊するのですから、もしや……と」

弘徽殿中宮が主上のご寵愛を賜ったのは、二人が契りを交わしたのと同じ日である。同じように貴き人の情けを賜ったのであれば、同じように懐妊してもおかしくないと、彼女は考えたらしかった。

東宮の腕の中の翠玉の手を取り、それこそ母が子に教えるように言う。

「悪阻といって、この時期の母の体にはさまざまな障りが出るものです。無理をせず、休むことが第一ですが、体を冷やさず、喉越しのよいものを召し上がっていれば、少しはましになるでしょう。あなたは男、わたくしはこの年で、互いに心許ないことですが、お産までなんとか共に乗りきりましょう」

翠玉は感激に涙を浮かべて、「はい」と深くうなずいた。

うららかなる春の永日。
雲居は、新たなるめでたき報せに沸いたのだった。

あとがき

このたびは拙作をお手に取ってくださいまして、誠にありがとうございます。

今作は、拙作初のオメガバースを書かせていただきました。

いいですよね、オメガバース。以前から好んで読んでおりましたが、自分が書くとなると、「工夫のしどころが少なくて難しそう」と、二の足を踏んでおりました。でも、読むときには、定型の安心感が好きだったので、物語的にはあえて王道ド真ん中です。

代わりに、舞台設定は、自信をもって書けるものにいたしました。黄も瑞穂もわかりやすすぎるほどわかりやすいモデルがありますが、第二性がある別世界のお話なので、細部に拘泥せず、思いきって書けてとても楽しかったです。

というわけで、古典オタクの書く偽王朝物語となりました今作を、鮮やかかつ妖艶なイラストで彩ってくださいました秋吉しま先生に、心より御礼申し上げます。

秋吉先生が描いてくださった翠玉（ウー）を、初めて拝見したときの衝撃！

本当に美人で艶っぽくてやさしそうで、まさに傾国。こんなにエロくて綺麗なお兄さんでは、十六の東宮様はひとたまりもないだろう……という説得力がすごいです。モデルがモデルだけにややこしい衣装だらけでしたが、見事に物語世界を描き出してくださいまして、本当にありがとうございました。

そして、このたびは、とにかく担当様に御礼とお詫びを申し上げなくてはなりません。コロナ自粛のあおりを正面から食らった今作。もう無理！　と、泣きが入るほど乱れきったスケジュールをなんとかやりくりし、予定どおり刊行までこぎつけられたのは、ひとえに担当様のおかげです。ハラハラさせどおしだったと思うのですが、常に落ち着いてご対処くださって、本当に心強かったです。この御恩は来世まで持ち越さず、今生のどこかでお返ししたいと思います。本当に本当にありがとうございました。

最後に、この息苦しい時節のなぐさめに、拙作を選んでくださった皆様へ。

お元気ですか。ご無理はなさっていらっしゃいませんか。お体はご健康でいらっしゃっても、お心はしんどさを感じていらっしゃるのではないかと拝察いたします。そんなときに、拙作をお手に取ってくださって、本当にありがとうございます。

ひととき、現実を忘れる物語を、どうか楽しんでいただけますように。

本作品は書き下ろしです

夕映月子先生、秋吉しま先生へのお便り、
本作品に関するご意見、ご感想などは
〒101 - 8405
東京都千代田区神田三崎町 2 - 18 - 11
二見書房　シャレード文庫
「東宮御所の稀なる妃～比翼のつがい、連理の運命～」係まで。

東宮御所の稀なる妃～比翼のつがい、連理の運命～

【著者】夕映月子

【発行所】株式会社二見書房
東京都千代田区神田三崎町 2 - 18 - 11
電話　03（3515）2311［営業］
　　　03（3515）2314［編集］
振替　00170 - 4 - 2639
【印刷】株式会社 堀内印刷所
【製本】株式会社 村上製本所

落丁・乱丁本はお取り替えいたします。
定価は、カバーに表示してあります。

ISBN978-4-576-20144-3

https://charade.futami.co.jp/

今すぐ読みたいラブがある!

夕映月子の本

これで終わりにできると思っているのか?

ハイスペックな彼の矜持と恋

イラスト＝香咲

三十路を前にタチ専門の己に違和感をいだき始めた槙。一度誰かに抱かれてみたい、という願望が芽生えてしまう。偶発的に及んだ超肉食系エリートビジネスマン・タカシとのお試し行為は、槙の想像を超える快楽で…。「男」の自分は死んだ——そう自覚した槙はタカシごと自分の性指向を封印するが…。